Das Buch

Sein Buch ist fertig, sein wissenschaftliches Projekt ist abgeschlossen, und auf einmal hält Claudines Vater nichts mehr in Montigny. Er beschließt, nach Paris zu ziehen, und reißt damit die 17jährige Claudine aus ihrem gewohnten Leben; unversehens findet sich das junge Mädchen in einer düsteren, engen Hinterhofwohnung wieder. Der Schock ist so heftig, daß sie erkrankt. Doch als sie ihren Neffen, den hübschen, blonden Marcel, kennenlernt, ist auch der letzte Rest Heimweh überwunden. Sie findet ihn unwiderstehlich, und zwischen den beiden entwickelt sich eine zarte Freundschaft, bis Claudine eines Tages die homosexuellen Neigungen Marcels entdeckt. Doch da ist auch noch Renaud, Marcels jung gebliebener und äußerst charmanter Vater, der sich um Claudines Zuneigung bemüht ... *Claudine in Paris* ist der zweite Teil, der berühmten Claudine-Tetralogie, die Anfang des 20. Jahrhunderts den literarischen Weltruhm der französischen Skandalschriftstellerin Colette begründete.

Die Autorin

Colette (1873–1954) wurde in Saint-Sauveur-en-Puisaye geboren. Durch Henry Gauthier-Villars, ihren ersten Mann, kam sie nach Paris. Auf sein Drängen hin begann sie zu schreiben und verfaßte unter seinem Namen ihre ersten Bücher, die Claudine-Romane. Nach der Scheidung verursachte Colette unter anderem als freizügige Schauspielerin und Kabarettistin aufsehenerregende Skandale. Früh erkannten Marcel Proust und André Gide ihr außergewöhnliches literarisches Talent, und Jean Cocteau bewunderte ihre Unabhängigkeit, die es ihr erlaubte, »Frau und frei« zugleich zu bleiben. Sie wurde als erste Frau Mitglied der belgischen Akademie und später Präsidentin der Pariser Académie Goncourt.

Von Colette ist in unserem Hause bereits erschienen:

Claudine erwacht

Colette

Claudine in Paris

Roman

Aus dem Französischen von Lida Winiewicz

Ullstein

Besuchen Sie uns im Internet:
www.ullstein-taschenbuch.de

Umwelthinweis:
Dieses Buch wurde auf chlor- und säurefreiem Papier gedruckt.

Ullstein Verlag
Ullstein ist ein Verlag des Verlagshauses
Ullstein Heyne List GmbH & Co. KG.
1. Auflage August 2003

Titel der französischen Originalausgabe: Claudine à Paris
Übersetzung: Lida Winiewicz
Umschlaggestaltung: Thomas Jarzina, Köln
Titelabbildung: akg-images, Berlin
Gesetzt aus der Goudy
Satz: hanseatenSatz-bremen, Bremen
Druck und Bindearbeiten: Ebner & Spiegel, Ulm
Printed in Germany
ISBN 3-548-25698-8

Zum erstenmal seit vielen Wochen nehme ich mein Tagebuch wieder zur Hand. Warum ich es so lange vernachlässigt habe? Weil ich krank war, sehr krank. Mit der Zeit beginne ich selbst daran zu glauben.

Ich bin zwar noch ein wenig schwach auf den Beinen, aber Fieber und Verzweiflung gehören, scheint's, der Vergangenheit an. Das soll nicht heißen, daß mir die Handlungsweise der Leute, die aus freien Stücken hier leben, verständlicher geworden wäre. Ganz im Gegenteil: es übersteigt nach wie vor mein Fassungsvermögen, daß es Menschen gibt, die zu ihrem Vergnügen in Paris wohnen. Eines jedoch wird mir langsam klar: es mag lohnend sein, ihr Leben und Treiben zu beobachten. Was sich in den sechsstöckigen Kästen abspielt, die sich hier Häuser schimpfen, ist der Beachtung wert!

Der Vollständigkeit halber werde ich erzählen müssen, wie es kam, daß ich mich in Paris befinde, daß Papa seine Schnecken, ich meine Schule verließ, diese tollste, schönste aller Schulen, wo Mademoiselle Sergent, der öffentlichen Meinung spottend, weiterhin ihre kleine Aimée liebkost, während die lieben Kinder machen, was sie wollen ...

Ich sehe schon, es wird schwierig sein, der Reihe nach zu berichten, und sehr, sehr anstrengend. Überhaupt ermüde ich leicht, bin dünner als voriges Jahr, kaum größer und sehe aus wie knappe sechzehn, obwohl ich vorgestern meinen siebzehnten Geburtstag gefeiert habe. Rasch – einen Blick in den Spiegel. Nein, ich habe nicht übertrieben!

Spitzes Kinn, du bist niedlich, aber um alles in der Welt, werde mir nicht allzu spitz! Nußbraune Augen, ihr seid und bleibt nußbraun, das sei euch unbenommen! Doch warum weicht ihr mit solch übertriebener Bescheidenheit in eure Höhlen zurück? Mund, du bist noch immer der alte, aber so bleich, daß ich der Versuchung nicht widerstehen kann, der roten Geranie einige Blütenblätter auszuzupfen, um sie auf meinen farblosen Lippen zu zerreiben. (Das gibt ihnen übrigens einen Stich ins Schmutzig-Violette, den ich unverzüglich herunteresse.) Und ihr, meine armen Ohren, klein, weiß und blutleer, ich betrachte euch nur verstohlen, kneife euch, auf daß ihr ein wenig Farbe bekommt, und verbanne euch sogleich wieder unter meine Locken ... oh, meine Locken! Kaum berühre ich sie, schnürt es mir das Herz zusammen, und ich möchte am liebsten weinen ... Man hat sie mir abgeschnitten, knapp unterhalb der Ohren, meine schönen rotbraunen Haare, mein schimmerndes, seidiges Vlies! Die zehn Zentimeter, die mir verblieben sind, tun ihr möglichstes, legen sich zu lockeren Wellen, umrahmen mein Haupt mit weichem Schimmer, wachsen, so schnell sie können – aber deshalb macht es mich nicht unglücklich, wenn ich allmorgendlich, ehe ich meinen Hals einseife, in alter Gewohnheit die Hand hebe, um meine Mähne aufzustecken ...

Und du, Papa, Gelehrter mit wallendem Bart, dir bin ich fast ebenso böse wie mir. Hat man je einen solchen Vater gesehen? Urteilen Sie selbst:

Als das große Werk über die »Malakologie des Fresnois« seiner Vollendung entgegenging, sandte Papa drei Viertel des Manuskripts dem Pariser Verleger Masson und wurde von Stund an die Beute verzehrender Ungeduld. Wie! Des Morgens hatte er die korrigierten Seiten zur Post getragen, und abends waren sie noch nicht zurück? (Acht Stunden Bahnfahrt!) Was mußte der Briefträger Doussine nicht alles über sich ergehen lassen! »Noch immer keine Druckfahnen? Elender Bonapartist! Unfähiger Kerl! Seine Frau betrügt ihn, und sie weiß, warum!« Und die Tölpel von Druckern! Der Schmähungen war kein Ende. Den ganzen Tag wetterte Papa über diese Urheber empörender Druckfehler, stellte ihnen baldige Skalpierung in Aussicht und warf mit Beleidigungen um sich, zu deren mildesten die Bezeichnung »sodomitischer Zwerg« zählte. Fanchette, meine schöne Katze, die auf Lebensart hält, runzelte mißbilligend die Brauen.

Der November war kalt und regnerisch. Die Schnecken, sich selbst überlassen, starben wie die Fliegen. Und Papa? Eines Abends versenkte er die Rechte in seinen dreifarbigen Bart und erklärte kurz und bündig: »Mit meinem Buch geht nichts weiter. Diese Drucker halten mich zum Narren! Das vernünftigste *(sic)* ist, wir übersiedeln nach Paris!«

Ich war sprachlos. So viel Einfachheit, gepaart mit so viel Wahnwitz, erregte meine Bewunderung. Ich erbat acht Tage Bedenkzeit.

»Aber beeil dich!« mahnte Papa. »Ich habe einen Mieter für das Haus.«

Oh, über das Doppelspiel der treuherzigsten Väter! Der meine hatte bereits alles vorbereitet, in aller Stille, und mich ahnungsloses Wesen traf der Gedanke an die drohende Abreise wie ein Blitz aus heiterem Himmel!

Zwei Tage später zeigte sich die lange Anaïs noch lästiger als gewöhnlich – in der unbestimmten Absicht, Mademoiselles Rat zu befolgen und mich auf die Matura vorzubereiten, kam ich weiterhin zur Schule – und plagte mich so lange, bis ich mich nicht enthalten konnte, achselzuckend zu sagen: »Laß nur, Alte, du wirst mich nicht mehr lange ärgern! Nächsten Monat übersiedle ich nach Paris!«

Der Schlag kam so unerwartet, daß sie keine Zeit mehr hatte, ein Erstaunen zu verbergen, dessen Grenzenlosigkeit mir in der Seele wohltat.

»Luce! Luce! Du wirst deine Herzensfreundin verlieren! Claudine fährt nach Paris! Du wirst blutige Tränen weinen, meine Liebe! Schnell, schneid dir eine Locke ab, tauscht eure letzten Liebesschwüre, ihr habt nicht mehr viel Zeit!«

Luce, ein Bild des Jammers, spreizte alle zehn Finger in der Luft, riß verstört die trägen grünen Augen auf und begann lärmend zu weinen, ohne jegliches Schamgefühl. Das gab mir den Rest.

»Und ob ich fahre! Dann bin ich euch wenigstens los!«

Mein Entschluß war gefaßt. Daheim angelangt, gab ich Papa mein feierliches Jawort. Er strich sich befriedigt den Bart und verkündete: »Pradeyron ist schon auf Wohnungssuche. Wo, weiß ich nicht. Hauptsache, ich habe Platz für meine Schmöker. Das Viertel ist mir scheißegal. Und was sagst du?«

»Mir ist es auch sch- gleichgültig.«

In Wirklichkeit hatte ich keine Ahnung. Wie wollen Sie, daß eine Claudine, deren Weltkenntnis sich auf das große Haus und den geliebten Garten von Montigny beschränkte, plötzlich wissen solle, in welchem Pariser Bezirk es sich am besten wohnt? Fanchette wußte es ebensowenig. Doch mich packte jene Unrast, die sich in allen großen Augenblicken meines Lebens einzustellen pflegt, und ich begann ziellos umherzuwandern, während Papa, in einem plötzlichen Anfall von Umsicht – nein, von Tätigkeitsdrang, nur keine Übertreibungen! –, die Verpackungsarbeiten leitete, unter großem Getöse.

Es litt mich nicht mehr daheim. Ich flüchtete in die Wälder, nicht zuletzt, um Mélies wütenden Klagen zu entrinnen.

Mélie ist blond, faul und verblüht. Einst war sie sehr hübsch. Sie kocht, bringt mir Wasser und lenkt das Obst aus unserem Garten in die Taschen nebelhafter »Bekannter«. Papa versichert, daß sie mich vor langer Zeit gesäugt hätte, mit »prima« Milch, und mir auch heute noch recht zugetan sei. Sie singt gern und viel und verfügt über ein reichhaltiges Repertoire leichtfertiger bis obszöner Liedchen, deren Großteil ich auswendig kann. (Und dabei behaupten die Leute, ich hätte für Unterhaltungsmusik nichts übrig!) Eines finde ich besonders hübsch:

> Zehn Gläser trank er täglich aus,
> so war er es gewohnt,
> ging erst beim Hahnenschrei nach Haus
> und hat sich nicht geschont.
> Tralalala tralalala ...

Mélie verfolgt zärtlich die Entwicklung meiner Tugenden und Fehler, stellt begeistert fest, daß ich »fein« sei und einen »schönen Körper« habe, und endet ihre Lobeshymnen unweigerlich mit dem bedauernden Ausruf: »Schad', daß du keinen Liebhaber nicht hast!« Ihren ebenso selbstlosen wie unbekümmerten Drang, den Wunsch nach Liebe zu wecken und zu befriedigen, dehnt sie auf die gesamte Schöpfung aus. Wenn Fanchette im Frühling gurrt, miaut und auf dem Rükken über die Kieswege schleift, lockt die gefällige Mélie die Kater herbei, mittels großer Teller voll rohen Fleisches, die sie zwanglos im Gebüsch verteilt, steht unbeweglich daneben, in fettiger, schmieriger Schürze, harrt geduldig, bis Kalbskopf oder Wildhaschee verzehrt sind, betrachtet genau die Idyllen, die meist nicht auf sich warten lassen, und wägt dabei ihre korsettlosen Brüste in den Händen, eine Gewohnheit, der es in seltenem Maße gegeben ist, mich aufzubringen. Ich kann nichts dafür, aber der Gedanke, daran gesogen zu haben, ist mir widerwärtig.

Wäre ich nur eine kleine Gans und keine besonnene junge Dame, hätte mich die zuvorkommende Mélie schon längst zu Fall gebracht. So aber verlache ich sie, sooft sie mir einen neuen Galan vorschlägt, schneide ihr das Wort ab und sage: »Geh damit zu Anaïs! Dort hast du mehr Erfolg!«

Mélie hat geschworen (beim Haupte meiner Mutter!), daß keine zehn Rösser sie nach Paris bringen würden. Ich erwiderte: »Bleib ruhig da! Mir ist es egal!« Ergebnis: sie packte ihre Koffer, unter Vorhersage der fürchterlichsten Katastrophen.

Inzwischen durchstreifte ich auf kotigen Pfaden den rostroten, nach Pilzen und feuchtem Moos duftenden Wald, sammelte gelbe Pfifferlinge, diese Freunde sämiger Saucen und gedünsteten Kalbfleischs, erkannte das Übersiedlungsprojekt allmählich in seinem ganzen Wahnwitz und überlegte fieberhaft. Wenn ich Papa anflehte, nein, anschrie, vielleicht ließe sich noch etwas machen?! Aber was würde Anaïs sagen? Und Luce? Könnten sie nicht am Ende glauben, ich bliebe ihretwegen? Nein, nein, tausendmal nein! Wenn ich es gar nicht aushalte, kann ich mir »dort« noch immer den Kopf zerbrechen!

Eines Tages stand ich am Waldsaum und besah das Land zu meinen Füßen: die Äcker, die Stoppelfelder, das frisch aufgeworfene, rötlich schimmernde Erdreich, den sacht dahinschwindenden Sarazenenturm, die Wälder, denen meine ganze Liebe gilt. Da kam mir die unselige Verblendung, fortzuziehen, so klar zu Bewußtsein, daß ich um ein Haar nach Hause gestürzt wäre und gefleht, nein, befohlen hätte, die Bücherkisten wieder aufzustemmen und die Möbel aus ihrer kunstvollen Umhüllung zu schälen.

Warum habe ich es nicht getan? Warum blieb ich wie angewurzelt stehen, jeder Empfindung bar, die kalten Hände unter dem roten Umhang vergraben, während zackige Kastanien auf mich niederfielen? Sie verfingen sich in meinem Haar und stachen ein wenig, wie Wollknäuel, in denen man die Stopfnadeln vergessen hat ...

Doch ich will mich kurz fassen. Auszug aus der Schule. Kühler Abschied von Mademoiselle Sergent (sie ist wirklich ihr Geld wert, diese Frau Direktor! Ihre kleine Aimée dicht auf den Fersen, sagt sie mir »Auf Wiedersehen!«, als ob ich noch am selben Abend zurückkommen sollte!), hämischer Kratzfuß der langen Anaïs (»Ich wünsche dir kein Glück, meine Liebe, es läuft dir ohnedies nach! Wahrscheinlich wirst du erst geruhen, mir zu schreiben, um deine Hochzeit anzukündigen!«), schluchzendes, herzzerreißendes Adieu der kleinen Luce. Sie hat mir aus schwarz-gelber Seide eine Börse gehäkelt, ein Schulbeispiel schlechten Geschmacks, und überreicht mir außerdem ein Federschächtelchen aus Rosenholz, das eine ihrer Locken birgt. Um einem Verlust dieser Abschiedsgeschenke vorzubeugen, hat sie Schächtelchen und Börse nach allen Regeln der Kunst beschworen.

(Der Hexerei Unkundige mögen aufmerken: man legt den zu beschwörenden Gegenstand auf den Boden, schließt ihn in zwei Klammern ein, deren Enden einander überkreuzen, und schreibt in die linke obere Ecke ein kleines X. Das genügt. Sie können ganz beruhigt sein, der Zauber ist unfehlbar! Manche spucken auch auf den zu behexenden Gegenstand, das ist jedoch nicht unerläßlich.)

Die arme Luce sagte: »Du glaubst nicht, daß ich unglücklich sein werde? Du wirst dich wundern! Du weißt nicht, wozu ich imstande bin! Ich hab genug von meiner Schwester und ihrer Mademoiselle! Du warst meine einzige Freude! Du wirst schon sehen, was passiert!«

Ich habe die Trostlose geküßt, oft und lange, auf ihre weichen Wangen, ihre nassen Wimpern, ihren kühlen weißen Nacken, ich habe ihre Stupsnase geküßt und ihre Grübchen, und die Verzweiflung der armen Kleinen – ihr Lebtag hatte sie von mir nicht so viel Liebe erfahren – wuchs ins Ungemessene. Ich hätte sie ein Jahr lang vielleicht sehr glücklich machen können (es wäre dir nicht allzu schwer gefallen, Claudine, mir kannst du nichts erzählen!), aber ich bereue nicht, es unterlassen zu haben. Stück für Stück verpackte man meine Möbel, meine Bücher und meine kleinen Liebhabereien, während ich daneben stand, von Widerwillen geschüttelt, erfroren und schlechter gelaunt als eine Katze im Regen. Zusehen zu müssen, wie man meinen zierlichen, tintenbekleckten Mahagonischreibtisch davonschleppte, mein Himmelbett aus Nußholz und die alte normannische Anrichte, die mir als Wäscheschrank dient, kostete mich beinahe einen Nervenzusammenbruch. Papa hingegen, munterer denn je, spazierte vergnügt mitten durch den Weltuntergang und sang aus voller Kehle: »Die frechen Söhne Albions zogen vor Lorient. Doch die Bretonen ...« (Der Rest ist leider unaussprechlich.) Nie habe ich meinen Vater so wild gehaßt wie an jenem Tag.

Im letzten Moment glaubte ich Fanchette zu verlieren: nicht minder verstört als ich, floh sie Hals über Kopf in den Garten und verkroch sich im Kohlenschuppen. Ich lockte sie mit unsäglicher Mühe hervor und sperrte sie in einen Reisekorb, kohlschwarz, spuckend und fluchend. (Von Fanchettes stark ausgeprägtem Widerwillen gegen Körbe ist nur der Fleischkorb ausgenommen.)

Reise, Ankunft und erste Pariser Tage verlieren sich in einem Nebel dumpfer Verzweiflung. Die Düsterkeit der traurigen, zwischen zwei Lichthöfen gelegenen Wohnung in der armseligen Rue Jacob machte meinen betäubten Lebensgeistern das Erwachen vollends unmöglich. Regungslos sah ich zu, wie erst die Bücherkisten, dann die Möbel in der Verbannung eintrafen, wie Papa, beschwingten Schritts und unermüdlich, Regale montierte, seinen Schreibtisch von einer Ecke in die andere schob und lärmend frohlockte: »Zwei Schritte von der Sorbonne! Die Geographiegesellschaft vor der Tür, die Bibliothek Sainte Geneviève keine hundert Meter entfernt!«

Mélie greinte. Ihre Küche liegt jenseits des Korridors und zählt zu den schönsten Räumen des Appartements. Dennoch klagte sie dauernd über Platzmangel und setzte uns unter dem Vorwand, in einer halbfertigen ungesunden Küche hantieren zu müssen, halbfertige ungesunde Kost vor. Ich duldete es, denn meine Gedanken kreisten Tag und Nacht um die eine Frage: Was tue ich hier? Wie konnte ich diesen Wahnsinn zulassen? Ich lehnte ab auszugehen, weigerte mich hartnäckig, irgend etwas Nützliches anzufangen, irrte von Zimmer zu Zimmer, appetitlos, mit zugeschnürter Kehle. Nach zehn Tagen sah ich so seltsam aus, daß selbst Papa die Veränderung bemerkte und sofort außer sich geriet, denn was er tut, tut er maßlos und zur Gänze. Er setzte mich auf sein Knie, bettete mein Haupt an seinen wallenden dreifarbigen Bart und streichelte mich mit seinen knorrigen, nach Fichtenholz duftenden Händen (er hatte den ganzen Tag Bücherregale festgeschraubt). Ich sagte kein Wort und biß die Zähne zusammen. Ich hatte ihm noch nicht verziehen, oh, ganz im Gegenteil! Endlich versagten meine angespannten Nerven, die Krise kam, und eines Abends brachte Mélie mich zu Bett, glühend von Kopf bis Fuß.

Wochenlang lag ich krank, an einer Art Nervenfieber mit typhoidem Einschlag, in tiefer, jämmerlicher Nacht. Ich hatte das Gefühl, nur aus Kopf zu bestehen, aus einem riesigen, schmerzenden Kopf. Daß ich viel phantasiert habe, glaube ich kaum. Aber ich erinnere mich, ganze Stunden hindurch, auf der linken Seite liegend, mit der Fingerspitze einen jener phantastischen Äpfel nachgezeichnet zu haben, die auf meinen Bettvorhängen abgebildet sind und Kugeln mit Augen gleichen. Auch jetzt brauche ich diese Frucht nur anzuschauen, um sogleich wieder in eine Welt der Alpträume versetzt zu werden, wo Mademoiselle Sergent, Aimée, Luce und die böse Anaïs in rasendem Wirbel an mir vorübertanzen, eine Mauer mich zu erschlagen droht und Fanchette auf meiner Brust sitzt, groß wie ein Esel.

Ich weiß auch noch, daß Papa sich über mich neigte. Bart und Gesicht dünkten mich riesenhaft, und ich stieß ihn zurück, mit der ganzen Kraft meiner schwachen Arme, um die Hände sogleich wieder sinken zu lassen. Noch nie war mir der Stoff seines Anzugs so derb und rauh erschienen. Dann entsinne ich mich eines blonden Arztes. Er war klein und sanft, hatte eine Fistelstimme und eiskalte Hände, und sooft er mich berührte, erschauerte ich am ganzen Körper.

Zwei Monate vermochte man mich nicht zu kämmen, und das verfilzte Haar schmerzte bei jeder Bewegung. Darum griff Mélie eines Tages kurz entschlossen zur Schere und stutzte mich, so gut es ging, in Stufen und Etagen. Ein Glück, daß Anaïs weit fort ist! Sie, die mir meine kastanienbraunen Locken so sehr neidete, daß sie es sich während der Pause nie verkneifen konnte, wie unabsichtlich daran zu reißen, würde bei meinem jetzigen Anblick frohlocken: ich sehe aus wie ein Junge.

Langsam befreundete ich mich wieder mit dem Leben. Eines Tages zum Beispiel, da es gelang, mich aufzurichten, und die Morgensonne in mein Zimmer schien, stellte ich fest, daß die rotgemusterte Tapete den weißen Wänden eine freundliche Note gab. Gleichzeitig mußte ich an pommes frites denken.

»Mélie, ich hab Hunger! Mélie, was riecht so gut in deiner Küche? Mélie, mein Spiegelchen! Mélie, Kölnischwasser! Ich will mir die Ohren waschen. Mélie, was ist draußen los? Ich stehe auf!«

»Bist du aber lästig, kleine Maus! Aber es ist schon recht, jetzt geht's wieder bergauf mit uns! Von Aufstehen ist keine Rede. Erstens hat's der Herr Doktor verboten und zweitens kannst du nicht einmal auf allen vieren kriechen!«

»Sooo? Wart nur, du wirst schon sehen!«

Hopp! Ungeachtet der verzweifelten Beschwörungen Mélies (»Du wirst umfallen, mein Herz! Mein süßes Täubchen, ich werde es dem Doktor sagen!«) ziehe ich mit größter Anstrengung die Beine unter der Decke hervor. Guter Gott! Wo sind meine Waden hingekommen? Und meine Knie? Wie häßlich und stark sie geworden sind! Grimmig krieche ich ins Bett zurück, am Ende meiner Kräfte.

Seltsam: in Paris schmecken die »frischen Eier« nach Zeitungspapier. Dennoch esse ich sie widerspruchslos und führe mich im großen und ganzen überhaupt recht ordentlich auf. Mein Zimmer ist gemütlich. Im Kamin knistert das Holz, die rotgemusterte Tapete gefällt mir (das habe ich schon einmal gesagt), die doppeltürige normannische Anrichte, die meine kleine Aussteuer birgt, nicht minder. Ein Tischchen, alt und abgenützt – wie oft bin ich ihm mit Tinte und Federmesser zu Leibe gerückt! –, nimmt die Längswand des rechteckigen Raumes ein, neben dem Bett. Mein schönes, ehrwürdiges Himmelbett! Es ist mit Kretonnevorhängen geziert (ja, wir halten auf Tradition!), auf deren weißem Grund rot-gelbe Früchte und Blumen prangen. Mein altmodischer Mahagonischreibtisch steht gegenüber. Kein Teppich. Als Bettvorleger dient ein weißes Pudelfell. Weitere Möbelstücke: ein tiefer Gobelinfauteuil mit abgeschabten Armlehnen, ein niedriger wurmstichiger Sessel mit rot-gelbem Strohgeflecht, ein zweiter von gleicher Höhe, aber weißlackiert, ein viereckiges Rohrtischchen, das sich einst naturfarbener Politur rühmen durfte. Es erübrigt sich wohl, zu sagen, daß ich diesen Salat seit jeher als reizende Zusammenstellung betrachte. Eine Schmalseite meines Zimmers wird von der Alkoventüre eingenommen, hinter der sich mein düsterer Waschraum verbirgt. Als Waschtisch dient mir unsinnigerweise eine wertvolle Konsole Louis XV. mit rosa Marmorplatte, die im Salon weit eher am Platze wäre. (Verschwenderischer Luxus, ich weiß, ich weiß! Aber wozu ist man schließlich Papas Liebling?) Ferner gibt es ein ganz gewöhnliches Becken, ein kleines Schaff und – keine Zinkwanne, nein, nein! Anstelle dieses lächerlichen Behälters mit seinen Theaterdonner-ähnlichen Geräuschen, in dem mir regelmäßig die Füße einfrieren, habe ich einen Bottich mitgebracht, einen riesigen, richtigen Buchenzuber aus Montigny. Was sagen Sie jetzt? Den fülle ich mit heißem Wasser, setze mich im Türkensitz auf das wohlig-rauhe Holz und lasse meinen Allerwertesten schaben: das ist sehr angenehm.

Wie bereits erwähnt, esse ich Eier, widerspruchslos, lese nur wenig – erstens hat man es mir strengstens untersagt und zweitens schwindelt mir nach wenigen Zeilen – und kann mir nicht erklären, wieso sich die Freude, die ich beim Erwachen empfinde, im Laufe des Tages sachte verliert, um sich gegen Abend unweigerlich in Trübsinn und wildes Einsamkeitsbedürfnis zu verwandeln, ungeachtet aller Possen Fanchettes.

Fanchette, dieser Glücklichen, vermochte der Hausarrest nichts anzuhaben. Sie ist fröhlich wie eh und je, hat sich den neuen Lebensumständen bestens angepaßt und sogar willig dazu bereit gefunden, ihre kleinen Greuel auf einem mit Sägespänen bestreuten Brett zu deponieren, das sich diskret unter meinem Bett verbirgt. Manchmal unterhalte ich mich damit, der Zeremonie beizuwohnen und zu beobachten, wie sich die heilige Handlung Phase für Phase auf ihrer dreieckigen Katzenphysiognomie widerspiegelt: Fanchette leckt ihre Hinterpfoten, die verkörperte Sorgfalt. Auch zwischen den Krallen wird saubergemacht. Braves, ausdrucksloses Gesicht. Plötzlich hält sie inne. Ernste Miene. Ein Schatten von Besorgnis. Jähe Änderung der Pose: sie setzt sich auf ihr Hinterteil, kalten, strengen Blicks, steht auf, macht drei Schritte, setzt sich wieder nieder. Jetzt faßt sie einen unwiderruflichen Entschluß, springt vom Bett, läuft zu ihrer Tasse, kratzt – und das ist alles. Nichts geschieht. Man schaut wieder gelangweilt drein. Aber nur kurze Zeit. Schon scharrt sie fieberhaft die Sägespäne auf, schon streben die Brauen angstvoll zueinander, schon sucht sie den richtigen, den einzig möglichen Platz, um nach anfänglichem Zappeln drei Minuten lang scharf nachzudenken, mit starrem Blick und geistesabwesender Miene. Ja, man ist gern ein wenig verstopft. Endlich, endlich erhebt sie sich, verscharrt den Leichnam mit dem erschütterten Gebaren, das bei solch traurigem Anlaß angebracht erscheint, treibt die Gewissenhaftigkeit so weit, rund um das Tablett den Parkettboden aufzukratzen, und schlägt ohne jeden Übergang die wildesten, ausgelassensten Kapriolen, die nichts anderes sind als das Vorspiel des weitaus längeren, aber nicht minder fröhlichen Befreiungstänzchens. Dann lache ich und rufe: »Mélie! Komm schnell! Fanchette braucht neue Sägespäne!«

Seit einiger Zeit interessiere ich mich für die Geräusche, die aus dem Hof heraufdringen. Er wird an einer Seite von der Rückwand eines großen schwarzen Hauses begrenzt und schließt eine Unzahl kleiner, ziegelgedeckter Schuppen ein. Ziegel ... gibt es die nicht auch in Montigny? Eine niedrige, finstere Türe führt angeblich in die Rue Visconti. Abgesehen von Männern in blauem Arbeitskittel und farblosen Frauen mit struppigem Haar und dem müden, schleppenden Gang abgerackerter Kreaturen habe ich in diesem Hof nie jemanden zu Gesicht bekommen. Ach ja, ein Kind ist auch noch da. Es spielt stundenlang, lautlos und einsam, und gehört allem Anschein nach der Hausmeisterin des düsteren Gebäudes. Im ersten Stock unseres Hauses – sofern ich diesen viereckigen Kasten voll unsympathischer Unbekannter »unser Haus« zu nennen wage – pflegt eine gemeine, mit bretonischer Haube gezierte Dienstmagd allmorgendlich einen armen Hund zu prügeln, der sich wahrscheinlich in der Küche nachts allerhand zuschulden kommen läßt. Täglich höre ich sein Gewinsel und Geheule. Na warte, du Tierfreundin! Bin ich erst einmal gesund, ist dir der Tod von meiner Hand gewiß! Jeden Donnerstag von zehn bis elf dreht ein Leierkastenmann die abscheulichsten Romanzen in die Gegend, und jeden Freitag erscheint ein Armer (hier sagt man ein »Armer« und nicht ein »Unglücklicher«, wie bei uns in Montigny), ein klassischer Armer mit wallendem, weißem Bart, der uns auf das feierlichste anbettelt: »Gedenk' eines armen – blinden – Unglücklichen – der sich Ihrer Güte empfiehlt! Messieurs! Mesdames! (eins, zwei, drei) B-i-i-i-tte!« Das Ganze auf eine kleine Melodie in Moll, die in Dur endet. Diesem ehrwürdigen Greis lasse ich durch Mélie vier Sous hinunterwerfen, die meinem Befehl schimpfend nachkommt und behauptet, ich verdürbe die Zunft.

Papa strahlt, mich auf dem Wege der Besserung zu sehen, und bleibt mit kaum wiedererlangter Gemütsruhe stundenlang fort, um knapp vor den Mahlzeiten hereinzuschneien.

Oh, über die Archive und Bibliotheken, die dieser bärtige Bourbone stolz und staubbedeckt durchmißt!

Armer Papa. Geriet nicht mit dem Veilchenstrauß, den du mir eines Februarmorgens brachtest, alles wieder ins Wanken? Der Duft der lebendigen Blumen, ihre feuchte Frische unter meinen Händen zerrissen jäh den Nebel des Vergessens, den das Fieber über mein fernes Montigny gebreitet hatte. Mit einem Schlag sah ich die entlaubten Wälder, durchsichtig und kahl im zarten Vorfrühlingslicht, die Straßen mit ihrem falben Saum verwelkten Schlehdorns und frostzerbissener Hagebutten, das stufenförmig abfallende Dorf, den efeuumsponnenen Turm, der sein dunkelgrünes Kleid als einziger zu wahren versteht, und das helle, langgestreckte Schulgebäude, von kraftloser Sonne beschienen. Ich vermeinte den süßlich-faulen Duft welker Blätter zu atmen, ich glaubte den Klassendunst zu spüren, diesen eigenartigen, aus den vereinigten Gerüchen von Tinte, Papier und nassen Holzschuhen bestehenden Gestank. Papa griff sich verzweifelt an die sonnenkönigliche Nase, Mélie fingerte angstvoll an ihren Brüsten. Beide sahen mich schon wieder schwerkrank und schickten auf der Stelle nach dem sanften Doktor, der eilends in den dritten Stock geklettert kam und erklärte, es sei nicht der geringste Anlaß zur Besorgnis vorhanden.

Ich hasse dieses blonde bebrillte Männchen, obgleich ich zugeben muß, daß es mich aufs beste behandelt hat. Kaum werde ich seiner ansichtig, vergrabe ich die Hände unter der Decke, rolle mich korkzieherartig zusammen und verkrampfe sogar die Zehen, so wie Fanchette es zu tun pflegt, wenn ich ihre Krallen inspizieren will. Womit hat der Arme solch wilde Abneigung verdient? Ich weiß es nicht, versuche aber ebensowenig, meinen ungerechtfertigten Widerwillen zu überwinden. Ich kann es nun einmal nicht leiden, von einem unbekannten Mann berührt und abgetastet zu werden und dulden zu müssen, wie er den Kopf an meine Brust legt, um zu horchen, ob ich auch ordentlich atme. Wenn es ihm wenigstens einfiele, sich vorher die Hände zu wärmen!

Aber er behielt recht. Mein Zustand war tatsächlich nicht besorgniserregend: bald durfte ich wieder aufstehen. Seither kreisen meine Gedanken um ein anderes Thema:

»Mélie, wer wird jetzt meine Kleider nähen?«

»Ich weiß nicht, mein Herzblatt. Warum gehst du nicht zu Maaame Coeur und läßt dir jemanden empfehlen?«

Welch ein kluges Wesen ist doch diese Mélie! Sie hat recht, und daß ich nicht von selbst auf die Idee gekommen bin, mich an »Maaame Coeur« zu wenden, ist ein starkes Stück, kann man doch diese Schwester Papas bei bestem Willen nicht als entfernte Verwandte bezeichnen. Andererseits jedoch übersieht mein bewundernswerter Vater sämtliche Familienpflichten seit jeher mit solch vollendeter Meisterschaft, daß ich glaube, meiner Tante Coeur vor zehn Jahren zum ersten- und letztenmal begegnet zu sein. Damals glich sie der Kaiserin Eugenie, wahrscheinlich, um ihrem Bruder eins auszuwischen, der dem Sonnenkönig ähnelt. Feudale Familie! Die freundliche Dame ist Witwe und, meines Wissens, kinderlos!

Allmorgendlich schlüpfe ich in meinen blaßlila Samtschlafrock – er ist an den Schultern gezogen und meinem armen, abgemagerten Körper viel zu weit – und begebe mich auf einen Erkundungsgang, der sich mit der Zeit über die gesamte Wohnung erstreckt. Dabei muß ich feststellen, daß Papa den düsteren Salon mit Möbeln vollgepfropft hat, die zum Teil aus seinem alten Arbeitszimmer stammen. Die Mesalliance einiger Fauteuils Louis XVI. – sie sind niedrig, tief und al-

altersschwach – mit zwei orientalischen Tischchen, einem intarsiengezierten Holzstuhl maurischen Ursprungs und einem Betteinsatz, der sich unter einem Perserteppich verbirgt, tut meiner Seele weh. Claudine, das werden wir ändern müssen ...

Ich rücke die Nippsachen zurecht, schiebe einen der marokkanischen Lederhocker zur Seite, stelle die heilige Kuh (ein kleines altehrwürdiges Stück japanischer Herkunft, dank Mélie bereits zweimal gekittet) auf ihren Platz auf dem Kaminsims und lasse mich erschöpft auf den Diwan gleiten, dem Spiegel gegenüber, um beim Anblick meiner eingesunkenen Wangen und übergroßen Augen, vor allem aber angesichts meines armen, ausgebissenen Haars in dumpfe Verzweiflung zu verfallen. Schön schaust du aus, Alte! Wie wär's, wenn du jetzt auf den großen Nußbaum klettern müßtest? Ich wage kaum daran zu denken. Wo ist meine Geschmeidigkeit geblieben, wo die behende Kraft meiner Arme und Beine, die mich im Nu den Wipfel erreichen ließ, mit raschem, unfehlbarem Katzentritt? Noch höre ich das scharfe »Knack« meiner sicheren Griffe ... Das spitze Gesichtchen, das mir entgegenschimmert, scheint das einer vierzehnjährigen Märtyrerin ...

Wir sitzen beim Nachtmahl. Zwischen zwei heimlichen Bissen streng verbotenen Brots frage ich den Verfasser der »Fresnischen Malakologie«: »Wieso haben wir eigentlich die Tante noch nicht gesehen? Warst du noch nicht bei ihr?«

»Welche Tante, mein Herz?« erwidert Papa mit freundlicher Miene, sanfter Stimme und der milden Herablassung, die man Narren zu bezeigen pflegt.

Mit dieser Art freundlicher Träumerei nicht unvertraut, erläutere ich meinem Vater voll Nachsicht, daß es sich um seine Schwester handle.

»Tausend Ferkel!« ruft er bewundernd. »Du denkst wirklich an alles! Die Alte wird sich freuen, wenn sie erfährt, daß wir in Paris sind – und nicht mehr anzubringen sind!« fügt er hinzu.

Nach und nach beziehe ich auch die Bibliothek in meine Spaziergänge ein, einen Raum, dessen Schmalseite von einem großen Fenster eingenommen wird. (Die Küche ist der einzige helle Ort der ganzen Wohnung, obgleich Mélie die pittoreske Meinung vertritt, daß man dort weder mit den Augen noch mit anderen Körperteilen, auf deren Nennung ich besser verzichte, zu sehen vermöge.) Die übrigen drei Wände hat Papa mit Bücherregalen geschmückt, seinen kupferbeschlagenen Schreibtisch in die Mitte geschoben. Das imposante Möbelstück aus Thujaholz ist mit Rollen versehen und kann daher mühelos in der Gegend herumfahren, keuchend gefolgt von einem alten Ohrenstuhl aus rotem Leder mit verblichenen Ecken und aufgeschlitzten Armlehnen. Ferner gibt es noch ein tischähnliches Brett auf zwei Böcken und eine kleine Leiter, um zu den höchsten Lexika zu gelangen. Das ist alles.

Ich erstarke von Tag zu Tag, wärme mich am Anblick bekannter Buchtitel, durchblättere hin und wieder den von Bertall verunstalteten Balzac oder Voltaires Philosophisches Wörterbuch. Was vermittelt mir dieses Nachschlagewerk? Langeweile und die Kenntnis anstößiger, zumeist schockierender Dinge. (Nicht alles, was anstößig ist, schockiert. Das allerwenigste sogar!) Da ich aber in Papas Bibliothek aufgewachsen bin, vermag mich kaum etwas zu erschüttern. Allerdings gelingt es mir fast ebenso selten, in fassungslose Begeisterung zu geraten.

Besichtigung der Höhle Papas. Dieser Papa! Er hat seine Bude mit einer geblümten Tapete ausgestattet, die jedem Jungmädchenzimmer zur Ehre gereichen würde, sowie mit einem Bett mit schwindelerregend schräggestellter Matratze. (Papa schläft nur sitzend.) Ich erlasse Ihnen die Aufzählung der Empiremöbel, der großen, mit wissenschaftlichen Broschüren und Zeitschriften gepolsterten Korbsessel, der Vierfarbendrucke, die an allen möglichen und unmöglichen Stellen angebracht sind und dem entzückten Beschauer eine reichhaltige Auswahl von Schnecken, Tausendfüßlern und anderen reizenden Tierchen bieten, der Fossilien auf dem Kaminsims, die vor geraumer Zeit Mollusken gewesen sein dürften, sowie der beiden Ammonshörner, die dicht neben dem Bett auf dem Boden liegen, groß wie Wagenräder. Ein Hoch der Malakologie, dieser schönen, ehrbaren Wissenschaft. Die Zuflucht in unserem Heim sei ihr gegönnt.

Das Speisezimmer ist uninteressant. Wären nicht die burgundische Kredenz und die schweren, stattlichen Stühle – gleichfalls burgundischer Herkunft –, fände ich es beinahe geschmacklos. Der allzu ländlichen Anrichte fehlt die braune Täfelung des Eßzimmers von Montigny. Zu allem Überfluß hat Mélie aus Platzmangel den großen Wäscheschrank hereingestellt, der an sich sehr schön wäre (Stil Louis XV., die Füllung mit Musikinstrumenten bemalt), in dieser Umgebung jedoch fehl am Platz wirkt und traurig, wie übrigens der Großteil unserer Einrichtung. Er träumt von Montigny, genau wie ich.

Bescheiden triumphierend teilt mir der widerwärtige Doktor mit, daß ich ausgehen dürfe.

»Niemals!« rufe ich mit edler Entrüstung. Vor so viel Überschwang steht er ganz dumm da, jawohl, das Wort ist durchaus angebracht.

»Warum nicht?«

»Weil ich keine Haare habe! Bevor sie nicht nachgewachsen sind, gehe ich nicht auf die Gasse!«

»Dann werden Sie eben aufs neue erkranken, mein Kind! Sie brauchen unbedingt Sauerstoff!«

»Sie sind gut! Ich brauche Haare, sonst nichts!«

Er geht, sanft und milde. Warum ärgert er sich nicht? Dann könnte ich ihm wenigstens Grobheiten an den Kopf werfen, um mich abzureagieren ...

Giftig wandere ich von Spiegel zu Spiegel und stelle fest, daß mein Gesicht seine fatale Ähnlichkeit mit einer bekümmerten Katze hauptsächlich dem Schnitt meines Haars verdankt, nicht seiner Kürze. Her mit der Papierschere. Aha. Zu groß, obendrein stumpf. Meine Handarbeitsschere? Zu kurz. Mélies Küchenschere? Pfui Teufel! Damit schneidet sie die Hühnermagen auf. »Mélie, morgen früh besorgst du mir zuallererst eine Schneiderschere!«

Endloses, mühevolles Werk! Ein Friseur würde es besser verrichten, vor allem doppelt so schnell. (Mein Widerwille gegen alles Pariserische ist zu tief eingewurzelt, als daß ich mich einem hiesigen Haarschneider anvertrauen würde!) Oh, meine armen gestutzten Locken! Die vorderen, fröhlich geringelt, sehen nicht einmal so übel aus. Aber wenn ich mit Hilfe zweier Spiegel meinen weißen abgezehrten Nakken betrachte, auf dem sich kurze bocksteife Härchen nur langsam und widerwillig zu locken versuchen, so packen mich Wut und Verzweiflung, und ich muß an die Schoten des Springkrauts denken, die, nachdem sie ihren Samen verstreut haben, schneckenförmig zusammenschrumpfen und verdorren.

Knapp vor meinem ersten feierlichen Ausgang überrennt die Spezies »Mensch« meine stille Behausung: die Hausmeisterin stellt sich ein, fünf Minuten nachdem ich der bretonischen Dienstmagd den halben Inhalt meines Wasserkrugs auf die gestärkte Haube gegossen habe. Ich war es müde, der ebenso regelmäßigen wie ungerechtfertigten Verprügelung des armen Pinschers lauschen zu müssen. Die Portiersfrau, eine verblühte Schönheit, schwatzhaft und schmutzig, betrachtet das blasse, hochmütige Ding, das in Papas Abwesenheit öffnet, mit unverhohlenem Staunen:

»Mademoiselle, die Bretonin sagt, daß man einen Kübel ...«

»Stimmt. Weiter?«

»Sie sagt, sie geht zur Polizei –«

»Sie geht mir vor allem auf die Nerven. Überhaupt können Sie ihr ausrichten, daß sie noch ganz andere Sachen auf den Kopf kriegen wird, wenn sie sich noch einmal untersteht, den Hund zu prügeln! Erzähle ich vielleicht ihrer Herrschaft, daß sie sich in die Servietten schneuzt und in die Frühstückstassen spuckt? Na also! Wenn ihr das lieber ist, braucht sie es nur zu sagen.«

O Wunder! Seither läßt sie den armen Hund in Frieden. Unter uns gesagt, habe ich die Bretonin weder in die Tassen spucken sehen noch bemerkt, daß sie sich jemals in Servietten geschneuzt hätte. Aber sie schaut aus, als ob sie es sehr wohl imstande wäre. Außerdem ist sie mir unsympathisch, weshalb ich geneigt bin, meine Behauptung als typisches Beispiel einer Notlüge zu betrachten.

Als mich Papa zum erstenmal spazierenführt, bei scharfem Wind und spitzigem Sonnenschein, war es März. Wir bestiegen einen Fiaker mit Gummirädern. Mit meinem roten Umhang aus Montigny und der Schaffellmütze sehe ich aus wie ein armer kleiner Junge in Weiberröcken. Meine Schuhe sind mir viel zu groß.

Während wir durch den Luxembourg schlendern, erfreut mich mein wackerer Vater mit einer Schilderung der Vorzüge, welche die Staatsbücherei von der Bibliothek Sainte-Geneviève unterscheiden. Ein wenig schwindlig von Sonne und Wind, betrachte ich die breiten Alleen. Sie gefallen mir. Dafür kann ich mich weder mit dem Überfluß an Kindern noch mit dem Fehlen jeglichen Unkrauts abfinden. Beides erscheint mir gleich störend.

»Beim Durcharbeiten meiner großen Abhandlung«, teilt mir Papa eben mit, »habe ich erst bemerkt, wieviel daran noch fehlt! Ich kann über die Flüchtigkeit einzelner Stellen nur staunen! Findest du es nicht eigenartig, daß ich, der ich sonst alles so scharf zu präzisieren pflege, einige wichtige, ja lebenswichtige Probleme, die Zwerggattungen betreffend, nur ganz oberflächlich streifte? Aber das ist nichts für kleine Mädchen.«

Kleine Mädchen! Kleine Mädchen! Man geruht also nicht zur Kenntnis zu nehmen, daß ich langsam erwachsen werde? Daß mein siebzehnter Geburtstag bereits der Vergangenheit angehört? Und was die Zwerggattungen betrifft, so können sie mir gestohlen werden. (Die größeren übrigens nicht minder.) Junges Volk, wohin man schaut. Werde ich eines Tages auch so viele Kinder haben? Und welcher Herr wird den Wunsch in mir erwecken, selbige mit ihm zu fabrizieren? Pfui, pfui! Ich stelle fest, daß sowohl meine Nerven als auch meine Phantasie seit meiner Erkrankung bemerkenswert keusch geworden sind. Wie wär's mit einer großen Abhandlung – warum nur Papa? – »über den läuternden Einfluß der Gehirnentzündung auf halbwüchsige Mädchen« ...? O Luce, meine arme Kleine! Wie sich die Bäume hier beeilen! Schon wagen sich zartgrüne Fliederblätter hervor. Bei uns – ach, bei uns daheim gibt's jetzt erst braune glänzende Knospen, höchstens Schneerosen – wenn überhaupt!

Vom Spaziergang heimgekehrt, muß ich feststellen, daß kein Frühlingswetter das schmutzige Grau der Rue Jacob aufzuhellen vermag. Unempfindlich für die Lobeshymnen meiner getreuen Mélie, die behauptet, daß die frische Luft die Wangen ihres Goldkinds gerötet hätte (sie lügt wie gedruckt, die Gute!), und betrübt über diesen Pariser Lenz, der mich allzu schmerzlich an den andern, richtigen erinnert, sinke ich müde auf mein Bett, stehe aber sogleich wieder auf, um einen Brief an Luce zu verfassen. Während ich ihn zuklebe, fällt mir ein, daß die arme Kleine kein Wort verstehen wird. Was bedeutet es ihr schon, daß Herr X., der jetzige Bewohner unseres Hauses, die Zweige des großen Nußbaums abgeschnitten hat, weil sie den Boden streiften, oder daß den Wald bei Fredonnes – man kann ihn von der Schule aus sehen – schon der grüne Nebel junger Triebe deckt. Ebensowenig wird sie mir mitteilen können, ob sich das Getreide ordentlich anläßt, oder ob die Veilchen, die am Westhang des Hohlwegs wachsen, der nach Vrimes führt, ihren Blättern auch heuer wieder zuvorgekommen sind. Mein Brief zeichnet sich nicht gerade durch Zärtlichkeit aus. Das wird sie bemerken, nur das, und nicht begreifen können, daß ich ihr keinerlei Einzelheiten über mein hiesiges Leben gebe und daß sich die Nachrichten über mein Befinden auf folgenden Satz beschränken: »Ich war zwei Monate krank, aber jetzt geht's mir besser.«

Claire hätte ich schreiben müssen, Claire, meiner kleinen Kommunionsgefährtin! Sicher hütet sie heute ihre Schafe, auf dem weiten Feld bei Vrimes, oder nahe dem Wald von Matignon, eine Pelerine über die Schultern geworfen, das runde, sanftäugige Gesicht mit kokett zurechtgestecktem Tüchlein vor der bräunenden Sonne geschützt. Die Schafe zerstreuen sich in alle Winde, und Lisette, die kluge Hündin, hat Mühe, sie wieder einzufangen, während Claire sich tiefer und tiefer in einen der gelbgebundenen Romane versenkt, die sie von mir geerbt hat.

Gedacht, getan. Schon schreibe ich an einem faden, liebevollen Brief. (Französischer Aufsatz: »Brief eines jungen

Mädchens an seine Freundin. Schilderung der Ankunft in Paris.«) Oh, Mademoiselle! Rothaarige, rachsüchtige Frau Direktor, noch höre ich – ein wenig fiebrig – Ihre scharfe, schneidende Stimme, die jeden Aufruhr im Keim zu ersticken verstand! Was tun Sie mit Ihrer kleinen Aimée, zu dieser Stunde? Ich kann es mir denken, sehr gut sogar, und es mir vorstellen, steigert meine »Temperatur« zur Siedehitze.

Seitdem ich Papa an Tante Coeur erinnert habe, zeigt er Anwandlungen, sie besuchen zu gehen. Um ihm Angst einzujagen, rufe ich händeringend:

»Was? Ich soll mit dir zur Tante? Ohne Haare? Ohne Kleider? Bleich wie eine Wasserleiche? Willst du meine Zukunft aufs Spiel setzen, Papa? Meine Heiratsaussichten untergraben?«

(Ich hätte mich gar nicht so scharf ins Zeug legen müssen. Das Bourbonenantlitz hellt sich auf.)

»Sechsunddreißig Ferkel! Ich bin heilfroh über deine kurzen Haare! Das heißt, ich meine – ich will sagen – ich stekke mitten in einem schwierigen Kapitel! Vor nächster Woche bin ich nicht zu sprechen.«

(Ausgezeichnet.)

»Los, Mélie, vorwärts, du langsamer Mehlsack, rühr dich, schau dich um! Ich brauche eine Schneiderin!«

Tatsächlich stöbern wir eine Näherin auf, eine ältliche Dame voller Ängste und Skrupel, die in unserem Haus wohnt, Poullanx heißt und mir eine Visite abstattet, um »meine Bestellung entgegenzunehmen«. Ihre Abneigung gegen enge Röcke ist ebenso stark ausgeprägt wie die altmodische Redlichkeit, deren sie sich auf die aufdringlichste Weise befleißigt: sie überbringt mir nicht nur die fertige Arbeit, ein einfaches, hochgeschlossenes Kleid aus dunkelblauem Tuch (sollte mir einfallen, meinen Hals herzuzeigen, solange ich so ausgemergelt bin!), sondern auch sämtliche Stoffreste, Streifen und Schnitzel von drei Zentimeter Breite. Schreckliche Person! Von ihrer jansenistischen Entrüstung über die »schamlosen Kleider«, die man gegenwärtig zu tragen beliebt, ganz zu schweigen.

Nichts verlockt so sehr zum Ausgehen wie ein neues Kleid – doch ich kann meine Haare bürsten, so fest ich will, sie werden kaum länger.

Dafür kehrt meine alte Tatkraft sachte wieder zurück. Außerdem trägt der Überfluß an Bananen dazu bei, mein Leben leidlicher zu gestalten. Ich kaufe die reifsten Früchte, lasse sie ein wenig faulen, und dann – nein, es gibt nichts Besseres. Fanchette findet allerdings, daß sie stinken.

Mittlerweile hat Luce meinen Brief beantwortet (vor zwei Wochen), und ich muß gestehen, daß mich beim Überfliegen ihres Bleistiftgekritzels das nackte Grausen ankam:

»Meine liebste Claudine, Du erinnerst Dich sehr spät an mich. Schade, daß Du mir nicht früher geschrieben hast, das hätte mir geholfen, meinen Jammer zu ertragen. Bei der Aufnahmeprüfung in die Lehrerinnenbildungsanstalt bin ich durchgefallen, und seither ist meine Schwester noch abscheulicher zu mir. Beim geringsten Anlaß, und auch ohne Anlaß, ohrfeigt sie mich, daß es mir vor den Augen flimmert, und Schuhe will sie mir auch keine kaufen. Zu meiner Mutter kann ich nicht zurück, sie würde mich prügeln, und von Mademoiselle Sergent habe ich nichts zu erhoffen: sie ist noch immer vernarrt in meine Schwester, und Aimée macht mit ihr, was sie will. Ich schreibe Dir heimlich, damit sie den Brief nicht erwischt. Solange Du hier warst, haben sie sich vor Dir gefürchtet, aber jetzt ist alles aus. Mit Dir ist meine letzte Freude davongegangen, und wenn ich nicht solche

Angst davor hätte, würde ich mich umbringen. Was ich tun werde, weiß ich noch nicht. Ich weiß nur, daß es so nicht weitergehen kann. Ich werde davonrennen, irgendwohin. Lach mich nicht aus, meine Claudine! Ach, wenn Du hier wärst, bloß, um mich zu hauen, wäre ich schon zufrieden! Anaïs und die Jauberts werden Lehrerinnen, Marie Belhomme arbeitet als Verkäuferin, vier neue Interne sind da, die immer zusammenstecken und mit niemandem reden, und ob die Veilchen blühen, weiß ich nicht. Ich bin seit langem nicht mehr spazierengegangen. Leb wohl, meine Claudine. Solltest Du Mittel und Wege finden, mich weniger unglücklich zu machen oder mich besuchen zu kommen, so tu's, aus Barmherzigkeit. Ich küsse Deine schönen Haare und Deine lieben Augen, die mich selten so lieb angeschaut haben, Dein Gesicht und Deinen weißen Hals. Lach nicht über mich, mein Unglück ist wirklich nicht zum Lachen. Deine Luce.«

Was tun sie ihr an, die beiden Bösen? Arme, haltlose Luce, zu schlecht, um gut zu sein, zu feig, um schlecht zu werden – ich konnte dich doch nicht mitnehmen! Außerdem hatte ich nicht die geringste Lust dazu. Aber jetzt hast du keine Schokolade mehr, keine Pfefferminzdragées und keine Claudine. Die neue Schule, die Eröffnungsfeierlichkeiten, der Minister, der Distriktskandidat – wie fern liegt mir das alles! Sie sind bis jetzt der einzige, der es wagte, mich zu küssen, Doktor Dutertre – wenn auch nur auf den Mundwinkel. Sie haben mich in Glut gebracht und sehr erschreckt. Ist es das, nur das, was ich von dem Mann zu erwarten habe, der mich einst bekommen wird, rückhaltlos und fürs ganze Leben? Als praktische Erfahrungen auf dem Gebiet der Liebe etwas dürftig. Gott sei Dank ist es mit der Theorie weit besser bestellt, wenn ich mir auch gewisser Bildungslücken bewußt bin. Selbst Papas Bibliothek vermag einen nicht alles zu lehren.

So. Das wären meine ersten Monate in Paris, zumindest in großen Zügen. Mein »Reinschriftheft«, wie wir in der Schule sagten, ist à jour, ein Zustand, in dem es unschwer zu erhalten sein wird. Zu tun habe ich so gut wie gar nichts. Ich nähe duftige Hemden und spitzenbesetzte Höschen (mit Bund!) für meine nach wie vor unzulängliche Aussteuer, bürste mein Haar – wie schnell das jetzt geht! –, kämme Fanchette, die Weiße, die im Laufe ihrer Parisianisierung fast sämtliche Flöhe eingebüßt hat, und mache es ihr auf dem Fensterbrett bequem, damit sie Luft schöpfen kann. Gestern hat sie den großen ... wie nenne ich ihn nur ... ramponierten Kater der Hausmeisterin erspäht und auf sein struppiges Haupt von ihrem luftigen Sitz im dritten Stock die unflätigsten Beleidigungen niederregnen lassen, mit bäurisch-heiserer Stimme, diesem letzten Andenken an zahllose im Freien verbrachte Nächte. Mélie pflegt Fanchette mit aufopfernder Geduld und bekämpft ihre Verstopfung mit Katzenkraut-Spezialsud, den sich die arme Schöne gierig einverleibt. Denkt sie des Gartens und des großen Nußbaums, dieser Zeugen unserer gemeinsamen nächtlichen Ausflüge? Ich glaube schon. Aber sie liebt mich so sehr, daß sie mit mir auch in einer Rumpelkammer hausen würde.

Von Mélie eskortiert, bin ich dem Zauber der großen Warenhäuser erlegen. Wir haben Aufmerksamkeit erregt. Meine Schmalheit, meine Blässe, mein kurzes flaumiges Haar, Mélies fresnische Haube, all das scheint in Paris zu den Seltenheiten zu gehören. Werde ich nun endlich Gelegenheit haben, die Begehrlichkeit jener gefeierten »älteren Herren« kennenzulernen, über deren zähen Verfolgungstrieb ich so viel gelesen habe? Kommt Zeit, kommt Rat. Augenblicklich bin ich mit anderen Dingen beschäftigt.

Vor allem habe ich Geruchsstudien angestellt, sowohl im

»Louvre« als auch im »Bon Marché«. Die Leinenabteilung ist berauschend. Anaïs, du, die du Taschen- und Leintuchmuster aßest – deine Bleibe ist hier! Dieser süßliche Geruch der Blaudruckstoffe – verursacht er mir Brechreiz oder Wonne? Ich glaube, beides. Flanell und Wolldecken hingegen – pfui Teufel! Die und faule Eier, das kommt auf eins heraus. Schuhe können sich riechen lassen, auch Portemonnaies. Doch ihr Aroma reicht bei weitem nicht an den Himmelsduft des fetten Blaupapiers heran, das man zum Vorzeichnen von Stickmustern verwendet und dessen göttliche Ausdünstung allein über den Gestank der Seifen- und Parfumabteilung hinwegzutrösten vermag ...

Auch Claire hat meinen Brief beantwortet. Zur Abwechslung schwimmt sie wieder einmal in Seligkeit. Die große Liebe, die einzige, die wahre – diesmal ist sie da! Die Vermählung steht vor der Türe. Mit siebzehn! Allerhand. Ich fühle einen Stich niedrigsten Neids und zucke die Achseln. (Pfui, meine Liebe! Wie unfein!) »Er ist so schön«, schreibt Claire, »daß ich nicht müde werde, ihn anzusehen. Sein Bart ist weich, seine Augen funkeln wie zwei Sterne! Und wenn du wüßtest, wie stark er ist! In seinen Armen wiege ich nicht schwerer als eine Feder! Wann wir heiraten, weiß ich noch nicht. Mama findet, daß ich noch sehr jung bin. Aber ich flehe sie an, es mir recht, recht bald zu erlauben. Wie selig werde ich sein, bin ich erst einmal seine Frau!« Eine kleine Photographie des Auserwählten ergänzt das Gestammel: ich sehe einen breitschultrigen jungen Mann mit friedlichem, biederem Gesicht, buschigem Bart und kleinen freundlichen Augen. Er wirkt wie fünfunddreißig.

In ihrer Ekstase hat sie natürlich vergessen, mir zu sagen, ob die Veilchen am Westhang des Hohlwegs ...

Wir müssen zu Tante Coeur, da hilft uns kein Herrgott. Wenn sie erfährt, daß wir schon so lange in Paris sind ... ich hasse Familienstreitigkeiten! Papa macht sich durch den Genieblitz bemerkbar, Tante Coeur von unserem Besuch vorher in Kenntnis zu setzen, eine Absicht, die ich ihm unter Aufbietung meiner ganzen Überzeugungskraft wieder ausrede.

»Wir dürfen ihr nicht die Freude der Überraschung nehmen, verstehst du? Jetzt sind wir drei Monate hier, ohne sie verständigt zu haben, folglich heißt es konsequent sein bis zum Schluß! Unangemeldet oder gar nicht!«

(Auf diese Weise gewinnen wir Zeit, falls die liebe Tante ausgegangen sein sollte, haben wir dennoch unsere Pflicht erfüllt!)

Um vier machen wir uns auf den Weg. Papa, in Gehrock und Zylinder, mit dreifarbigem Bart und gebieterischer Nase, sieht prächtig aus, fast wie ein Reserveoffizier, der noch immer mit der Rückkehr seines Kaisers rechnet. Sein kindlich-verklärter Gesichtsausdruck gefällt den Gassenbuben: sie jubeln ihm begeistert zu.

Auf so große Beliebtheit war ich nicht gefaßt, habe daher nur mein einfaches blaues Tuchkleid angezogen, mein Haar – vielmehr dessen spärliche Reste – mit einem runden federgeschmückten Filzhütchen bedeckt und nicht verabsäumt, die Locken bis zu den Augenwinkeln vorzustreichen. Der drohende Besuch erfüllt mich mit Unbehagen, und ich sehe schlecht aus. Wie leicht bin ich doch um meine gute Farbe zu bringen!

Tante Coeur wohnt Avenue de Wagram, in einem neuen, ebenso prunkvollen wie geschmacklosen Gebäude. Der pfeilschnelle Aufzug stört Papa, mich das blendende Weiß der Stiegen und Mauern. Und Madame Coeur – ist zugegen! So ein Pech! Der Salon, in dem man uns eine Minute warten läßt, setzt die Grelle des Stiegenhauses auf das entsetzlichste fort. Weißer Kamin, weiße Wände, weiße, zierliche Möbel, weiße, zartgeblümte Polster! Nicht eine dunkle Ecke! Zu denken, daß ich dämmrige Zimmer, schwarzbraune Täfelungen, schwere tiefe Lehnstühle brauche, um mich geborgen und wohl zu fühlen. Das Knattern der Gardinen geht mir durch Mark und Bein ...

Auftritt Tante Coeurs. Sie ist fassungslos, aber nett. Und welch sichtliche Genugtuung sie ihrer majestätischen Ähnlichkeit abgewinnt: die vornehme Nase, das leicht müde Lächeln, das glatte, angegraute, in der Mitte gescheitelte Haar – all das hat sie der Kaiserin Eugenie abgeguckt. Wahrscheinlich würde sie um nichts in der Welt auf ihren tief im Nacken sitzenden (falschen) Knoten verzichten, auf ihr bauschiges Seidenkleid oder auf die zarte Spitzenstola, die kokett zwei Schultern umspielt, deren müdes Gefälle an das Lächeln ihrer Eigentümerin erinnert. O liebe Tante! Wie schlecht paßt dieser moderne Schlagoberssalon zu Eurer längst entthronten Majestät!

Aber sie ist reizend, wer hätte das gedacht, spricht ein Französisch von einschüchternder Gewähltheit, weiß sich über unsere plötzliche Übersiedlung – ja, plötzlich war sie, das kann man wohl sagen! – nicht zu fassen, betrachtet mich eingehend, nennt meinen Vater beim Vornamen (befremdendes Erlebnis!), sagt zu ihm aber »Sie«:

»Aber Claude! Dieses Kind – übrigens reizend, und so apart! – ist doch noch Rekonvaleszent! Wahrscheinlich haben Sie die Ärmste auf Ihre Weise gepflegt! Warum verständigten Sie mich nicht? Das ist mir ein Rätsel! Immer derselbe!«

Papa, sonst die Unerschütterlichkeit in Person, nimmt die Vorwürfe seiner Schwester gereizt zur Kenntnis. Die beiden dürften selten einer Meinung sein und geraten auch prompt in Streit. Ich spitze die Ohren.

»Ich habe meine Tochter gepflegt, wie es meine Pflicht war, Wilhelmine! Außerdem hatte ich andere Sorgen und kann nicht an alles denken.«

»Und diese Grille, Rue Jacob zu wohnen! Die modernen Viertel, mein Lieber, sind gesünder, luftiger und solider gebaut, ohne deshalb kostspieliger zu sein, ich verstehe wirklich nicht ... Da fällt mir übrigens ein, daß zehn Schritte von hier, auf 145 b, ein reizendes Appartement zu vermieten ist! Was halten Sie davon? Wir könnten dauernd beisammensein, Claudine hätte ein wenig Zerstreuung, Sie auch ...«

(Papa reißt's.)

»Meine Teure, Sie sind die bestrickendste aller Frauen, aber um eine Kanonenkugel würde ich nicht mit Ihnen zusammen wohnen!«

(Bravo! Ich lache herzlich. Tante Coeur scheint entgeistert, daß ich die geschwisterlichen Meinungsverschiedenheiten so gutgelaunt zur Kenntnis nehme.)

»Kleines Mädchen, würden Sie nicht eine lichte, hübsche Wohnung wie diese hier dem schwarzen, übel beleumundeten Quartier Latin vorziehen?«

»Nein, Tante. Ich glaube, ich bleibe lieber in der Rue Jacob. Helle Räume stimmen mich traurig.«

Sie zieht die spanisch geschwungenen, von zahllosen feinen Fältchen umgebenen Brauen in die Höhe, scheint die verrückte Antwort meiner erschütterten Gesundheit zuzuschreiben und wendet sich an Papa, um ihm die neuesten Familienereignisse zu berichten.

»Mein Enkel Marcel wohnt bei mir, Sie wissen ja, der Sohn der armen Ida. (??) Er ist so alt wie Claudine und studiert Philosophie.« Sie fügt strahlend hinzu: »Mehr verrate ich nicht, Sie werden ihn in Kürze selbst sehen. Er ist ein Schatz, die Freude meiner alten Tage! Um fünf kommt er nach Hause. Ich lege den größten Wert darauf, ihn Ihnen vorzuführen!«

Papa nickt zustimmend, mit grämlicher Miene. Ich sehe es ihm an, er hat keine Ahnung, wer Ida ist oder Marcel, und ärgert sich schon heftig, seine Verwandten besucht zu haben. Herrlich, herrlich! Mein Vergnügen ist ein rein innerliches, und man kann nicht behaupten, daß ich etwa durch geistreiche Konversation brilliere. Papa stirbt vor Verlangen, nach Hause zu gehen, und widersteht diesem Drang nur, indem er sein großes Malakologiewerk zur Sprache bringt. Endlich hört man eine Türe ins Schloß fallen, einen leichten Schritt im Vorzimmer, und der vielgepriesene Marcel tritt ein. Gott, ist er hübsch!

Ich reiche ihm wortlos die Hand, hinlänglich damit beschäftigt, ihn zu bewundern. Mein Lebtag hab ich nichts so Niedliches gesehen! Das ist ja ein Mädchen, ein Mädchen in Hosen! Blonde, etwas zu lange Haare, rechtsgescheitelt, helle blaue Augen, etwa so viel Schnurrbart wie ich, ein Teint, der mich an Luces Pfirsichwangen erinnert. Er ist rosig und sanft und spricht mit leiser Stimme, das Köpfchen ein wenig zur Seite geneigt, den Blick auf den Boden geheftet. Zum Fressen!

Papa scheint für dieses Übermaß unmännlichen Charmes völlig unempfindlich. Nicht so Tante Coeur. Sie verschlingt ihren Enkel mit den Augen.

»Spät kommst du, mein Herz! Ist dir etwas zugestoßen?«

»Nein, Großmutter«, flötet das kleine Weltwunder mit unschuldsvollem Augenaufschlag.

Papa, meilenweit entfernt, fragt Marcel nach seinen Studien, ich bin in den Anblick des reizenden Zuckercousins versunken, der mich keines Blickes würdigt. Wäre meine Bewunderung nicht rein ästhetischer Natur, würde mich dieser offensichtliche Mangel an Interesse demütigen. Tante

Coeur ist vom Erfolg ihres Cherubs entzückt und sucht uns einander näherzubringen.

»Claudine ist so alt wie du, Marcel! Ihr werdet gute Freunde werden, nicht wahr? Die Osterferien stehen vor der Türe.«

Meine Zustimmung verrät sich in einer ungestümen Gebärde. So viel Temperament überrascht den Kleinen. Er heftet seinen klaren Blick auf mich und erwidert, mit mäßiger Begeisterung:

»Gern, Großmutter, wenn Madem... wenn Claudine es wünscht.«

Die unversiegliche Tante lobt die Klugheit des Goldkinds, seine Wohlerzogenheit, seine Sanftmut. »Noch nie mußte ich ihn schelten!« Sie stellt uns Schulter an Schulter. Was? Um so viel ist Marcel größer? (»So viel« – das sind drei Zentimeter! Daß ich nicht lache! Als ob es dafürstände, davon solch ein Aufhebens zu machen!) Der kleine Schatz belebt sich ein wenig, geruht sogar zu lachen und zupft vor dem Spiegel seine Krawatte zurecht. Er sieht aus wie aus einem Modejournal herausgestiegen. Und wie er geht! Wiegend und weich, und wenn er sich umdreht, knickt er dabei in der Hüfte ein! Nein, er ist zu schön! Eine Frage Tante Coeurs reißt mich aus meinen Betrachtungen:

»Ihr eßt natürlich hier, Claude, nicht wahr?«

»Nein, nein, nein!« explodiert Papa, halbtot vor Ärger und Langeweile. »Ich habe eine Verabredung mit ... mit Dingsda, der mir Unterlagen bringen soll, wichtige Unterlagen für mein Buch. Vorwärts, Kleine, laufen wir!«

»Oh, wie bedauerlich ... morgen abend esse ich auswärts ... ich bin in dieser Saison stark engagiert, habe mich da und dort einladen lassen ... aber wie wär's mit Donnerstag? Im engsten Familienkreis, natürlich. Hören Sie mir überhaupt zu, Claude?«

»Ich hänge an Ihren Lippen, meine Teure! Aber ich bin in riesiger Eile. Dann also bis Donnerstag, Wilhelmine! Adieu, kleiner Paul – nein Jacques ...«

Auch ich verabschiede mich, ohne unziemliche Hast. Marcel begleitet uns zur Türe und küßt meinen Handschuh, ein Muster an guter Erziehung.

Stummer Heimweg durch die erleuchteten Straßen. Ich bin es nicht gewöhnt, zu dieser Stunde außer Haus zu sein. Der Lärm, die Lichter, die schwarzen Passanten – all das macht mir ein wenig Angst. Ich habe Eile heimzukommen. Papa hingegen, vom Alptraum des Besuchs befreit, trällert fröhliche Liedchen aus der Kaiserzeit (der ersten, versteht sich): »Neun Monde später war es da, das süße Liebespfand ...«

Daheim erwartet uns ein gedeckter Tisch bei warmem Lampenlicht. Dieser Anblick tut mir wohl und löst meine Zunge.

»Mélie, ich hab meine Tante gesehen! Mélie, ich hab meinen Vetter gesehen! Er ist nicht übel, schön frisiert, den Scheitel an der Seite, und heißt Marcel.«

»Nicht so schnell, mein Schatz, nicht so schnell! Erst komm essen! Aber ich bin heilfroh, daß du endlich einen Liebhaber kriegst!«

»Gurke! Dummer Besen! Bist du aber vernagelt! Das ist doch kein Liebhaber für mich! Ich kenn ihn nicht einmal! Du gehst mir auf die Nerven, wart nur, ich sperr mich in mein Zimmer ein!«

Gesagt, getan. Hat man Worte! Als ob diese Zierpuppe von Marcel jemals mein Liebhaber werden könnte! Nur deshalb gefällt er mir so sehr, nur deshalb mache ich so wenig Hehl daraus, weil er mich kaum männlicher dünkt als Luce ...

Heute kann ich lange nicht einschlafen. Ich habe neue Menschen kennengelernt, einen Blick in die »gute Gesellschaft« geworfen, mit anderen Wesen gesprochen als Mélie und Fanchette. Das versetzt mich in einen Zustand angenehmer, ein wenig fiebriger Erregung, und die Gedanken tanzen lange um mich her. Werde ich dieser charmanten Tante, die aussieht wie einem Gemälde von Winterhalter entstiegen, auch Rede und Antwort stehen können? Wird sie mich nicht für ein Gänschen halten? Gott, sechzehn Jahre Montigny, davon zehn in der Dorfschule, erziehen nicht gerade zur Schlagfertigkeit. Der Wortschatz, den man dort erwirbt, genügt allenfalls, um Anaïs zu schmähen und Luce abzuküssen. Marcel, dieses hübsche Mädchen, weiß sicher nicht, was Scheiße ist, und wird mich auslachen, wenn ich meine Banane mit den Zähnen schäle. Nein, das darf ich nächsten Donnerstag nicht tun. Und was soll ich anziehen? Ich habe kein passendes Kleid und werde wohl oder übel die Preisverteilungstoilette hernehmen müssen, die ihn kaum begeistern wird.

Beim Erwachen stelle ich fest, daß sich meine fassungslose Bewunderung für den Kleinen mit den messerscharfen Bügelfalten über Nacht in dumpfen Groll verwandelt hat. Am liebsten würde ich ihn ohrfeigen ... dennoch, Anaïs wäre imstande, ihn zu vergewaltigen! Der zierliche Marcel? vergewaltigt von der langen, gelben, derben Anaïs – dieses Bild ist so erheiternd, daß ich Papas Klause lachend betrete.

Schau, schau: Papa hat Besuch. Ein verständig aussehender bärtiger junger Mann spricht mit meinem Vater, ein »Mensch erster Güte«, wie ich später erfahre. Er heißt Maria und hat die unterirdischen Grotten von X. entdeckt. Papa ist ihm an irgendeinem langweiligen Ort (der Geographiegesellschaft oder so etwas Ähnlichem) begegnet und hat sich sofort für seine Grotten begeistert, wo man vielleicht versteinerte Schnecken ...

»Das ist Claudine!« sagt er, auf mich zeigend. Ebenso hätte er sagen können: »Das ist Leo XIII., der Papst, Sie wissen ja!«

Monsieur Maria verneigt sich, als wüßte er genau Bescheid. Wahrscheinlich riecht er nach Schnecken, dieser Höhlenschnüffler.

Nach dem Mittagessen stelle ich meine Selbständigkeit unter Beweis:

»Papa, ich gehe aus.«

Diese Mitteilung stößt auf unerwarteten Widerstand.

»Du gehst aus? Mit Mélie, nehme ich an?«

»Nein, Mélie hat zu flicken.«

»Was! Du willst allein ausgehen?«

Meine Augen werden groß wie Wagenräder.

»Natürlich! Warum denn nicht?«

»Weil – weil die jungen Mädchen in Paris ...«

»Aber Papa! Sei doch logisch! In Montigny bin ich den ganzen lieben Tag im Wald herumgelaufen! Das war, bei Gott, gefährlicher als ein Spaziergang in einer zivilisierten Pariser Straße!«

»Nicht ganz unrichtig. Trotzdem könnte ich mir in Paris Gefahren anderer Art denken. Du brauchst nur die Zeitungen zu lesen.«

»Pfui, mein Vater! Sie verkennen Ihre Tochter!« (Diese superkluge Anspielung scheint Papa nicht zu verstehen. Kein Wunder: Molière befaßt sich nur selten mit Schnekken.) »Außerdem lese ich niemals die Lokalchronik. Ich gehe in den Louvre, ins große Warenhaus. Es fehlt an allen Ekken und Enden, und ich will bei Tante Coeurs Abendessen hübsch aussehen! Feine Strümpfe, weiße Schuhe – gib mir Geld, Papa! Ich hab nur mehr hundertsechs Sous!«

Also, ich muß sagen, ein einsamer Spaziergang in Paris ist wirklich nicht das schlimmste. Ich hatte dabei Gelegenheit, einige interessante Beobachtungen anzustellen: 1. ist es viel heißer als in Montigny; 2. kommt man mit schwarzen Nasenlöchern nach Hause; 3. fällt man auf, wenn man allein vor einem Zeitungskiosk steht; 4. fällt man auf, wenn man sich nicht anflegeln läßt.

Vermelden wir den Zwischenfall, auf dem Feststellung Nr. 4 beruht: ein »besserer Herr« geht mir nach, Rue des Saints-Pères. Frohlocken Claudines. Man denke! Gefolgt von besserem Herrn, wie auf den Bildern Albert Guillaumes! Zweite Viertelstunde: die Schritte kommen näher, ich beschleunige die meinen, er desgleichen, wahrt jedoch Distanz. Dritte Viertelstunde: der Herr überholt mich. Im Vorbeigehen zwickt er meinen Hintern, mit geistesabwesender Miene. Mit einem Satz bin ich neben ihm, hebe meinen Schirm und lasse ihn mit ländlichem Elan auf seinen Kopf niedersausen. Hut des besseren Herrn in der Gosse, grenzenlose Freude der Passanten, Flucht Claudines, von ihrem übergroßen Erfolg ein wenig verwirrt.

Tante Coeur ist die Liebenswürdigkeit in Person: mit ein paar freundlichen Zeilen hat sie mir ein goldenes Kettchen übersandt, das alle zehn Zentimeter von einer kleinen Perle durchbrochen ist. Das Schmuckstück findet großen Anklang bei Fanchette: sie hat bereits zwei Glieder plattgedrückt und beißt mit ihren spitzen Zähnen in die Perlen wie ein alter Edelsteinmakler.

Donnerstag abend. Ich mache Toilette für das Diner und denke dabei an meinen Halsausschnitt. Zugegeben, er ist ganz, ganz schmal: aber wenn ich zu mager wirke?

Nackt in meinem Bottich stelle ich fest, daß ich ein wenig zugenommen habe. Aber nicht genug, nein, lange nicht genug! Ein Glück, daß sich mein Hals nicht verändert hat, das ist meine Rettung! Und diese zwei kleinen Salzfässer – ach was, kann man nichts machen! Ich trödle im heißen Wasser, zähle meine Rippen, vergleiche die Maße meiner Hand- und Fußgelenke, zwicke meine rechte Wade, weil es einen dabei im linken Schulterblatt so sonderbar sticht, und freue mich jedesmal von neuem, wie leicht ich es zuwege bringe, die Füße auf die Schultern zu legen. Wie sagte doch die lange Anaïs, dieser Schmierfink: »Das muß ein Mordsspaß sein, in die Zehennägel zu beißen!«

Ach, warum habe ich nur so wenig Busen! Die Wettbewerbe kommen mir in den Sinn, die wir, die vier Großen, bei unseren seltenen Donnerstagsspaziergängen abzuhalten pflegten: wir ließen uns im Kreis nieder, auf einer Waldlichtung oder in einem Hohlweg, und öffneten unsere Blusen. Die unverschämte Anaïs zeigte zwei Zentimeter zitronengelber Haut, streckte den Magen vor und behauptete: »Sie sind seit vorigem Monat viel größer geworden!« Daß ich nicht lache! Die Sahara! Luce, weiß und rosig in ihrem groben Internatshemd, entblößte eine sanfte Hügellandschaft mit zwei kleinen zartrosa Tupfen, die an die Zitzen Fanchettes erinnerten. Marie Belhomme – so gut wie nichts. Und Claudine? Gewölbter Brustkorb und gerade soviel Busen wie ein wohlgenährter Junge ... Gott, mit vierzehn Jahren ... Nach Schluß der Vorführung knöpften wir unsere Blusen wieder zu, eine jede mit der geheimen Überzeugung, viel »mehr« zu haben als die drei andern ...

Mein weißes Musselinkleid, von Mélie auf Hochglanz hergerichtet, wirkt noch recht ordentlich. Zwar wallt mein armes schönes Haar nicht mehr darauf nieder, sieht aber heute abend so hübsch aus, daß ich der verlorenen Pracht weniger schmerzlich nachtrauere als sonst. Tausend Ferkel (würde Papa sagen), daß ich nur ja die Goldkette nicht vergesse!

»Mélie! Ist Papa schon beim Anziehen?«

»Und wie! Zwei steife Kragen hat er mir schon ruiniert! Geh und bind ihm die Krawatte um!«

Eilends komme ich dieser Aufforderung nach. Tatsächlich! Mein edler Vater steckt bereits in einem altmodischen Frack. Bei näherer Betrachtung ist der Frack sogar überaus altmodisch. Aber das macht nichts. Papa wirkt in jedem Aufzug imposant. »Beeil dich, Papa! Es ist schon halb acht! Mélie, vergiß nicht, Fanchette zu füttern! Meine rote Pelerine, und vorwärts!«

In Tante Coeurs weißem Salon mit den unzähligen Glühbirnen werde ich eines Tages noch epileptisch werden. Papa teilt meinen Abscheu vor der Lieblingsfarbe seiner Schwester Wilhelmine und steht nicht an, seiner Meinung Ausdruck zu verleihen.

»Ob du's glaubst oder nicht: bevor ich hier wohne, laß ich mich lieber öffentlich stäupen!«

Marcel tritt ein, schlank und schwerelos in seinem Smoking, und alles strahlt in erhöhtem Glanz. Wie hübsch er ist! Das Haar ist silberblond wie Mondenschein, und die Haut, durchsichtig und zart, erinnert an samtige Blütenkelche. Er begrüßt uns höflich und mustert mich dabei, um die hellen blauen Augen rasch wieder abzuwenden.

Tante Coeur – ein Bild atemberaubenden Prunks – folgt ihm auf dem Fuß. Teufel, Teufel! Zählt dieses taubengraue, mit schwarzer Chantillyspitze besetzte Seidenkleid drei oder dreißig Jahre? Dreißig, höchstwahrscheinlich. Allerdings dürfte sich ein kaiserlicher Leibgardist im Jahr 1867 auf die Krinoline gesetzt haben. Die breiten Haarbänder fallen dekorativ in die Stirne, grau und glatt, und der lichtblaue, von schlaffen, zerknitterten Brauen beschattete Blick à la Gräfin von Téba ist so wohlstudiert, daß sich die Wirkung schon ganz von selbst einstellt. Tante Coeur rauscht über das Parkett, trägt tief eingesetzte Ärmel und zeigt sich voll ... Verbindlichkeit. Ja, Verbindlichkeit ist ein Wort, das ihr ebensogut ansteht wie ihre Frisur.

Wir sind die einzigen Gäste. Aber alle Achtung! Man macht Toilette bei Tante Coeur, das muß ich sagen! In Montigny behielt ich zum Essen die Schulschürze an, und auch Papa wäre es nie eingefallen, das unnennbare Kleidungsstück (eine Mischung aus Pelerine, Überzieher und Gehrock), in dem er seit frühestem Morgen an seinen Schnecken herumarbeitete, mit einem eleganteren zu vertauschen. Wenn man sich schon im »engsten Familienkreis« so schamlos dekolletiert, was soll ich dann zu einem Galadiner anziehen? Vielleicht mein rosabebändertes Unterkleid?

(Claudine, Alte, Schluß mit den Abschweifungen! Du wirst jetzt gefälligst versuchen, zivilisiert zu essen! Und daß es dir ja nicht einfällt, Gerichte, die du nicht magst, mit den Worten »Danke, mir graust schon!« zurückzuweisen!)

Selbstverständlich setze ich mich neben Marcel. O Gott, o Gott! Das Speisezimmer ist ebenfalls weiß, weiß und gelb, genaugenommen. Aber es kommt auf eins heraus. Kristall, Blumen und elektrisches Licht funkeln prasselnd durcheinander. Es ist zum Ohrenschmerzenkriegen.

Marcel, von Tante Coeur gerührt betrachtet, spielt die höhere Tochter und erkundigt sich, ob ich mich in Paris gut unterhalte. Ein kratzbürstiges »Nein« ist seine ganze Ausbeute. Da mich aber der Genuß einer Trüffelpastete, die sogar eine untröstliche Witwe aufheitern würde, allmählich selbst genießbarer macht, geruhe ich hinzuzufügen:

»Sie dürfen mich nicht mißverstehen: ich bin sicher, daß ich mich später einmal gut unterhalten werde! Aber bis jetzt ist es mir noch nicht gelungen, mich an das Fehlen grüner

Blätter zu gewöhnen. Die Pariser Zinshäuser zeichnen sich nicht gerade durch einen Überfluß an Stecken aus, am wenigsten im dritten Stock.«

»An ... was?«

»An Stecken. Das ist ein fresnisches Wort«, erkläre ich, nicht ohne Stolz.

»Ah! Ein Wort aus Montigny? Nicht übel!« Und er wiederholt:

»Grrrüne Stecken!«

»Ich verbiete Ihnen, mich zum besten zu halten! Außerdem, wenn Sie meinen, daß Ihr Pariser ›r‹ eleganter ist ... Sie gurgeln ja damit, als ob es Mundwasser wäre!«

»Pfui! Wie unappetitlich! Sind Ihre Freundinnen alle so wie Sie?«

»Ich habe keine Freundinnen. Ich bin überhaupt auf Freundinnen nicht erpicht. Luce hatte eine weiche Haut, aber das genügt nicht.«

»Luce hatte eine weiche Haut ... was für ein seltsames Werturteil!«

»Warum seltsam? Vom psychischen Standpunkt ist Luce so gut wie nicht vorhanden. Folglich betrachte ich sie vom physischen. Und dazu ist zu bemerken, daß sie grüne Augen hat und eine weiche Haut.«

»Ihr mochtet einander wohl sehr gut leiden?«

(O hübsches, lasterhaftes Gesicht! Was würde man diesem Jungen nicht alles erzählen, bloß um des Vergnügens willen, seine Augen aufleuchten zu sehen. Wart nur, kleiner Schmutzfink!)

»Nein, ich mochte sie nicht über die Maßen. Sie mich schon. Als ich wegfuhr, hat sie geweint.«

»Ja, aber – was zogen Sie ihr vor?« fragt Marcel, durch meine Ruhe kühn gemacht. Wahrscheinlich hält er mich für ein Gänschen und möchte mich einem Kreuzverhör unterziehen. Da jedoch die Erwachsenen angesichts eines tellerwechselnden Bedienten, der aussieht wie ein verkappter Pfarrer, ihr Gespräch abbrechen, schweigen auch wir, bereits eine Spur vertrauter.

Tante Coeur läßt ihren müden blauen Blick von Marcel zu mir schweifen und wendet sich an Papa: »Was sagen Sie, Claude, wie die beiden Kinder einander zur Geltung bringen! Der matte Teint Ihrer Tochter, der Bronzeschimmer ihres Haars, die bodenlosen Augen, kurzum, die ganze Bräune eines im Grund nicht dunklen Mädchens läßt meinen kleinen Cherub noch blonder erscheinen, nicht wahr?«

»Jawohl«, erwidert Papa mit Überzeugung. »Er ist das Mädel von den beiden.«

Wir schlagen die Augen nieder, der Cherub und ich, wie Kinder, die vor Stolz und Lachlust beinahe platzen. Das Diner vergeht ohne weitere Vertraulichkeiten. Außerdem macht mich ein köstliches Mandarineneis für alles andere unempfänglich.

Am Arme Marcels kehre ich in den Salon zurück. Gähnende Langeweile. Man weiß mit sich nichts anzufangen. Tante Coeur, die anscheinend die Absicht hat, Papa düstere Enthüllungen zu machen, räumt uns aus dem Weg: »Marcel, mein Herzchen, zeige Claudine die Wohnung! Sieh zu, daß sie sich heimisch fühlt, und sei nett und artig ...«

»Kommen Sie«, sagte das Herzchen, »ich führe Sie in mein Zimmer.«

Wetten, daß es weiß ist? Na freilich! Weiß und hellgrün. Die Tapete zeigt zartes Schilf auf weißem Grund.

So viel makellose Weiße erweckt in mir das Bedürfnis, Tintenfässer darüber auszugießen, die Wände mit Zeichenkohle, die Bilder mit Kleister zu beschmieren oder mit dem Blut eines frischverletzten Fingers langsam nachzuzeichnen. Gott, wie pervers würde ich in einer weißen Wohnung!

Auf dem Kaminsims steht eine gerahmte Photographie. Ich steuere geradewegs darauf zu. Marcel schaltet dienstbeflissen das elektrische Licht ein.

»Das ist Charlie, mein bester Freund ... fast ein Bruder. Er ist hübsch, nicht wahr?«

Viel zu hübsch sogar. Ich sehe dunkle Augen, von geschwungenen Wimpern beschattet, die Andeutung eines schwarzen Schnurrbarts über zarten Lippen, einen Seitenscheitel wie den Marcels.

»Und ob!« sage ich ehrlich. »Fast so schön wie Sie!«

»O nein!« protestiert mein Vetter mit edlem Feuer, »er ist viel, viel hübscher! Der Gegensatz zwischen dem weißen Teint und den kohlschwarzen Haaren kommt auf diesem Photo überhaupt nicht zur Geltung ... Und er ist so geistreich, so liebenswert ...« Undsoweiter undsoweiter. Sieh da! Die Porzellanfigur wird lebendig! Ohne mit der Wimper zu zucken, lausche ich den Lobeshymnen auf Charlie, den Herrlichen. Endlich stockt Marcel, ein wenig verwirrt, und ich bemerke ebenso überzeugt wie unbefangen:

»Ich verstehe: Sie sind seine Luce.«

Er prallt zurück. Armer Marcel! Seine rosige Haut ist der getreue Spiegel seiner Gefühlsregungen, und ich kann beim hellen Schein der Lampe sehen, wie sich die Züge verhärten, die Wangen unmerklich verfärben.

»Seine Luce? Claudine, was wollen Sie damit sagen?«

Nicht umsonst habe ich zwei Gläser Champagner getrunken! Ich erwidere kühn:

»Gott, ja, seine Luce, sein Liebling, sein Herzchen! Man braucht Sie ja nur anzuschauen! Sehen Sie vielleicht aus wie ein Mann? Jetzt weiß ich auch, warum Sie mir so gut gefallen!«

Marcel steht regungslos und betrachtet mich mit eisiger Miene. Ich trete ein wenig näher, lächle ihn an und füge hinzu:

»Glauben Sie mir, Marcel, ich finde Sie noch genauso hübsch wie früher! Sehe ich aus wie jemand, der Ihnen schaden möchte? Ich halte Sie zwar gern ein wenig zum besten, bin aber nicht gemein, und es gibt viele Dinge, die ich schweigend anzusehen – und anzuhören verstehe. Nie werde ich die kleine Romancousine sein, deren Vetter sich verpflichtet fühlen muß, ihr den Hof zu machen. Bedenken Sie überdies«, füge ich hinzu, »daß Sie der Enkel meiner Tante, also sozusagen mein Neffe sind! Marcel, das wäre beinahe Blutschande!«

Mein Neffe zwingt sich zu einem Lachen.

»Meine liebe Claudine, ich glaube in der Tat, daß Sie nicht zu jenen Cousinen gehören, die in ehrbaren Romanen vorkommen. Aber ich fürchte, Sie haben aus Montigny einen Hang zu etwas ... gewagten Scherzen mitgebracht. Wenn uns jemand zugehört hätte ... Großmutter, zum Beispiel ... oder Ihr Vater ...«

»Ich habe nur Gleiches mit Gleichem vergolten«, erwidere ich sanft, »ohne es für angebracht zu halten, es im Beisein der Erwachsenen zu tun wie Sie, als Sie mich mit großer Beharrlichkeit nach Luce ausfragten.«

»Sie hatten auch mehr zu verlieren!«

»Meinen Sie? Ich glaube nicht. Diese kleinen Scherze heißen bei Mädchen ›Pensionatsspiele‹. Wenn es sich aber um siebzehnjährige Burschen handelt, so spricht man schon fast von einer Krankheit ...«

Er wehrt ab, mit knapper, heftiger Gebärde.

»Sie lesen zuviel! Außerdem haben junge Mädchen – selbst die aus Montigny – zuviel Phantasie, um das, was sie lesen, auch richtig zu verstehen.«

Ich war ungeschickt. Der Hase läuft in falscher Richtung.

»Hab' ich Sie erzürnt, Marcel? Das wollte ich nicht. Ich wollte Ihnen nur zeigen, daß ich keine Gans bin, sondern so manches zu verstehen und – wie soll ich's nur sagen? – zu würdigen weiß. Sie wollen doch nicht im Ernst, daß ich Sie für einen jener grobschlächtigen, plattfüßigen Studenten halte, die eines Tages die strammsten Unteroffiziere abgeben? Schauen Sie doch in den Spiegel! Gleichen Sie nicht, Gott sei Dank, der hübschesten meiner Schulkameradinnen? Geben Sie mir Ihre Hand ...«

Sieh einer das verpatzte Mädchen! Nur die allergröbsten Komplimente vermochten ihm ein flüchtiges Lächeln zu entlocken.

Marcel streckt mir seine weiche, gepflegte Pfote entgegen, ohne Groll.

»Claudine, böse Claudine, gehen wir schnell zurück, durch Großmutters Schlafzimmer. Ich bin nicht mehr böse, nur etwas bestürzt. Lassen Sie mich nachdenken! Im großen und ganzen scheinen Sie gar kein so übler Junge ...«

Seine Ironie verfängt nicht. Außerdem genügt es mir völlig, ihn schmollen und wieder lächeln zu sehen: beides steht ihm reizend an. Der Freund mit den geschwungenen Brauen ist nicht zu bedauern, und ich wünsche den beiden, recht oft miteinander zu zanken.

Wir vollenden unseren Rundgang, mehr oder minder unbefangen. Tante Coeurs Zimmer paßt zu dessen Bewohnerin (endlich einmal eine Gelegenheit, das Wort »adäquat« anzubringen!) und scheint den Erinnerungen an ihre Rosenzeit – sämtlichen Möbelstücken ihres Jungmädchenzimmers – als Zufluchts- oder Verbannungsort zu dienen. Ich bemerke ein reichverziertes Bett aus Palisanderholz, rote Damastfauteuils, die aussehen wie die Thronsessel Ihrer Kaiserlichen Majestäten, einen durch Eichenschnitzereien verschönten

Gobelinbetstuhl, die aufdringliche Kopie eines Bouleschreibtisches und eine Unzahl zierlicher Konsolen. Seidene Vorhänge plätschern vom Betthimmel herab, und der Kamin, eine wüste Anhäufung von Blumen, Putten, Füllhörnern und Muscheln, erregt meine uneingeschränkte Bewunderung. Marcel empfindet für das Zimmer seiner Großmutter abgrundtiefe Verachtung, weshalb sich unverzüglich eine hitzige Diskussion entspinnt, über moderne Wohnungseinrichtung im allgemeinen und Wände von der Farbe geschlagenen Eiklars im besonderen. Das ästhetische Wortgeplänkel hat sein Gutes: wir langen gelassen im Wohnzimmer an, wo Papa, von seiner Schwester einer lauen, unversieglichen Dusche guter Ratschläge ausgesetzt, gähnt wie ein gefangener Löwe.

»Großmutter«, ruft Marcel, »Claudine ist unbezahlbar! Wissen Sie, welches Zimmer ihr am besten gefällt? Ihres!«

»Kleines Mädchen«, sagt meine Tante mit zärtlich-mattem Lächeln, »mein Zimmer ist sehr häßlich ...«

»Aber es paßt zu Ihnen, Tante! Finden Sie denn, daß Ihre Frisur in dieses Wohnzimmer gehört? Gott sei Dank nicht, und das wissen Sie recht gut, sonst hätten Sie nicht ein Stück Ihres wahren Rahmens beibehalten!«

Das ist zwar nicht gerade ein Kompliment, aber sie erhebt sich, kommt auf mich zu und gibt mir einen sehr lieben Kuß. Papa fährt in die Höhe und zieht die Uhr:

»Tausend Ferkel! Verzeih, Wilhelmine, aber es ist fünf vor zehn, und dieses Kind geht seit seiner Krankheit zum erstenmal aus! Junger Mann, bestell uns einen Wagen!«

Marcel entschwebt – wie geschmeidig er sich im Türrahmen dreht! – und kommt sogleich wieder zurück, meine rote Pelerine über dem Arm. Er legt sie geschickt um meine Schultern.

»Adieu, Tante.«

»Adieu, liebe Kleine! Ich empfange sonntags. Es wäre reizend von Ihnen, wenn Sie um fünf Uhr kämen, um gemeinsam mit Ihrem Freund Marcel den Tee zu reichen!«

Ich stelle alle Stacheln auf.

»Ich weiß nicht, Tante ... ich habe noch nie ...«

»Doch, doch! Sie müssen ebenso wohlerzogen werden wie hübsch! Adieu, Claude! Verkriechen Sie sich nicht allzu tief in Ihre Höhle! Denken Sie an Ihre alte Schwester!«

Mein »Neffe« geleitet uns zum Ausgang, küßt mein Handgelenk – schon etwas weniger flüchtig – und begleitet sein »Auf Wiedersehen am Sonntag« mit feinem Lächeln und einer neckischen, darum nicht minder reizenden Grimasse.

Zu denken, daß ich mich mit dem Jungen um ein Haar zerstritten hätte! Claudine! Alte! Wirst du dir denn niemals abgewöhnen, deine Nase in Dinge zu stecken, die dich nichts angehen, nie das geheime, erbärmliche Bedürfnis besiegen, deine Pfiffigkeit zu zeigen und zu beweisen, daß du über Dinge Bescheid weißt, die dir, genaugenommen, unbekannt sein sollten? Du liebst es, deine Umwelt in Unruhe und Staunen zu versetzen, und freust dich, wenn es dir gelingt, allzu beschauliche Mitbürger aus ihrem Halbschlaf zu reißen. Aber wart nur! Eines Tages wird dir das übel bekommen!

Hier, in meinem Himmelbett, fühle ich mich bei weitem wohler als in Tante Coeurs Salon. Sachte streichle ich Fanchette, die sich niedergelegt hat, ohne auf mich zu warten, vertrauensvoll, den Bauch nach oben. Plötzlich halte ich inne. Fanchette, Fanchette! Ich kenne diesen lächelnden Schlummer, diese selig durchschnurrten Stunden ... Ich weiß auch die sanfte Rundung der Lenden zu deuten und die außerordentliche Gepflegtheit deines Bauchs, dem rosige Zitzchen entsprießen! Fanchette, du bist gestrauchelt!

Aber mit wem? Ich zerbreche mir den Kopf. Umsonst. Eine Katze, die ihre vier Wände nicht verläßt, ein Hausmeisterkater, den man als unvollständig bezeichnen muß ... wer nur? Wer?

Wer auch immer – ich bin sehr froh. Kätzchen im Anzug! Vor dieser fröhlichen Aussicht verblaßt selbst der Glanz Marcels. Ich befrage Mélie nach den Hintergründen dieser verdächtigen Schwangerschaft. Sie gesteht:

»Weißt du, während du krank warst, da hat die Arme dringend müssen! Drei Tage lang war sie außer Rand und Band! Da habe ich in der Nachbarschaft herumgefragt und beim Dienstmädchen vom zweiten Stock einen Mann für sie ausgeborgt, einen großen graugestreiften Kater – ein Prachtstück! Ich habe ihm einen Kübel Milch hingestellt, da hat er sich gleich wie zu Hause gefühlt, und unsere arme Schönheit hat sich nicht bitten lassen! Sie waren sofort ein Herz und eine Seele!«

Wie muß sie sich danach gesehnt haben, jemanden zu verkuppeln, diese Mélie, wenn auch nur die Katze! Aber sie hat wohl daran getan.

Unser Haus wird mit der Zeit zum Treffpunkt der erstaunlichsten Wissenschaftler. Besonders Monsieur Maria, der schüchterne Höhlenmensch, stellt sich des öfteren ein, mitsamt seinem Bart. Wenn ich ihm in der »Bibliothek« begegne, begrüßt er mich verstörten Blicks und fragt stotternd, wie es mir gehe. »Schlecht, Monsieur Maria, sehr schlecht!« erwidere ich düster. Ferner habe ich eine Anzahl dicker, ordensgeschmückter Herren kennengelernt, die ihr Leben der Fossilienerforschung geweiht haben und sich fast alle durch nachlässige Kleidung auszeichnen ... nein, Papas Freunde sind wirklich nicht aufregend!

Heute nachmittag ist Marcel bei mir erschienen, »vierspännig«, sofern man Mélies Behauptungen Glauben schenken darf, um mir seine Aufwartung zu machen. Ich empfange ihn mit überschwenglicher Freundlichkeit und führe ihn in den Salon, dessen Ausstattung ihn sehr erheitert. Vor allem die Anordnung der Möbel und den großen Vorhang, der eine Art spanischer Wand darstellt, findet er komisch. »Kommen Sie, lieber Neffe! Ich zeige Ihnen mein Zimmer!«

Das Himmelbett und die kleinen, schlecht zueinanderpassenden Möbel erregen bei Marcel dieselbe verächtliche Belustigung wie Tante Coeurs Schlafgemach. Fanchette hingegen interessiert ihn sehr.

»Wie weiß sie ist!«

»Ich bürste sie ja alle Tage!«

»Und wie dick!«

»Kunststück! Sie ist trächtig!«

»Ach ... sie ist –«

»Ja, diese verrückte Mélie hat ihr einen Kater gebracht. Während ich krank war, geriet Fanchette außer Rand und Band. Wie Sie sehen, trägt die Zusammenkunft Früchte.«

Es stört ihn sichtlich, daß ich über diese Dinge so freimütig spreche, und er betrachtet mich mit scheinheilig-schockierter Miene. Ich kann mich des Lachens nicht erwehren.

»Warum schauen Sie mich so an? Weil ich nicht so rede, wie es sich geziemt? Lassen Sie sich sagen, junger Mann, daß es auf dem Land zur Tagesordnung gehört, den Hochzeitszeremonien der Kühe, Hunde, Ziegen und Katzen beizuwohnen, die alle miteinander recht kurzen Prozeß machen! Dort unten ist da nichts dabei.«

»Oh! Nichts dabei! Ich habe ›Erde‹ gelesen, von Zola, und recht gut verstanden, was es damit für eine Bewandtnis hat! Manche Bauern betrachten diese Dinge durchaus nicht ausschließlich vom Standpunkt des Züchters!«

»Mein lieber Marcel, Ihr geliebter Zola versteht vom Landleben überhaupt nichts! Im übrigen liebe ich seine Bücher nicht besonders ...«

Marcel wandert im Zimmer umher und späht in alle Winkel. Wie klein seine Füße sind! Jetzt hat er auf meinem Schreibtisch die »Doppelte Geliebte« entdeckt und droht mit zartem Finger:

»Claudine, Claudine? Das werde ich meinem Onkel sagen!«

»Mein lieber Freund, wenn Sie wüßten, wie egal ihm das ist!«

»Was für ein bequemer Papa! Ich wollte, Großmutter wäre auch so entgegenkommend! Das hindert mich natürlich nicht, zu lesen, was ich will«, erwidert er meinem fragend vorgereckten Kinn, »aber um das zu erreichen, mußte ich behaupten, des Nachts Angst zu haben! Sonst könnte ich in meinem Zimmer kein Licht brennen!«

Ich breche in Gelächter aus. »Angst! Sie haben gesagt, daß Sie Angst haben? Und Sie haben sich nicht geschämt?«

»Warum sollte ich? Großmutter hat mich seit jeher erzogen, als ob ich ein kleines Mädchen wäre!«

Dieses Wort ruft uns die vorgestrige Szene in Erinnerung. Wir erröten in schöner Eintracht (er heftiger als ich, er ist ja so weiß!) und denken so offensichtlich an ein und dasselbe, daß er fragt:

»Haben Sie keine Photographie von Luce?«

»Nein. Nicht eine.«

»Das glaube ich nicht.«

»Ehrenwort! Überdies würde sie Ihnen wahrscheinlich nicht gefallen. Aber ich bilde mir auf Luce wirklich nichts ein! Da, lesen Sie: das ist der einzige Brief, den sie mir geschrieben hat.«

Gierig stürzt sich der kleine skandalsüchtige Pariser auf das arme Bleistiftgekritzel und erklärt begeistert:

»Das ist ja ein Drama! Freiheitsberaubung! Sollte man nicht die Gerichte alarmieren?«

»Was fällt Ihnen ein! Überhaupt – was macht es Ihnen aus?«

»Was es mir ausmacht? Claudine! Wie können Sie so herzlos sein! Lesen Sie den Brief noch einmal!«

Ich folge seiner Aufforderung und stütze mich dabei auf seine schwache Schulter. Meine Locken kitzeln sein Ohr. Er lächelt, doch der leichte Druck meiner Hand bleibt unverändert. Ich sage lediglich:

»Marcel, sind Sie mir noch böse?«

»Nein, nein!« erwidert er ungestüm. »Aber ich flehe Sie an, erzählen Sie mir alles über Luce! Oh, ich werde so nett sein, wenn Sie es tun! Ich werde Fanchette ein Halsband kaufen!«

»Pah! Sie würde es auffressen! Mein armer Freund, da gibt's nichts zu erzählen! Außerdem bekommen Sie vertrauliche Mitteilungen von mir auf dem Tauschweg. Wie du mir, so ich dir.«

Er schmollt wie ein Backfisch, mit vorgeneigter Stirne und geschürzten Lippen.

»Sagen Sie, Marcel, schauen Sie öfters so drein, wenn Sie mit Ihrem ... Ihrem Freund beisammen sind? Wie hieß er doch gleich?«

»Charlie«, erwidert mein »Neffe« nach kurzem Zögern.

»Wie alt ist er? Los, vorwärts, muß man Ihnen denn alles aus der Nase ziehen?«

»Achtzehn. Aber er ist sehr ernst, sehr reif für sein Alter ... Sie bilden sich Dinge ein, die wirklich nicht stimmen ...«

»Oh! Passen Sie auf, Sie gehen mir langsam auf die Nerven! Wir werden doch nicht wieder davon anfangen! Lieben Sie ihn, soviel Sie wollen, aber seien Sie mein Kamerad, ein für allemal, und ich erzähle Ihnen alles über Luce. Abgemacht?«

Sacht ergreift er meine Hände, mit der ihm eigenen entwaffnenden Anmut.

»Claudine, Sie sind ein Schatz! Ich wünsche mir schon so lange, echte Mädchengeständnisse zu hören! Hier in Paris sind die jungen Dinger entweder Gänse oder Frauen. Claudine, meine liebe Freundin Claudine, nicht wahr, ich darf Ihr Vertrauter sein?«

Ist's möglich? Dieser Kleine, der meine Hände hält, der Augen, Mund, ja alle Züge sprechen läßt um einiger Mädchengeheimnisse willen – ebenso bettelt er wohl um Versöhnung oder Küsse –, dieser erregte Kleine soll jenes Marmorbild eines perfekten Neffen sein, das ich bei meinem ersten Besuch im Faubourg Saint-Honoré bestaunen durfte? Was ist, wenn ich Schandtaten erfinde, die ich nicht begangen habe? Wird er sie nicht mit der Schilderung anderer aufwiegen, die er zweifellos verübt hat? Was ich da tue, ist eigentlich gemein. Aber was wollen Sie? Ich kann mich nicht an den Gedanken gewöhnen, daß es ein Junge ist, mit dem ich mein Spiel treibe. Hätte er mich um die Mitte gefaßt und geküßt, wäre ich ihm ins Gesicht gesprungen, und jede weitere Zusammenkunft hätte sich erübrigt. So aber ... Mit Marcel hat es keinerlei Gefahr. Das ist an allem schuld.

Mein »Neffe« läßt mir keine Zeit zu langen Überlegungen. Ohne meine Hände loszulassen, drückt er mich in meinen Fauteuil und setzt sich auf ein Polster zu meinen Füßen, nicht ohne vorher seine Hose sorglich in die Höhe gezogen zu haben.

»So! Jetzt wird's gemütlich. Pfui über den düsteren Hof.

Ich lasse die Jalousien herunter, ja? Und jetzt erzählen Sie mir, wie ›es‹ begann!«

Der hohe Spiegel wirft unser Bild zurück. Wir sind nicht übel, das muß ich sagen. Es gibt häßlichere Leute. Doch was für Lügen soll ich ihm auftischen, diesem gierigen blonden Cherub, dessen Augen in atemloser Erwartung so nahe den meinen erglänzen, daß ich jeden Strahl der beiden Sterne einzeln leuchten sehe: schieferblaue Fäden auf vergißmeinnichtfarbenem Grund. Denk an deine Schulzeit, Alte! Eine Lüge weniger oder mehr – was hat das schon zu bedeuten!

»Ich weiß nicht, wie es begonnen hat. Ich weiß nicht, ob diese ... Dinge überhaupt je beginnen ... es ist ... eine langsame, fast unmerkliche Veränderung des täglichen Lebens, eine ...«

»Durchsetzung ...«

»Danke, Monsieur! Man sieht, Sie kennen sich aus!«

»Claudine, Claudine! Keine Gemeinplätze! Gemeinplätze sind farblos! Halten Sie Ihr Versprechen und erzählen Sie! Vor allem möchte ich eine Beschreibung der kleinen Luce, als kurze, präzise Exposition.«

»Bitte sehr. Luce ist klein, brünett, rosig und weiß, mit scheuen grünen Augen und aufgebogenen Wimpern – wie die Ihren –, etwas zu kleiner Nase und einem Gesicht, das etwas Asiatisches an sich hat ... Sagte ich Ihnen nicht, dieser Typ würde Sie nicht begeistern? Warten Sie: zarte Knöchel, Füße und Hände. Beim Sprechen denselben Akzent wie ich, den richtigen, fresnischen, nur etwas gedehnter. Verspielt, vernascht, verlogen. Unzufrieden, solange sie nicht ihre täglichen Flaschen bekommen hatte.«

»Ihre ›Flaschen‹? Meinen Sie am Ende Ohrfeigen?«

»Genau. Aber Sie dürfen mich nicht unterbrechen. ›Ruhe dort drüben, oder es gibt doppelte Hausaufgaben!‹ pflegte die Frau Direktor zu sagen, wenn ihre geliebte Aimée mit den Kleinen nicht zurechtkam.«

»Wer ist Aimée?«

»Die Luce der Frau Direktor.«

»Aha. Weiter.«

»Bitte sehr. Eines Morgens waren wir zum Holzhacken dran –«

»Was?«

»Ich wiederhole: eines Morgens waren wir zum Holz –«

»Sie haben Holz gehackt? Im Pensionat?«

»Das war kein Pensionat, sondern eine Schule. Alle kamen zum Holzhacken dran, eine nach der andern. Sie haben keine Ahnung, wie kalt es manchmal sein kann, um halb acht in der Früh, oder wie Schiefer schmerzen, wenn es friert! Ich hatte die Taschen immer mit heißen Kastanien vollgestopft, um mir die Hände zu wärmen. Die aß ich dann während des Unterrichts. Wer Holz spalten mußte, kam so früh wie möglich, um die Eiszapfen abzulutschen, die von der Pumpe hingen, neben dem Schuppen. Ich brachte außerdem noch rohe unaufgeschnittene Kastanien mit und steckte sie in den Ofen, um Mademoiselle zu ärgern.«

Marcel ist fassungslos.

»Hat man schon jemals eine solche Schule gesehen! Aber Luce? Luce?«

»Wenn Luce ›holzen‹ mußte, raunzte sie noch mehr als sonst und kam zu mir, um sich trösten zu lassen. ›Claudine, Claudine, mir ist kalt, mein Daumen ist aufgesprungen, küß mich, Claudine, meine Claudine!‹ Das sagte sie natürlich nicht so, sondern in fresnischem Dialekt. Aber den würden Sie sowieso nicht verstehen. Dann kroch sie unter meinen Mantel und küßte mich ab.«

»Wie? Wie?« fragt mein Zuhörer atemlos, mit halbgeöffnetem Mund und allzu rosigen Wangen. »Wohin hat sie Sie geküßt?«

»Auf die Wangen, natürlich, auf den Hals«, erwidere ich, jäh verdummt.

»Ach, scheren Sie sich zum Teufel! Sie sind auch nur eine Frau wie alle andern!«

»Luce war durchaus nicht dieser Ansicht«, sage ich sanft und lege die Hände auf die Schultern meines unwillig zappelnden Neffen.

»Nur Geduld, die Schandtaten kommen gleich!«

»Einen Augenblick, Claudine! Störte es Sie nicht, daß Luce Dialekt sprach?«

»Dialekt? Sie hätten sich zu diesem Dialekt gratuliert, Sie Pariser Schöngeist, zu diesem frischen Mündchen, dieser schleppenden, singenden Stimme! Auch die rote Kapuze hätte Ihnen kaum mißfallen! Sie verdeckte Stirn und Ohren und ließ nichts sehen als ein rosa Schnäuzchen und zwei Pfirsichwangen, die nicht einmal die bitterste Kälte zu verfärben vermochte! Störender Dialekt! Daß ich nicht lache!«

»Welch edles Feuer! Man sieht, Sie haben das gute Mädchen noch lange nicht vergessen!«

»Lassen Sie mich weitererzählen. Eines Morgens überreicht mir Luce einen Brief.«

»Endlich! Her damit!«

»Ich habe ihn nicht mehr. Ich habe ihn ihr zurückgegeben, in tausend Fetzen gerissen!«

»Das ist nicht wahr!«

»Was unterstehen Sie sich, junger Mann? Ich werde Sie sofort auf das Vorhandensein einer Türe aufmerksam machen!«

»Verzeihung! Ich wollte sagen: das ist nicht wahrscheinlich.«

»Geliebtes Einfaltspinselchen! Jawohl, ich habe ihr den

Brief zurückgegeben, weil sie mir darin Dinge vorschlug, die ... die sich nicht schickten.«

»Claudine, spannen Sie mich nicht auf die Folter!«

»Der Brief lautete etwa so: ›Meine geliebte Claudine, wenn du meine Herzensfreundin sein willst, bliebe mir auf dieser Welt nichts mehr zu wünschen übrig! Wir wären ebenso glücklich wie meine Schwester Aimée mit ihrer Frau Direktor, und ich würde dir mein Leben lang dankbar sein. Ich liebe dich so sehr, ich finde dich so hübsch, deine Haut ist zarter als der gelbe Blütenstaub der Lilien, und ich lasse mich von dir sogar gern kratzen, weil du kleine kalte Nägel hast, usw. usw. ...‹«

»Oh! Soviel Naivität und Demut! Haben Sie nicht gemerkt, wie reizend das ist?«

Mein Pseudoneffe ist ja in einem schönen Zustand! Zwar schien er mir seit jeher leicht beeindruckbar, doch der Grad dieser Eigenschaft übertrifft meine kühnsten Erwartungen. Marcel würdigt mich keines Blicks. Seine Wimpern flattern, auf den Wangen brennen rote Flecken, das hübsche Näschen ist ganz blaß. So heftig erregt habe ich bisher nur Luce gesehen, doch um wieviel besser wirkt Marcel! Unversehens frage ich mich: Wenn er jetzt die Augen aufschlüge und den Arm um mich legte, jetzt, in diesem Augenblick, was würde ich tun? Es ist, als krieche eine kleine Raupe über meinen Rücken. Marcel hebt die Wimpern, neigt sich näher zu mir und flüstert, leidenschaftlich erregt: »Weiter, Claudine, weiter!« Ah, Claudine, meine Teure! Nicht du bist es, die ihn erregt, sondern deine Geschichte, und die Einzelheiten, die er sich erhofft! Ich beiße die Zähne zusammen.

Die Türe geht auf, Mélie tritt ein, leise und diskret, mein Lämpchen in der Hand. Soviel ich weiß, gründet sie große Erwartungen auf Marcel und hofft, daß er sich als der Liebhaber entpuppen werde, der mir ihrer Meinung nach äußerst nottut. Sie läßt die Jalousien vollends herunter, zieht die Vorhänge vor und taucht uns in warmes Halbdunkel. Aber Marcel springt auf.

»Claudine! Wie spät ist es?«

»Halb sechs.«

»Gott, wird mich meine Großmutter wieder anöden! Ich muß gehen. Ich hatte versprochen, um fünf daheim zu sein!«

»Ich dachte, Tante Coeur tanzt nach Ihrer Pfeife?«

»Ja und nein. Sie ist sehr nett, aber sie liebt mich zu sehr. Wenn ich eine halbe Stunde zu spät nach Hause komme, finde ich sie in Tränen aufgelöst! Sagen Sie selber, ob das zum Lachen ist! ›Gib acht, paß auf, ich sterbe vor Angst, wenn du nicht da bist!‹ Das höre ich ununterbrochen! ›Geh nicht durch die Rue Cardinet, dort treibt sich Gelichter herum, und nicht über den Etoile, besonders wenn es dämmert, die vielen Wagen ...‹ Ah!« Er schüttelt sich vor Ärger. »Sie Glückliche! Sie wissen nicht, was es heißt, auf Rosen gebettet zu sein!« Dann setzt er flüsternd hinzu:

»Claudine, nicht wahr, Sie heben ihn mir auf, den Rest der Geschichte? Ich darf Ihnen vertrauen, ja?«

»So wie ich Ihnen«, erwidere ich mit ernster Miene.

»Pfui, Sie Garstige! Geben Sie mir Ihre kleine Hand« – er küßt sie – »und machen Sie Ihrem ›Neffen‹ keinen Kummer mehr! Er hat Sie wirklich gern! Adieu, Claudine, auf bald, Claudine!«

Von der Türschwelle schickt er mir noch einen spielerischen Kuß, auf luftigen Fingerspitzen. Dann enteilt er, fast unhörbaren Schritts. Was für ein gelungener Nachmittag! Mir ist noch jetzt ganz heiß. Und verwirrt bin ich auch ... hopp, Fanchette! Ein wenig Gymnastik! Ein Tänzchen kann der Nachkommenschaft nicht schaden!

Meine Fröhlichkeit war von kurzer Dauer: ich habe einen jähen Rückfall von Schul- und Heimweh erlitten. Und wer ist daran schuld? Bérillon. Dieser Esel von einem Bérillon. Dieser Idiot von einem Bérillon. Hören Sie zu: beim Abstauben der Schulbücher, die ich pietätvoll aus Montigny mitgebracht hatte, fiel mir folgendes Büchlein in die Hände: »Die gute Landwirtin. Leitfaden zur Erwerbung grundlegender land- und hauswirtschaftlicher Kenntnisse, von Louis-Eugène Bérillon. Für Mädchenoberschulen.« Dieses unbezahlbare Werk war für uns Große eine Quelle reiner Freuden (selbst in Montigny gab es deren nur eine beschränkte Anzahl), und die lange Anaïs und ich wurden nicht müde, einzelne Stellen mit lauter Stimme zu rezitieren. An Regentagen, wenn man weder Katz und Maus noch Drittabschlagen spielen konnte, pflegten wir unter dem neuen Vordach des Schulhofs zu stehen und einander Fragen aus der »Guten Landwirtin« vorzulegen.

»Anaïs, referieren Sie mir über die ›Gute Landwirtin‹ und ihr Geschick bei der Jauchenverwertung.«

Den kleinen Finger in die Luft gestreckt, die blutleeren Lippen vornehm geschürzt, deklamierte Anaïs mit einem Ernst, der mir Tränen der Heiterkeit entlockte:

»Die gute Landwirtin hat ihren Mann zum Bau eines Hüttchens bewogen oder selbiges im Nordwinkel des Gartens aus einigen Brettern nebst etwas Stroh oder Ginster selbst errichtet. Dieses Hüttchen dient als Abtritt, ähnelt jedoch unter seiner munteren Decke von Blumen, Blättern und Ranken weniger einem Abort denn einer reizenden Laubwiege.«

»Charmant! Welch zarte Poesie in Stil und Gedanken! Und wie tief bedaure ich, meine Schritte nicht zu jener duftenden Blütenlaube lenken zu können, um eine Minute träumend in ihrem Schatten zu sitzen! ... Vergessen wir jedoch das Praktische nicht. Fahren Sie fort, Anaïs.«

»Da der gesammelte Kot von fünf bis sechs Personen im Laufe eines Jahres eine zur Düngung eines Hektars Ackerboden genügende Menge ergibt und bei der Jauchenver–«

»Pst, pst, bleiben Sie mehr im allgemeinen!«

»– bei der Jauchenverwertung jegliche Verschwendung auf das sorgsamste vermieden werden muß, ist als Senkgrube tunlichst ein einfaches, mit gestampftem Ton bedecktes Erdloch, ein tiefes Tongefäß oder ein altes Weinfaß zu verwenden.«

»So leb denn wohl, du gutes Faß! Die Weinlese ist vorüber ... Mein Kind, Sie haben Ihre Sache gut gemacht, und ich sage Ihnen wahrscheinlich nichts Neues, wenn ich Ihnen mitteile, daß es sich empfiehlt, die Jauche vor Verwendung *innigst* mit dem doppelten Quantum Erde zu vermengen, und daß fünf Kilogramm genügen, um ein Ar zu düngen und zweihundert zu vergiften. Zum Lohn für Ihren Fleiß gestatte ich Ihnen, fünfmal Herrn Doktor Dutertre zu küssen, unseren wackeren Distriktskandidaten.«

»Wirklich?« murmelte Anaïs träumerisch, »wenn's nur auf deine Erlaubnis ankäme ...«

O Bérillon! Wie hast du uns schmutzige kleine Mädchen belustigt! Dein Vorwort spielten wir mit verteilten Rollen. Marie Belhomme, unsere jugendliche Naive, streckte die Hebammenhände zum Himmel und beschwor das junge Mädchen vom Lande, zitternd vor zärtlicher Rührung:

»Unglückliches Kind! Wie groß ist doch dein Irrtum! Oh! Um deinet-, um deines Glückes willen, stoß ihn zurück, den schrecklichen Gedanken, deine alten Eltern zu verlassen, das Hüttchen, in dem du das Licht der Welt erblicktest. Oh, wüßtest du, mit welchem Preis jene, deren Glanz und Reichtum du beneidest, die Seide und Juwelen bezahlten, die an ihnen schimmern ...«

»Zehn Francs pro Nacht«, unterbrach Anaïs. »Ich glaube, soviel kostet's in Paris.«

Dieser bittersüße Bérillon war es, sein ausgefranster, mit Abziehbildern geschmückter Einband, der mir die Schule und meine kleinen Gefährtinnen allzu lebhaft in Erinnerung rief. Wenn Luce schriebe? Seit langem habe ich keine Nachricht mehr von ihr. Sollte sie Montigny verlassen haben?

Nichts tut sich, gar nichts. Ich gehe viel spazieren, besorge mir Kleider und Hüte. Eines Tages folgt mir ein Herr. Ich habe den unseligen Einfall, ihm die Zunge zu zeigen. Was sagt er? »Oh, geben Sie sie mir!« Das wird dich lehren, Claudine ...

Bei Tante Coeur den Tee servieren? Puah! So sagte die lange Anaïs, diese Meisterin im Simulieren akuter Übelkeit. Ein Glück, daß wenigstens Marcel dasein wird ... Aber trotzdem. Viel lieber täte ich etwas, etwas Ordentliches, ja, selbst etwas Unangenehmes.

Sonntagsvisite bei Tante Coeur, in meinem einfachen blauen Tuchkleid. Erstens ist es noch immer das A und O meiner eleganten Garderobe, zweitens wäre es unklug, mir jetzt, da mit meinem baldigen Erblühen zu rechnen ist, neue Kleider machen zu lassen. Sie würden platzen. (Was sagen Sie zu so viel entfesselter Fleischlichkeit?) Vorderhand jedoch zeigt die automatische Waage in Saint-Germain-des-Prés noch immer nicht mehr als die üblichen fünfzig Kilogramm.

Ich erscheine um halb fünf. Der Salon ist noch leer, bis auf Marcel, der lautlos umherschwirrt, ein wenig blaß, mit rosig umrandeten Augen. Er ordnet Blumen in verschiedene Vasen, trällert leise vor sich hin und wirkt noch hübscher als sonst, eine Tatsache, die ich auf sein müdes Aussehen zurückführe.

»Wie wär's mit einem gestickten Schürzchen, lieber ›Neffe‹?«

»Und Sie? Wollen Sie vielleicht meine Hose?«

»Danke, bin schon versorgt!«

»Claudine, warum tragen Sie keine Schneiderkostüme? Sie würden Ihnen herrlich stehen!«

»Weil es in Montigny keine Schneider gibt.«

»Aber dafür in Paris! Soll ich Sie hinbegleiten? Zu keinem der großen, seien Sie unbesorgt! Wir gehen miteinander, ja? Ich hantiere für mein Leben gern mit Stoffen!«

»Meinetwegen! Wer steht mir denn heute alles bevor? Lauter Leute, die mich anstieren werden? Ich glaube, ich gehe wieder.«

»Keine Angst, niemand wird Sie anst–, ich meine, niemand wird Sie über Gebühr betrachten, abgesehen von Madame Barmann, natürlich, dieser alten Ziege. Es kommen nur wenige Gäste. Vielleicht Charlie –«, er wendet den Blick ab, »aber das ist nicht sicher. Madame van Langendonck –«

»Eine Belgierin?«

»Nein, Zypriotin.«

»Dazu stammt man also aus Griechenland, um sich einen solchen Namen zuzulegen? Als ob ich Nausikaa hieße, wenn ich aus Antwerpen käme!«

»Kann ich vielleicht etwas dafür? ... Dann kommen noch ein paar junge Leute aus dem Salon Barmann und eine alte Dame, die von Mama sehr geliebt und immer nur Madame Anélie gerufen wird, so daß kein Mensch mehr weiß, wie sie mit Zunamen heißt ... wie Sie sehen, eine äußerst harmlose Gesellschaft.«

»Harmlos? Mir langt's!«

»Claudine! Und Luce?«

»Psst! Tante Coeur!«

Tatsächlich: Marcels Großmutter tritt ein, ganz raschelnde Seide.

»Sieh da, mein hübsches Nichtchen! Werden Sie abgeholt oder soll Marcel Sie nach Hause bringen?«

»Warum denn, Tante? Ich bin doch auch allein gekommen!«

Meine Antwort treibt ihr das Blut in die Wangen. Man merkt es trotz Schminke und Puder.

»Allein? Zu Fuß? Im Fiaker?«

»Nein, Tante, mit dem Pferdeautobus.«

»Mein Gott, mein Gott, wie unvorsichtig von Claude ...«

Wenn ich lache, ist alles verloren. Marcel, dieser Elende, betrachtet mich verstohlen, scheint drauf und dran, an seiner eigenen Zunge zu ersticken, und macht sich an den Lichtschaltern zu schaffen. Tante Coeur unterdrückt ihre Befürchtungen mit einem tiefen Seufzer.

»Diese Woche werde ich nur wenige Gäste haben, liebe Kinder ...«

Trrrr – einer ist jedenfalls schon da. Nein, »eine«. Mit zwei Sprüngen verschanze ich mich hinter dem Teetisch, während Marcel sich vor Lachen schüttelt. Eine bucklige Kugel, von einem Heiligenschein plattgedrückter gelber Wattelöckchen umflossen, kommt auf Tante Coeur zugerollt: Madame Barmann.

In einen verspäteten Zobel verpackt, schwitzt sie ausgiebig und wirkt unter ihrem Frühjahrshut – einem zerzausten Käuzchen – selbst wie ein Nachtvogel. Allerdings fehlt es ihrer Hakennase, die durch einen Ausschlag marmoriert erscheint, nicht an Autorität, und ihre grauen Kugelaugen flitzen mit fürchterlicher Behendigkeit hin und her.

»Ich bin hin!« klagt sie mit harter Stimme. »Elf Kilometer zu Fuß, denken Sie nur! Aber dafür habe ich prachtvolle Möbel aufgestöbert, bei zwei alten Jungfern in Montrouge.

Eine Weltreise! Huysmans hätte seine Freude an diesen malerischen windschiefen alten Häusern! ... Ich suche momentan überall herum, müssen Sie wissen, um das neue Haus unseres illustren Freundes Gréveuille einzurichten ... Sein Vertrauen ist wahrhaft kindlich ... In drei Wochen findet bei mir die Generalprobe für unsere Wohltätigkeitsveranstaltung statt ... Selbstverständlich hoffe ich, meine Liebe, daß Sie uns dieses Kind nicht vorenthalten werden ...«

Sie betrachtet Marcel, läßt den Blick zu mir schweifen und verstummt.

Tante Coeur beeilt sich, mich der Dame vorzustellen.

»Meine Nichte Claudine. Sie ist erst seit kurzem in Paris«, setzt sie hinzu und bedeutet mir, näher zu kommen, denn, wahrhaftig, ich lege keine übertriebene Eile an den Tag.

Die Innenarchitektin des »illustren Freundes« mustert mich aus der Nähe mit solcher Frechheit, daß ich schon fürchte, meine Faust urplötzlich auf ihrer Nase landen zu sehen. Aber sie wendet sich gerade noch rechtzeitig Tante Coeur zu und sagt mit rauhem Ton:

»Reizend. Vielleicht bringen Sie mir die Kleine einmal an einem Mittwoch? Mittwoch geht es im großen und ganzen recht harmlos zu.«

Tante Coeur dankt an meiner Statt. Ich vermag kein Wort hervorzubringen, bereite dem unverschämten Käuzchen eine Tasse Tee, mit fest zusammengebissenen Zähnen, und zittere dabei so heftig, daß Marcels Freude keine Grenzen kennt und er sich nicht enthalten kann, mir mit spottfunkelnden Augen zuzuflüstern:

»Claudine, Claudine, wie soll das enden, wenn Sie sich den Leuten so an den Hals werfen! Wollen Sie nicht versuchen, diese hemmungslosen Sympathiekundgebungen ein wenig einzuschränken?«

»Ruhe!« erwidere ich leise, kochend vor Wut. »Ich kann's nicht vertragen, angestiert zu werden!«

Dennoch bleibt mir nichts übrig, als Madame Barmann ihren Tee hinzutragen, gefolgt vom brötchenbalancierenden Marcel, der mich an liebenswürdiger Mädchenhaftigkeit bei weitem übertrifft.

Trrrrrr ... wieder eine Dame, aber was für eine, diesmal! Sie ist bezaubernd. Mandelförmige Augen, langes, in die Stirne fallendes Haar.

»Madame van Langendonck«, belehrt mich Marcel mit leiser Stimme, »die Zypriotin ...«

»Wie dem Namen zu entnehmen, ganz richtig.«

»Gefällt sie Ihnen?«

»Und ob! Sie sieht aus wie eine verliebte Gazelle.«

Oh, das hübsche Geschöpf! Loses, flatterndes Haar, ein riesiger schwankender, federnbesteckter Hut, kurzsichtige, verzückt blickende Augen, eine brillantblitzende rechte Hand, die es liebt, vage, allumfassende Gesten zu beschreiben. Sie ist die Zustimmung in Person und sagt sowohl zu Tante Coeur als auch zu Madame Barmann ununterbrochen: »Ja«, »Sie haben ganz recht« und »Das habe ich mir auch schon oft gedacht«. Unverträglich scheint sie nicht zu sein, die hübsche Zypriotin. Allerdings geht es bei ihrem Jaismus nicht ohne kleinere Widersprüche ab. So hören wir zum Beispiel Schlag auf Schlag: »Gestern um fünf war ich beim Rennen« und »Gestern um fünf habe ich einer sooo interessanten Dichterlesung beigewohnt!« Diese kleinen Entgleisungen scheinen jedoch niemanden zu stören, sie selbst am allerwenigsten.

Tante Coeur ruft mich herbei:

»Claudine!«

Willig folge ich der Aufforderung und lächle der Zypriotin entgegen, die mir das schöne Gesicht voll zuwendet. O weh! Ein Gewitter unmäßiger Komplimente entlädt sich über mein unschuldiges Haupt.

»Nein, wie reizend! Wie apart! Die entzückende Figur! Wie alt ist die junge Dame? Siebzehn? Ich hätte sie für mindestens achtzehn gehalten!«

»Wo denken Sie hin!« widerspricht das Käuzchen. »Sie wirkt viel jünger!«

»Nicht wahr? Wie knappe fünfzehn!«

Undsoweiter undsoweiter ... Eben muß ich feststellen, daß Marcels scheinheilige Miene unerträglich zu werden beginnt, da ... trrrrrr! hält der nächste Gast seinen Einzug. Diesmal ist es ein Herr, ein großer schlanker Herr, ein Gentleman. Weitere Kennzeichen: dunkler Teint, reiches kastanienbraunes Haar, das an den Schläfen zu ergrauen beginnt, junge Augen mit müden Lidern, ein gepflegter Schnurrbart, dessen Blond ins Silbrige spielt. Er tut, als sei er hier daheim, neigt sich über Tante Coeurs Hand und bemerkt mit spöttischem Ton, mit einem Blick in die Grelle des grausamen Lusters:

»Welche Wohltat für die Augen, dieses sanfte Halbdunkel der modernen Appartements!«

Belustigt wende ich mich zu Marcel. Er verzieht keine Miene und betrachtet den Herrn ohne jegliches Wohlwollen.

»Wer ist das?«

»Mein Vater«, erwidert er eisig und geht auf ihn zu. Der Herr schüttelt ihm die Hand, freundlich und zerstreut, als ziehe er seinen Jagdhund am Ohr.

Sein Vater? Dieser Scherz ist nicht nach meinem Geschmack und mein Gesichtsausdruck wohl dementsprechend einfältig. Ein Vater, mit dem es Streit gegeben hat. Das sieht man auf den ersten Blick. Der Sohn ähnelt ihm kaum. Vielleicht die gerade, verbohrte Brauenlinie? Nein, auch das steht nicht fest. Marcels Züge sind so verfeinert ... Der junge Mann begegnet seinem Erzeuger mit eigentümlicher Miene, einem Gemisch aus Demut und Feindseligkeit. Daß er einen Papa besitzt, hängt er nicht an die große Glocke, das muß man sagen! Dabei braucht er sich des seinigen wahrhaftig nicht zu schämen, ganz im Gegenteil! Wie dem auch sei – die Stimme des Blutes scheint sich bei keinem von beiden sonderlich laut bemerkbar zu machen.

»Wie geht's, Kleiner? Arbeitest du ordentlich?«

»Ja, Vater.«

»Du siehst etwas angegriffen aus.«

»Oh! Nein, Vater.«

»Du hättest mich heute zum Rennen begleiten sollen. Das wäre dir gut bekommen.«

»Ich mußte doch den Tee servieren, Vater.«

»Natürlich! Du mußtest den Tee servieren. Das verhüte Gott, daß ich trachten wollte, dich solch heiligen Pflichten zu entziehen!«

Das Käuzchen und die zypriotische Gazelle sind in eifriges Geplapper vertieft, die eine durchdringend-rechthaberisch, die andere mit einer Geschmeidigkeit, an der sich sämtliche Spitzen abschleifen. Tante Coeur nützt die Gelegenheit, um furchtsam und weniger salbungsvoll als sonst folgende kühne Frage zu stellen:

»Renaud, halten Sie den Rennplatz allen Ernstes für ein Milieu, das diesem Kinde angemessen ist?«

»Aber, Madame! Marcel könnte dort eine Menge ehrenwerter Leute kennenlernen!« Und mit einem Seitenblick auf Madame Barmann fügt er leise hinzu: »Und noch viel mehr Juden!«

Bravo, bravo! In mir siedet unterdrückte Freude. Wenn das so weitergeht, wird das englische Porzellan, mit dem ich so ehrfurchtsvoll hantiere, bald den Teppich besäen. Tante Coeur errötet fast unmerklich, gesenkten Blicks. Höflich ist er ja gerade nicht, der liebe Herr, aber ich unterhalte mich glänzend. Marcel, scheinbar beschäftigt, die gestickten Blätter des Plüschvorhangs nachzuzählen, schaut drein wie ein Backfisch, der vergeblich darauf wartet, zum Tanz aufgefordert zu werden.

»Wahrscheinlich haben Sie auch gewettet?« fragt Tante Coeur schmerzlich, mit angstvoller Miene.

Der Herr nickt melancholisch.

»Sogar verloren. Deshalb gab ich dem Fiaker, der mich herbrachte, zwanzig Francs.«

»Warum?« fragt Marcel mit hochgezogenen Brauen.

»Um den Verlust aufzurunden.«

»Hpp ...« Das ist diese Gans von Claudine, die das Lachen nicht verbeißen kann. Mein Cousin (Augenblick: als Vater meines Neffen ist er eigentlich mein Cousin – oder nicht? Ich kenne mich überhaupt nicht mehr aus ...) Wie gesagt, mein Cousin wendet den Kopf in die Richtung dieses unziemlichen Gelächters.

»Renaud, kennen Sie meine kleine Nichte Claudine, die Tochter meines Bruders Claude? Sie ist erst seit kurzer Zeit in Paris und hat sich mit Marcel schon bestens angefreundet.«

»Marcel ist nicht zu bedauern«, erklärt der Herr, dem ich die Hand entgegengestreckt habe. Sein Blick – ein Kennerblick – währt nur einen Herzschlag, läuft blitzartig von meinen Augen zu meinem Mund, hinauf zu den Haaren, wo er sich den Bruchteil einer Sekunde zu verfangen scheint, und hinunter zu meinen Händen. Marcel steuert auf den Teetisch zu, ich schicke mich an, ihm zu folgen.

»Claudes Tochter ...«, sinnt mein Cousin. »Eine Sekunde! Familiengeschichte war immer meine schwache Seite ...

Ja, aber ... dann ist Mademoiselle Marcels Tante? Was für eine Lustspielsituation, nicht wahr, liebe ... Cousine?«

»Jawohl, Onkel«, erwidere ich, ohne zu zögern.

»Danke sehr! Das heißt, daß ich in Hinkunft zwei Babys in den Zirkus führen kann, sofern Ihr Herr Vater es mir gestattet! Sie sind ... wie alt? Fünfzehn? Sechzehn?«

»Siebzehn vorbei!« verbessere ich gekränkt.

»Siebzehn! Ja, die Augen ... Das bist du nicht gewöhnt, was, Marcel? Eine kleine Freundin?«

»Oh«, sage ich lachend, »für ihn bin ich viel zu burschikos!«

Mein Vetter, der Onkel, der uns zum Tisch folgt, wirft mir einen raschen Blick zu. Aber sehe ich nicht aus wie das bravste aller kleinen Mädchen?

»Zu burschikos?« wiederholt er ernsthaft, aber ich merke genau, daß er mich aufzieht, »zu burschikos? Nun, dieser Meinung bin ich nicht, ganz im Gegenteil!«

Marcel läßt seinen Zorn an einem vergoldeten Löffelchen aus: der Stiel ist schon ganz verbogen. Dann zuckt er die wohlgeformten Schultern und verläßt das Speisezimmer, lautlosen, zierlichen Schritts, nicht ohne sachte die Türe zu schließen. Auch die Barmann macht sich aus dem Staub, wirft mir im Vorübergehen ein überaus lächerliches »Adieu, Kleine!« zu und rennt beinahe eine alte Dame über den Haufen, die genau so aussieht, wie man sich eine alte Dame vorstellt, sich in zwei Raten niedersetzt und keinen Tee will. Juchhu!

Der Onkelcousin, der das Käuzchen zur Türe begleitet hat, tritt an den Teetisch, möchte Tee, verlangt Obers, nein, mehr, zwei Stück Zucker, ein Brötchen, nein, nicht das oberste, das ist bestimmt schon trocken, und was nicht noch alles? Aber mein Gaumen versteht den seinen, und ich werde nicht ungeduldig. Er gefällt mir, dieser Onkelcousin, und ich wüßte für mein Leben gern, was zwischen ihm und seinem Sohn eigentlich vorgeht. Auch er scheint daran zu denken, denn während er sich angelegentlich mit seinem Brötchen beschäftigt, stellt er mir halblaute Fragen:

»Hat Ihnen mein Sohn von mir erzählt?«

O Schreck! Was soll ich tun? Was erwidern? Um Zeit zu gewinnen, lasse ich meinen Löffel fallen, als sei er ein Federstiel und ich noch in der Schule, und antworte nach reiflicher Überlegung:

»Nein, zumindest erinnere ich mich nicht daran.«

Ich weiß, diese Antwort ist nicht überaus geistreich, aber was wollen Sie! Außerdem scheint sie ihn nicht zu erstaunen. Er ißt. Er ißt sogar sehr ordentlich. Ein junger Vater. Seine Nase belustigt mich: nicht zu groß, ein wenig gekrümmt, mit sehr beweglichen Nasenflügeln. Unter tiefschwarzen Brauen leuchten graublaue Augen hervor, und die Ohren sind für einen Mann nicht einmal so übel. Das an den Schläfen angegraute Haar ist dicht und kraus und erinnert mich an einen prachtvollen Hund in Montigny, dessen Pelz von gleicher Farbe war. O Schreck: er blickt jäh auf und überrascht mich dabei, ihn zu betrachten.

»Sie finden mich häßlich?«

»Nein, Onkel, ganz und gar nicht.«

»Nicht so schön wie Marcel, was?«

»Ah! Das nicht! Es gibt keinen Jungen, der so hübsch wäre wie er! Und nur wenige Frauen.«

»Sehr richtig. Sie schmeicheln meinem Vaterstolz ... Mein Sohn ist nicht sehr zutunlich, wie?«

»Ganz im Gegenteil! Vorgestern hat er mich sogar besucht, ganz allein, und wir haben ausgiebig miteinander geplaudert. An guter Erziehung hat er mir viel voraus!«

»Auch mir! Aber daß Marcel Sie besucht hat, erstaunt mich, erstaunt mich über die Maßen! Sie haben eine Eroberung gemacht! Würden Sie mich Ihrem Vater vorstellen, liebe Cousine? Die Familie geht mir über alles, müssen Sie wissen, nur in ihrem Schoße fühle ich mich glücklich und zufrieden –«

»Oder auf dem Rennplatz –«

»Hört, hört! Sie sind ja tatsächlich schlecht erzogen! Wann treffe ich Ihren Herrn Vater am besten an?«

»Jeden Vormittag. Nachmittag geht er in Bibliotheken, um Staub aufzuwirbeln und mit Ordensbesitzern zu verhandeln, aber nicht alle Tage. Wenn Sie allen Ernstes kommen wollen, kann ich ihm außerdem sagen, er soll zu Hause bleiben. In kleinen Dingen gehorcht er mir noch ganz gut.«

»In kleinen Dingen? Es gibt keine andern! Sie nehmen den ganzen Platz ein und verdrängen die großen. Aber jetzt erzählen Sie einmal: was haben Sie in Paris schon alles gesehen?«

»Den Luxembourg und die großen Kaufhäuser.«

»Das sollte eigentlich genügen! Wie wär's, wenn ich Sie und Marcel nächsten Sonntag ins Konzert führte? Ich glaube, die Konzerte sind heuer ›fein‹ genug, daß mein Sohn es wagen könnte, dort in Erscheinung zu treten.«

»Ins Symphoniekonzert? Oh! Gern, danke! Ich wollte immer schon hingehen, obwohl ich fast nichts davon verstehe ... Ich hatte so selten Gelegenheit, gute Orchester zu hören!«

»Schön, das wäre also abgemacht. Was noch? Sie dürften ein leicht zu erheiterndes kleines Mädchen sein! Ich habe mir immer schon eine Tochter gewünscht – aber leider! Ich hätte sie sogar recht gut erzogen, auf meine Weise ... Was mögen Sie gern?«

Ich blühe auf.

»Eine Menge Dinge! Angefaulte Bananen, Schokoladebonbons, junge Lindentriebe, Obstbaumharz, aufgeschnittene Artischockenstengel, funkelnagelneue Bücher, Taschenmesser mit vielen Klingen –«

Ich breche in Gelächter aus: mein Vetter, der Onkel, hat ein Büchlein hervorgezogen und notiert mit unbewegter Miene:

»Eine Sekunde, liebes Kind! Schokoladebonbons, faule Bananen – o Graus! – und Artischockenstengel sind eine Kleinigkeit. Was aber die Lindentriebe und das Obstbaumharz betrifft, so gibt es in Paris meines Wissens kein Depot. Kann man sich vielleicht direkt an den Erzeuger wenden?«

Ich bin entzückt. Endlich einmal jemand, der mit Kindern umzugehen versteht. Warum es wohl mit dem eigenen nicht klappt? Wie gerufen, erscheint Marcel, das hübsche Gesicht übertrieben glatt und gleichgültig. Der Onkelcousin steht auf, die weiße Greisin steht auf, die hübsche Madame van Langendonck steht auf: allgemeiner Aufbruch. Nach Abzug der beiden Damen erkundigt sich meine Tante:

»Wer wird Sie nach Hause bringen, Kleines? Soll vielleicht meine Kammerfrau –«

»Oder ich, Großmutter?« bietet Marcel sich freundlich an.

»Du ... ja, aber nimm einen Fiaker, mein Liebling.«

»Wie! Sie lassen ihn zu dieser Stunde noch ausfahren?« fragt mein Vetter, der Onkel, so spöttisch, daß Tante Coeur den Hohn seiner Worte nicht zu überhören vermag.

»Mein Freund, ich bin für das Kind verantwortlich. Wer kümmert sich also um Claudine?«

Ja, wer? Ich höre es nicht mehr, da ich hinausgehe, um Hut und Mantel zu holen: als ich zurückkomme, ist der Onkelcousin verschwunden und Tante Coeurs leicht angespannter Gesichtsausdruck wieder dem hoheitsvollen Lächeln einer Dame gewichen, die gewohnt war, in den Tuilerien zu hausen. Adieu, auf Wiedersehen! Nach der abgestandenen Luft des Salons wirkt die Straße doppelt kalt und erfrischend.

Ecke Rue Jouffroy besteigen wir einen Fiaker mit Gummirädern, die jedesmal aufs neue meine kindliche Begeisterung erwecken. Ich gestehe Marcel mein Entzücken, werde belächelt und schreite unverzüglich zum Angriff:

»Ihr Vater ist sehr nett.«

»Ja.«

»Dämpfen Sie Ihre Zärtlichkeit, o leidenschaftlichster aller Söhne!«

»Was wollen Sie? Bilden Sie sich etwa ein, ich werde Papa ausgerechnet heute entdecken? Schließlich kenne ich ihn seit siebzehn Jahren!«

Ich hülle mich in Schweigen, diskret und verletzt.

»Schmollen Sie nicht, Claudine! Man kann diese Dinge nicht erklären, dazu sind sie viel zu kompliziert.«

»Da haben Sie recht, mein Freund, außerdem geht es mich nichts an. Wenn Sie sich auf Ihren Vater nichts einbilden, werden Sie wohl Ihre Gründe haben.«

»Zweifellos. Er hat Mama sehr unglücklich gemacht.«

»Lange?«

»Ja ... achtzehn Monate.«

»Hat er sie geschlagen?«

»Was fällt Ihnen ein! Er war nie daheim.«

»Und Sie? Hat er Sie auch unglücklich gemacht?«

»Gott – das kann man nicht sagen. Aber –«, erklärt mein »Neffe« mit dumpfem Zorn, »Sie wissen nicht, wie verletzend er sein kann! Unsere beiden Charaktere harmonieren nicht!«

Der enttäuscht-geschraubte Tonfall seiner letzten Worte erregt meine grenzenlose Heiterkeit. Ich lache lautlos in mich hinein.

»Claudine! Letztens sind wir bei Luces Brief stehengeblieben. Wo bleibt die Fortsetzung? Ich will sie unbedingt hören! Ihre Geschichte ist bei Gott interessanter als alle alten Familienstreitereien!«

Ah! Ich finde meinen Marcel wieder, meinen hübschen kleinen Marcel!

Im Schein der vorübergleitenden Gaslaternen leuchtet sein Gesichtchen auf, um sogleich wieder zu verschwinden, erglänzt von neuem und versinkt wieder im Dunkel. Alle drei Sekunden vermag ich das Grübchen seines feinen eigensinnigen Kinns zu unterscheiden. Der Nachmittag bei Tante Coeur, die neuen Gesichter und der starke Tee haben mich in einen Zustand schwingender Erregung versetzt, und ich lege meine kalten Hände skrupellos in die fiebrig-heißen meines »Neffen«. Bisher habe ich die Wahrheit gesagt. Heute gilt es zu lügen, und zwar in großem Stil. Also gut. Frisch gelogen!

»Ich habe Luce ihren Brief zurückgegeben. Faschiert.«

»Zerrissen.«

»Jawohl. In tausend kleine Stücke.«

»Was hat sie gesagt?«

»Sie hat sich nicht entblödet, laut zu heulen.«

»Und ... das war Ihr letztes Wort?«

Claudine verharrt in zweideutigem, ein wenig beschämtem Schweigen. Marcel neigt seinen hübschen Kopf begierig näher.

»Nein ... sie hat alles getan, um mich herumzukriegen! Wenn ich ›wassern‹ mußte – wir waren jeweils zum Wassertragen eingeteilt –, lauerte sie mir im Schlafsaal auf und wartete, bis die anderen fort waren, um ungestört mit mir sprechen zu können. Dann drohte sie, laut zu weinen, wenn ich nicht nett zu ihr wäre, und plagte mich so lange, bis ich mich auf ihr Bett setzte und sie auf den Schoß nahm. Dann verschränkte sie die kleinen Hände hinter meinem Hals, verbarg das Gesicht an meiner Schulter und zeigte auf den gegenüberliegenden Schlafsaal der Jungen, denen man allabendlich beim Ausziehen zuschauen konnte.«

»Beim Aus –«

»Jawohl, und sie winkten herüber. Luce kicherte in meinen Hals und hämmerte mit den Fersen an meine Beine. Ich sagte zwar: ›Steh auf, Mademoiselle kommt –‹, aber sie kümmerte sich nicht darum, sondern warf sich plötzlich auf mich und küßte mich wahnsinnig –«

»Wahnsinnig«, wiederholt Marcel, und seine Hände erkalten in den meinen.

»Ich sprang so unvermittelt auf, daß sie beinahe auf den Boden fiel und leise jammerte: ›Böse, böse Claudine! Du hast kein Herz!‹«

»Und was war dann?«

»Dann prügelte ich sie, bis sie Ohrensausen hatte und die Arme voll blauer Flecken. Meine Prügel sind nicht ohne, müssen Sie wissen! Luce ließ sich leidenschaftlich gern hauen. Meist verbarg sie dabei das Gesicht in den Händen und seufzte tief« (die Brücken, Marcel, die Brücken! Wir sind fast am Ziel!) – »tief und lange, so wie Sie jetzt.«

»Claudine«, fleht eine sanfte, erstickte Stimme, »mehr wollen Sie mir nicht sagen? Ich – ich habe solche Geschichten so gern!«

»Das merke ich! Aber Sie kennen die Bedingungen?«

»Psst! Ja, ich kenne die Bedingungen. Wie du mir, so ich dir ... Aber«, unterbricht er sich plötzlich und schiebt sein Antlitz so dicht vor das meine, daß ich seine übergroßen Augen und sein trockenes rosiges Mündchen aus allernächster Nähe bewundern kann, »die Geschichte einer leidenschaftlichen, keuschen Freundschaft, einer reinen Herzensangelegenheit, ist viel schwerer in Worte zu kleiden, und ich fürchte, dabei ebenso knapp wie ungeschickt zu Werke zu gehen ...«

»Sehen Sie sich vor! Sie wollen mich anlügen! Ich verstumme.«

»Oh, ich werde Sie schon zum Reden bringen ... Wir sind da.«

Das Haustor steht offen. Er greift wieder nach meinen Händen, umschließt sie mit feuchten Fingern, drückt sie ein wenig zu fest und küßt sie alle beide.

»Ich lasse mich meinem Onkel empfehlen, Claudine – und Fanchette! O unerwartete Claudine! Hätte ich jemals gedacht, daß mir aus Montigny einst so viel Freude erwüchse?«

Schön gesagt!

Bei Tisch flaut meine Erregung ein wenig ab. Ich erzähle meinem geistesabwesenden Vater von Tante Coeur, schildere meinen Besuch sowie meinen Vetter, den Onkel. Fanchette, die Allerliebste, beschnuppert meinen Rocksaum: sie will wissen, woher ich komme. Fröhlich trägt sie ihren hübschen runden Bauch spazieren, der sie nicht daran hindert, den Faltern nachzuspringen, die das Licht umschwirren. Ich sage ihr zwar wieder und wieder:

»Fanchette, in deinem Zustand verhält man sich ruhig!«, aber es ist, als spräche ich in den Wind.

Plötzlich stößt Papa einen lauten Schrei aus, ein Stück Käse in der Hand. Sicher ist ihm der Heilige Geist erschienen.

»Was ist los, Papa? Eine neue Schnecke?«

»Jetzt weiß ich endlich, wer das ist! Ich hatte die Zusammenhänge vergessen. Wenn man sich sein Lebtag mit ernsten Dingen beschäftigt, entfallen einem derartige Lappalien völlig! Marcel, Renaud, die arme Ida – sechsunddreißig Ferkel! Also, paß auf: Wilhelmines Tochter hat sich in jungen Jahren mit diesem Renaud verheiratet, der damals ebenfalls zu den Jüngeren zählte. Soviel ich weiß, ist sie ihm bald nach der Hochzeit auf die Nerven gegangen. Wundert mich nicht im geringsten. Denk nur, eine Tochter Wilhelmines! Sie bekam einen Sohn, Marcel. Nach der Geburt des Kindes stritten die beiden noch mehr. Sie war eine wehleidige Puritanerin. Eines Tages sagte sie: ›Ich gehe zu meiner Mutter zurück!‹ Darauf er: ›Ich hole einen Fiaker.‹ Bald danach starb sie, an irgend etwas Schnellem. Das ist alles.«

Am Abend vor dem Schlafengehen sage ich zu Mélie, die eben die Fensterläden schließt:

»Mélie, jetzt hab ich einen Onkel! Das heißt, einen Neffen und einen Cousin. Verstehst du?«

»Und einen Hieb obendrein! Genau wie die Katze! Seitdem sie voll ist, ist es mit ihr nicht mehr auszuhalten. Alle Kasten und Laden bringt sie mir durcheinander.«

»Wir müssen einen Korb herrichten! Wann ist der große Tag? Bald?«

»Frühestens in zwei Wochen.«

»Ich habe aber ihre Strohkiste nicht mitgenommen!«

»Das ist wieder einmal gescheit! Aber mach dir nichts draus, ich kaufe einen Hundekorb mit einem Polster.«

»Den wird sie nicht mögen. Das ist viel zu pariserisch für sie!«

»Und der Kater von unten? War der vielleicht zu pariserisch für sie?«

Tante Wilhelmine ist zu Besuch gekommen, und ich war nicht da! Sie hat mit Papa geplaudert, berichtet Mélie, und sich maßlos aufgeregt, als sie erfuhr, daß ich allein spazierengegangen sei. (Wahrscheinlich weiß sie recht gut, daß sich in unserem Viertel vornehmlich Studenten der Kunstakademie herumtreiben.)

Jawohl, ich war aus: ich wollte Blätter sehen.

Ach, die grünen Blätter! Sie haben es hier sehr eilig.

Nicht so in Montigny. Oh, ich weiß genau, wie es jetzt bei uns aussieht: betrachtet man die Hecken von ferne, so ist es, als decke ein lichtgrüner, aus zarten Blättchen geklöppelter Schleier lose die braunen Zweige. Und erst die jungen Triebe! Im Luxembourg habe ich sie gekostet. Sie sind hart und saftlos, schmecken nach Ruß und Staub. Und wann, wann werde ich wieder den feuchten Duft modernder Blätter, schilfumschlossener Weiher atmen, wann den bitteren, rauchigen Geschmack des Winds, der aus Wäldern kommt, in deren Schatten Kohlenmeiler glühen? Bei uns öffnen sich jetzt die ersten Veilchen, ich sehe sie vor mir: eng aneinandergedrängt lehnen sie an der westlichen Gartenmauer, häßlich, verhutzelt und schwach – aber die duften, duften, daß einem Hören und Sehen vergeht.

Oh, ich bin traurig! Dieser Pariser Frühling macht mich noch verrückt mit seiner Schlaffheit, seiner Schwüle. Ein Tier des Waldes, gewohnt, auf freier Wildbahn umherzustreifen, und plötzlich in einen Zoo verbannt, kann kaum unglücklicher sein als ich. Auf den Straßen werden Wagenladungen von Primeln, Gänseblümchen und Himmelsschlüsseln feilgeboten. Doch die Primelkugeln, die ich aus alter Gewohnheit verfertige, erfreuen lediglich Fanchette: die Gute rollt sie auf die zierlichste Weise vor sich her, mit löffelförmiger Pfote. Claudine, mit dir geht's bergab ... dafür bergauf mit deinem Körper. Letzteres stelle ich selbstgefällig fest, sooft ich in meinem Zuber hocke, in heißem Wasser bis zum Kinn. Von Kopf bis Fuß ist alles straff und geschmeidig, langgestreckt und fest, nicht fett, doch sehnig genug, um nicht mager zu wirken. Pflegen wir unsere Biegsamkeit, auch in Ermangelung geeigneter Kletterbäume. Auf dem rechten Fuß im Zuber stehend, gilt es, das linke Bein möglichst hoch zu heben und mich gleichzeitig nach rückwärts zu neigen, so tief es geht, den rechten Arm waagrecht weggestreckt, den linken unter den Nacken gelegt. Ich weiß, das klingt sehr einfach, aber probieren Sie's nur einmal! Bums! Da liege ich. Ich hatte es unterlassen, mich abzutrocknen, und mein Hinterteil zeichnet einen nassen Kreis auf den Boden. (Fanchette, die auf meinem Bett sitzt, betrachtet mich mißbilligend. Die kalte Verachtung, die aus ihren Blikken spricht, gilt sowohl meiner Ungeschicklichkeit als auch meiner unbegreiflichen Vorliebe für Sitzbäder.) Dafür brilliere ich in anderen Gelenkigkeitsübungen, verstehe mich prächtig darauf, die Füße hinter dem Nacken zu verschränken oder die große Brücke zu machen, bis meine Haare den Boden kehren. Mélie bewundert mich, verabsäumt es jedoch nicht, mich auf die Gefahren übermäßiger Gymnastik aufmerksam zu machen:

»Du wirst dir noch den Schädel einschlagen!«

So sehen die Unterhaltungen aus, denen ich im engsten Familienkreis zu huldigen pflege. Meist sind sie von Unlust und Nervosität gefolgt. Dann habe ich zu heiße oder zu kalte Hände, müde, glitzernde Augen, Stacheln am ganzen Körper und ein Gesicht wie eine gereizte Katze. Das soll nicht heißen, daß es häßlich sei, nein, das ist es ganz und gar nicht. Fast gefällst du mir selbst, schmales Oval mit dem goldbraunen Lockenhelm – doch mir fehlt etwas, mir fehlt etwas ... Was? Das werde ich nur zu bald erfahren. Der bloße Gedanke daran demütigt mich ... Einzige Auswirkung meines jammervollen Zustands: eine jähe Begeisterung Claudines für Francis Jammer, diesen läppisch-bizarren Dichter, der wie kein zweiter die Tiere versteht, die Wälder, die duftenden, altmodischen Gärten und die bedeutungsvolle Schwere der dummen kleinen Dinge des täglichen Lebens.

Heute vormittag stattete mein Vetter, der Onkel, meinem Erzeuger einen Besuch ab, und Papa, anfänglich wütend über die Störung, wurde binnen weniger Minuten lammfromm: Renaud besitzt die entwaffnende Gabe, zu gefallen. Bei Tageslicht sind seine weißen Haare zahlreicher als in meiner Erinnerung, dafür die Züge um vieles jünger. Die Augen spielen in ein gewisses Schiefergrau, dem ich bisher noch an niemandem begegnet bin. Er verwickelt Papa in ein Gespräch über Malakologie, und mein edler Vater läßt sich die Gelegenheit nicht entgehen, eine wahre Sturzflut von Erklärungen loszulassen. Kurz entschlossen, schwimme ich gegen den Strom.

»Papa, ich möchte meinem Onkel Fanchette vorstellen.«

Und ich entführe ihn in mein Zimmer, wo ich entzückt feststellen kann, daß mein Himmelbett, der schäbige Perserteppich und mein alter häßlicher Schreibtisch seinen uneingeschränkten Beifall finden. Geschickt streichelt er den empfindlichen Bauch Fanchettes und plaudert mit ihr in fließender Katzensprache. Nein, der Onkel ist in Ordnung, da kann Marcel sagen, was er will!

»Meine liebe Kleine, eine weiße Katze und ein Ohrenstuhl gehören zum wichtigsten Mobiliar eines Jungmädchenzimmers! Fehlt nur das gute Buch ... nein, da ist es schon. Teufel, Sie lesen André Tourette? Ausgerechnet André Tourette?«

»Oh, das ist noch gar nichts! Ich lese alles!«

»Alles? Das ist nicht viel! Versuchen Sie nicht, mich zu verblüffen! Ich finde das lächerlich.«

»Lächerlich!« wiederhole ich zornerstickt. »Schließlich bin ich alt genug, um zu lesen, was mir paßt!«

»Daß ich nicht lache! Nichts gegen Ihren Herrn Papa, diesen Vater besonderer Art, den ich übrigens charmant finde, aber ... nur, ich meine, es gibt Bildungslücken, auf die eine junge Dame nicht verzichten sollte ... Mein liebes Kleines«, fügt er hinzu, da er mich den Tränen nahe sieht, »ich wollte Sie nicht kränken! Weiß der Himmel, was in mich gefahren ist, den Moralprediger zu spielen! Ich bin ja onkelhafter als zulässig! Was nicht hindert, daß Sie die hübscheste, reizendste aller Nichten sind – von der Bibliomanie abgesehen! Und jetzt geben Sie mir Ihr Händchen als Friedenspfand!«

Ich tue, wie mir geheißen. Aber wie schmerzlich, diesem Mann plötzlich zu grollen – ich war so fest entschlossen, ihn großartig zu finden!

Er küßt meine Hand – schon der zweite Mann, Claudine, der deine Hand küßt! Ich stelle Unterschiede fest: Marcels Handkuß ist ein rasches Streifen, so leicht, so flüchtig, daß ich nicht weiß, was meine Haut berührt: Lippen, Finger, eine Wange? Der Vater hingegen läßt sich Zeit. Ich fühle die Form seines Mundes.

Er ist fort. Sonntag wird er mich ins Konzert führen. Er ist fort ...

Was sagen Sie? Ist das nicht der Gipfel? Ein Onkel, der mir so fein vorkam, so modern! Ich nörgle doch auch nicht an ihm herum, weil er beim Pferderennen sein Geld verspielt! Allerdings könnte er mir zur Antwort geben, daß er weder Claudine heißt noch siebzehn Jahre alt ist ...

Noch immer keine Nachricht von Luce.

Claudine spielt die Dame. Claudine bestellt Kleider über Kleider, plagt sowohl die alte verzopfte Madame Poullanx als auch Madame Abraham Levi, die Modistin. In Paris gibt es nur jüdische Putzmacherinnen, behauptet mein Onkel. Madame Levi, wenngleich am linken Seineufer beheimatet, verfügt über bemerkenswerten Geschmack. Außerdem macht es ihr Spaß, meinem spitzen, haarumwölkten Gesichtchen Hüte anzupassen. Vor der Anprobe bürstet sie meine Locken aus Leibeskräften zurück, kämmt sie an den

Seiten duftig auf, tritt zwei Schritte zurück und erklärt begeistert: »Die ganze Polaire!«

Polaire? Polaire? Ich schaue lieber aus wie Claudine. Da die Pariserinnen ihre Häupter ab Februar mit Grünzeug zu beladen pflegen, wähle ich zwei Sommerhüte: einen großen schwarzen aus Federn und Roßhaar (»Sie aufschneiderisches Baby!« sagt Madame Levi und legt ihren braunen Schnurrbart in liebenswürdige Falten) und einen roten, mit schwarzem Samt garniert. Die beiden müssen zu allem passen. Mein Schönheitsideal ist nicht das der langen Anaïs, die erst zufrieden war, wenn ihr Kopf unter drei Kilo Rosen schwankte.

Außerdem laboriere ich an einem zweiten blauen Kleid. Ich liebe Blau. Nicht um seiner selbst willen, sondern aus einem andern Grund: es bringt das Tabakbraun meiner Augen am besten zur Geltung.

Kein Marcel. Würde mich nicht wundern, wenn er grollte. »Grollen« ist zwar ein großes Wort, aber ich möchte wetten, er nährt eine Art dumpfen Zorns. Zu allem Überfluß regnet es in Strömen. Ich tröste mich mit alten und neuen Büchern, mit zerlesenen Romanen von Balzac, zwischen deren Blättern sich Krumen längst verzehrter Jausenbrote finden. Ein Kuchenbrösel aus Montigny, riech, Fanchette! Das herzlose Tier zeigt sich völlig desinteressiert. Es lauscht dem Tellergeklapper, das aus der Küche dringt.

Papa geht vorüber, die Krawatte zu einem Strick gedreht, und streicht mir zerstreut übers Haar. Kann dieser Mensch nicht von Glück reden, bei den Schnecken die Erfüllung, den stets aufs neue erregenden Sinn seines Lebens gefunden zu haben? Was soll ich tun? Wer wird meine Schnecke sein?

Ein Brief von Claire. Jetzt schlägt's dreizehn!

»Meine Liebe, ich berichte Dir heute von einem großen

Glück. Ich werde in einem Monat heiraten, meinen Allerliebsten, dessen Bild ich Dir gesendet habe. Er ist reicher als ich – das ist allerdings nicht schwer. Ich bin so glücklich! Er hat eine Stelle als Betriebsleiter in Mexiko (!!!), und ich werde ihn begleiten. Siehst Du, das Leben ist wirklich wie in den Romanen. Und dabei hast Du mich immer ausgelacht, wenn ich das sagte. Kannst Du nicht zu meiner Hochzeit kommen? Usw. usw.«

Es folgen Wiederholungen und das Geschnatter eines kleinen, vor Glück halb wahnsinnigen Mädchens. Oh, es verdient sein Glück, dieses sanfte vertrauensvolle Kind! Einfalt und Zuversicht haben es dank einem wundersamen Zufall besser vor Schaden bewahrt, als die wissendste List es jemals vermocht hätte. Zwar nicht Claires alleiniges Verdienst – aber wie dem auch sei, es ist gut so! Ich schreibe ihr unverzüglich, alles, was mir an lieben, zärtlichen Worten nur beifällt, verschließe den Brief, setze mich an den Kamin, starre in mein kleines Holzfeuer – kaum beginnt es zu regnen, wird mir kalt – und warte, daß es Abend und Essenszeit werde, schandbar traurig und niedergeschlagen.

Sie heiratet, mit siebzehn Jahren! Und ich? ... Oh, gäbe man mir Montigny zurück, meine hemmungslose, fürwitzige Ausgelassenheit, meine verratene Liebe zu Mademoiselles kleiner Aimée, mein wollüstig-gemeines Interesse an Luce ... hier fehlt mir alles und jedes, selbst die Lust, Unheil zu stiften.

Wer Claudine jetzt vor dem Kamin hocken sähe, im Türkensitz, nur mit einem Schlafrock bekleidet, scheinbar eifrig damit beschäftigt, über dem Feuer mit Hilfe einer Pinzette eine Tafel duftender Schokolade zu rösten, würde ihre trüben Gedanken kaum erraten. Kaum erweicht sich die Mitte – der Schokolade, meine ich –, kaum wird sie schwarz, kaum beginnt sie zu brutzeln und Blasen zu werfen, nehme ich sie vom Feuer und schneide mit einem Messerchen hauchdünne Scheiben ab. O erlesener Geschmack, Mittelding aus Vanillecreme und gebrannten Mandeln! O wehmütiges Knabbern an der warmen Schokolade, während ich meine Zehennägel rosa färbe – mit einem weichen, in Papas rote Tinte getauchten Leinwandfleckchen.

Die aufgehende Sonne zeigt mir meine gestrige Verzweiflung in ihrer ganzen Lächerlichkeit, um so mehr, als sich um halb sechs Marcel einstellt, höchstpersönlich, gut gelaunt und schon wie ... wie nur Marcel es imstande ist. Seine stahlblaue Seidenkrawatte läßt das Rot seiner Lippen dem unnatürlichen Rosa eines Puppenmündchens ähneln, und die kleine Kerbe zwischen Nase und Oberlippe, von fast unmerklichem Flaum silbrig überglänzt, ist auch nicht übel. Wetten, daß sich Seidenvelours zu 15,90 Francs der Meter nicht weicher anfühlt?

»Wie freu ich mich, Sie zu sehen, lieber Neffe! Darf ich mein Schürzchen anbehalten?«

»Selbstredend! Es ist ganz reizend, Ihr Schürzchen, und erinnert mich an ... wie heißt das Loch ... ach ja, Montigny.«

»Ich brauche kein Schürzchen, um an Montigny zu denken ... Wenn Sie wüßten, wie mir manchmal zumute ist ...«

»Aber Claudine! Kein weinerliches Heimweh, wenn ich bitten darf! Das paßt nicht zu Ihnen!«

Ich bin heute nicht zum Scherzen aufgelegt. Der Spott tut mir weh, und der Blick, den ich meinem Neffen zuwerfe, ist alles andere als freundlich. Marcel ändert unverzüglich den Ton und sagt schmeichelnd:

»Warten Sie! Gegen Heimweh habe ich ein probates Mittel: ich blase, und es ist weg!«

Mit der ihm eigenen mädchenhaften Anmut, die ihren

Zauber angeborener Grazie und einer erstaunlichen Präzision der Bewegungen verdankt, umfaßt er meine Taille und bläst zart über meine halbgeschlossenen Lider, länger als unbedingt nötig. Schließlich stellt er fest:

»Sie riechen nach Zimt, Claudine!«

»Wieso gerade nach Zimt?« frage ich träge, auf seinen Arm gestützt, ein wenig benommen von seinem leichten Atem.

»Ich weiß nicht. Jedenfalls ist es ein warmer, süßer Duft. Er schmeckt nach exotischen Süßigkeiten.«

»Nach orientalischem Basar, nicht wahr?«

»Nein. Eher nach Wiener Bäckereien. Nach etwas Gutem. Und ich? Wonach rieche ich?« Seine samtene Wange ist dicht vor meinem Mund.

Ich schnuppere gewissenhaft und antworte:

»Nach frischgeschnittenem Heu.« Die Wange bleibt mir unverändert nahe, und ich küsse sie ganz zart, wie von ungefähr. Doch ebensogut könnte ich einen Blumenstrauß küssen, oder einen reifen Pfirsich. Es gibt Düfte, die man am besten mit dem Mund atmet.

Das hat, scheint's, auch Marcel verstanden. Er erwidert meinen Kuß nicht, sondern macht einen Schritt zurück und protestiert lachend, mit gespielter Entrüstung:

»Nach Heu? Das ist ein recht simpler Geruch ... Sie kommen doch morgen ins Konzert, nicht wahr?«

»Natürlich. Ihr Vater hat Papa neulich einen Besuch abgestattet. Wußten Sie das nicht?«

»Nein«, sagt Marcel gleichgültig. »Ich sehe meinen Vater nur ab und zu ... er ist so beschäftigt! Im übrigen muß ich jetzt laufen, ich habe keine Zeit mehr. Wissen Sie überhaupt, Sie undankbare Kleine, wen ich Ihretwegen warten lasse? Charlie!«

Und er enteilt unter schalkhaftem Gelächter.

Daß ich den Wert dieser Bevorzugung anerkenne, versteht sich von selbst.

»Papa, ich geh ins Konzert! Beeil dich doch ein bißchen! Ich weiß, ich weiß, kalte Spiegeleier sind ein Göttermahl, aber deshalb könntest du dich trotzdem tummeln!«

»Primitive Kreatur!« schmäht Papa. »Ihr Frauen seid doch alle gleich: störrisch und dumm wie die Maultiere! Ich schwebe in höheren Regionen.«

»Gib acht, daß du mit deinem Flügel nicht die Karaffe umwirfst. Mein Kleid ist hübsch, nicht wahr?«

»Hm – ja – ist das der Mantel von vorigem Jahr?«

»Was fällt dir ein? Du hast es vorgestern bezahlt.«

»Ja. Dieses Haus ist ein Abgrund. Wie geht's deiner Tante?«

»Aber sie war doch erst hier? Hast du sie nicht gesehen?«

»Nein, ja, ich weiß nicht mehr. Sie geht mir auf die Nerven. Da ist ihr Sohn aus anderem Holz! Sehr intelligent, mit eigenen Ansichten über eine Menge Dinge. Sogar in Malakologie ist seine Unwissenheit nicht allzu skandalös.«

»Wer? Marcel?«

»Woher! Nicht diese Mißgeburt, nein, Dingsda, Wilhelmines Schwiegersohn, natürlich.«

Mißgeburt, Mißgeburt! Oh, Papa! Zu so einer Mißgeburt könntest du dir gratulieren! Was nicht heißen soll, daß Marcels Vater mir mißfiele, ganz im Gegenteil. Er zieht mich an, wärmt mich von innen her, aber trotzdem ...

Es läutet. Mélie eilt mit Weile. Marcel und mein Vetter, der Onkel, erscheinen auf der Schwelle, geschniegelt und gestriegelt, besonders mein Neffe, der sich in enganliegenden Kleidern gefällt, die für meinen Geschmack viel zu neu sind. Neben seinem Vater verblaßt er ein wenig.

»Guten Tag, Monsieur! Wie hübsch Ihre Kleine ist! Der große schwarze Hut steht ihr entzückend!«

»Nicht übel, nicht übel«, erwidert Papa nachlässig und verhehlt seine Bewunderung, so gut er kann.

Marcel mustert mich wie gewöhnlich.

»Warum Blankleder? Nehmen Sie Sämisch! Das paßt besser zum Blau.«

Er hat recht. Ich ziehe andere Handschuhe an.

Wir fahren zum Châtelet, in einem geschlossenen Fiaker, Marcel auf dem Folterklappsitz. Ich zittere innerlich vor Aufregung, scheine brav und wohlerzogen und spreche kein Wort. Was die Unterhaltung zwischen Onkel Renaud und seinem Sohn betrifft, so läuft sie keinerlei Gefahr, hitzig zu werden.

»Wollen Sie das Programm sehen? Leider ist es keine Premiere ...«

»Für mich schon.«

Die wasserspeienden Sphinxe des Palmenbrunnens erinnern mich an unser unappetitliches Lieblingsspiel in Montigny: dort taten wir es ihnen nach, in Reih und Glied aufgestellt, mit wassergeblähten Wangen, und wer am weitesten spuckte, durfte den Siegespreis einheimsen: Glaskugeln oder Haselnüsse.

Wir passieren die Sperre, ersteigen die Treppe. Mein Vetter, der Onkel, nickt hier jemandem zu, schüttelt dort eine Hand – er scheint oft herzukommen.

Der Saal ist schlecht erleuchtet. Es stinkt nach Pferdemist. Wieso Pferdemist? Ich frage Marcel. »Weil man hier ›Michael Strogoff‹ spielt, jeden Abend.« Onkel Renaud installiert uns in bequemen Fauteuils, erste Reihe, erster Rang. Ich hasse es, in der Auslage zu sitzen, und blicke wild um mich. Doch mein Unwille ist fehl am Platz: erstens ist der Übergang vom Tages- zum Lampenlicht zu jäh, als daß man gut sähe, und zweitens brauche ich heute keinen Blick zu scheuen. Denken wir nicht mehr daran. Die vielen, vielen Damen! Und wie lärmend sie sind! Sessel werden gerückt, Logentüren zugeschlagen ... Fast glaube ich mich in der Kirche in Montigny, wo niemand je auf Abbé Millets Worte achtete, er mochte stehen, wo er wollte: auf der Kanzel oder beim Altar.

Der Saal ist ebenso groß wie häßlich. Die Lampen verschwinden in einem Hof rötlichen Staubs. Es stinkt nach Pferdemist, mein Wort darauf. Und die vielen Köpfe da unten – schwarze Männer-, blumenbeladene Frauenhäupter –, würden sie die Münder aufsperren, wenn ich Brot hinunterwürfe? Wann wird es denn endlich anfangen?

Mein Vetter, der Onkel, meiner Erregung und Blässe gewahr, greift nach meiner Hand und behält sie schützend in der seinen.

Ein bärtiger Herr mit hängenden Schultern betritt das Podium. Lauter Beifall (schon jetzt?) beendet das lästige Tosen schwatzender Stimmen und stimmender Instrumente. Colonne höchstpersönlich! Er klopft auf das Pult, mustert seine Untergebenen mit prüfendem Blick, und hebt den Arm.

Schon bei den ersten Tönen der »Verdammnis« fühle ich, wie meine Nervosität klumpengleich aus der Magengegend in die Kehle steigt, steckenbleibt und mich zu ersticken droht. Ein Orchester zu hören, ist mir seltenes Erlebnis. Die Streicher spielen auf meinen Nerven. Daß ich nur ja nicht zu weinen beginne, es wäre zu lächerlich. Mit größter Anstrengung dränge ich die dummen Tränen zurück und entziehe meinem Onkel sachte meine Hand, um mich besser zu bemeistern.

»Dort oben«, erklärt er mir flüsternd, »thront die Creme der Gesellschaft: Neutöner, schriftstellernde Genies von morgen, zuweilen auch harm- und geldlose Jungen, die wirklich nur herkommen, um Musik zu hören. Dort oben amtiert auch der klassische Unzufriedene: er pfeift, stößt wirre Schmähungen aus, wird abgeführt und durch eine andere Türe wieder hereingebeten. Colonne hat versucht, gegen mäßiges Entgelt einen ständigen Stänkerer zu engagieren, ließ den Plan jedoch wieder fallen: ›den Mann, der protestiert‹, muß von heiligem Eifer beseelt sein.«

Jetzt reizt mich Mephistos Flohlied fast zum Lachen, diese Ballade, deren burleske Prosodik sicher nicht unbeabsichtigt ist. Ja, ich kann mir nicht helfen: dieser Bariton, der sich so wacker bemüht, das, was er singt, nicht zu spielen, ist aber auch zu komisch! Er hütet sich krampfhaft davor, teuflisch zu wirken, unterliegt aber im Kampf mit der Tradition: schon wankt die Hahnenfeder von seinem Haupt, schon krümmen sich die Brauen in bester diabolischer Manier.

Ich bin ganz Ohr, ganz freudig-angespanntes Lauschen. Der Orchesterklang ist mir ungewohnt, und ich habe Mühe, die einzelnen Instrumente zu unterscheiden.

»Was singt da so, Herr Onkel? Bei den Bläsern, meine ich?«

»Eine Flöte, wenn ich nicht irre. Aber wenn Sie wollen, fragen wir in der Pause Maugis.«

Die Pause kommt viel zu bald für meinen Geschmack. Ich hasse es, eine Freude rationiert und vorgeschnitten zu bekommen, in säuberlichen, unerwünschten Raten. Wohin laufen die Leute? Warum haben sie es plötzlich so eilig? Aha. Sie eilen ins Foyer. Ich trete neben Marcel, doch Onkel Renaud macht einen Strich durch die Rechnung und schiebt seinen Arm unter den meinen, mit souveräner Selbstverständlichkeit:

»Nur Mut, kleines Mädchen! Erholen Sie sich! Zwar beschränkt man sich heute darauf, Faust zu verdammen, ohne Rücksicht auf unsere Neutöner, aber das soll mich nicht hindern, Ihnen ein paar bekannte Gesichter zu zeigen, wenn auch nur, um Ihre Illusionen zu Boden flattern zu sehen wie welke Blütenkränze!«

»Hört, hört! Ist diese plötzliche Beredsamkeit dem wundertätigen Einfluß der Musik zuzuschreiben?«

»Jawohl. Hinter meiner Denkerstirn verbirgt sich eine romantische Seele.«

Seine schiefergrauen Augen lächeln mir zu, träge und nachsichtig, und ich fühle, wie meine Erregung unter der wohltätigen, vertrauenerzwingenden Kraft dieses lässigen Blicks langsam abklingt. Von Marcel, dem Salonlöwenjungen, ist keine Hilfe zu erwarten: eben steuert er auf die alte Barmann zu, die, von mehreren Herren umgeben, mit durchdringender Stimme Meinungen und Urteile abgibt.

»Fort, fort!« fleht mein Onkel entsetzt. »Sonst zitiert sie uns noch den neuesten Ausspruch ihres ›illustren Freundes‹.«

»Welchen meinen Sie? Den, von dem sie schon vorigen Sonntag sprach?«

»Genau. Er ist momentan ziemlich in Mode, heißt Gréveuille und wird von Madame Barmann logiert, subventioniert und verköstigt. Vorigen Winter, als ich noch die üble Gewohnheit hatte, dann und wann bei ihnen zu soupieren, verließ ich das gastfreundliche Haus einst bei folgender delikater Szene: der große Mann saß vor dem Kamin Louis XIII. und streckte dem Feuer seine offenen Stiefeletten entgegen ...«

»Warum offen?« frage ich unschuldig.

»Teufel, weil er eben ... Claudine, Sie sind unausstehlich! Aber es ist meine Schuld: ich bin den Umgang kleiner Mädchen nicht gewohnt. Meine Onkelwürde ist noch allzu frisch. In Zukunft werde ich mich in acht nehmen, mein Wort darauf.«

»Schade. So ist es viel lustiger.«

»Psst, kleines Scheusal! Wissen Sie, wer Maugis ist, Sie Kennerin *aller* Bücher? Er steht dort drüben.«

»Maugis? Ja. Musikkritiker. Seine Artikel, die ich nicht immer verstehe, sind ein Gemisch aus Kalauern, Anzüglichkeiten, Schwulst und Schmockerei ...«

»Schwulst und Schmockerei ... Was für eine Nichte hast du mir da beschert, guter Gott! Aber wissen Sie, daß Ihr Urteil nicht einmal so schlecht ist? Mir scheint, ich werde richtigen Spaß daran haben, Sie auszuführen, mein Kleines!«

»Heißen Dank! Wenn ich nicht gänzlich auf den Kopf gefallen bin, so habe ich Ihre heutige Einladung als pure Höflichkeitsbezeigung zu betrachten?«

Wir nähern uns besagtem Maugis. Er ist in gehobener Stimmung, redet wie ein Wasserfall, scheint an seiner seltsam kehligen Stimme mitunter selbst zu ersticken und dürfte sich gerade in einer Periode lyrischen Überschwangs befinden. Ich trete näher. Sicher läßt er seiner Begeisterung freien Lauf. Pardauz! (So sagen wir in Montigny, wenn ein Kind niederfällt ...) Was muß ich hören?

»Haben Sie dieses Schwein von einem Trompeter grunzen gehört, mitten im taufrischen Rosengarten? Wenn Faust bei diesem Krawall schlafen kann, muß er ›Fruchtbarkeit‹ gelesen haben, bevor er ins Bett gekrochen ist. Ein Misthaufen, sage ich! Ein Misthaufen, kein Orchester! Da sitzt eine Laus von einem Flötisten und ist im syphilitischen Ballett nicht einmal imstande, seine Unglücksnote im Takt mit den Harfen zu blasen! Wenn ich den einmal erwische, müßte er mir sein Instrument verschlingen, aber mit dem –«

»Teurer Freund«, unterbricht mein Onkel mit honigsüßer Stimme, dem galvanischen Rücken zugewendet, »wenn Sie so weiterschimpfen, werden Sie noch jegliche Zucht der Sprache einbüßen!«

Eine rasche Wendung der starken Schultern, und Maugis kehrt uns eine platte Nase zu, blaue, von schlaffen Lidern überdachte Augen und einen martialischen Schnurrbart, der einen Kindermund umrahmt ... Gebläht von heiligem Zorn, wirkt er mit seinem hochroten Hals und den hellen Augenluken wie ein batrachischer Ochse. (Nein, ich habe nicht umsonst Naturgeschichte gelernt!) Er lächelt freundlich, grüßt, zeigt einen rosa Schädel übertriebenen Ausmaßes und gibt mir Gelegenheit festzustellen, daß die ganze untere Gesichtshälfte – vielfaches Kinn, kindliche Lippen – die Energie der hohen Stirn und des stumpfen, eigenwilligen Näschens dauernd Lügen straft. Ich werde vorgestellt.

»Guter Greis«, fragt Maugis, »warum bringen Sie Mademoiselle an diesen zweifelhaften Ort? Es spielt sich so hübsch in den Tuilerien, mit einem netten Reifen ...«

Ich schweige verletzt, zum Gaudium der beiden Männer. Der Kritiker wendet sich an meinen Onkel:

»Ist Ihr Marcel auch hier?«

»Ja. Mit seiner Tante.«

Maugis fährt in die Höhe. »Was? Er rennt jetzt in aller Öffentlichkeit mit seiner –«

»Claudine«, unterbricht mein Onkel achselzuckend, »Claudine, die Sie hier sehen, ist seine Tante. Wir sind eine verzwickte Familie.«

»Ah! Sie sind also Marcels Tante, Mademoiselle? Die reinste Schicksalsfügung!«

»Wenn Sie sich einbilden, geistreich zu sein –«, knurrt mein Onkel, auf der Schneide zwischen Ärger und Lachlust.

»Man tut, was man kann.«

Da ist ein Unterton, der mir entgeht. Was hat das zu bedeuten? Madame van Langendonck schwebt vorüber, die hübsche Zypriotin, von sechs Herren gefolgt, die alle gleichermaßen in sie verliebt scheinen und vom Gegenstand ihrer Bewunderung auf die unparteiischste Weise mit schmelzenden Blicken bedacht werden, aus großen, entzückt aufgerissenen Gazellenaugen.

»Ein reizendes Geschöpf, nicht wahr, Herr Onkel?«

»Zweifelsohne. Eine jener Frauen, die zu jedem Empfang gehören: als Lockvogel und Aufputz.«

»Außerdem betrachten sie die Männer offenen Mundes«, fügt Maugis hinzu, »so daß man inzwischen die besten Sandwiches essen kann.«

»Wen begrüßen Sie da, Herr Onkel?«

»Ein Trio ersten Ranges.«

»Von César Franck?« unterbricht Maugis.

Mein Onkel läßt sich nicht beirren:

»Drei unzertrennliche Freunde, die man nur gemeinsam einlädt, und das mit Recht: es wäre schade, auf einen von ihnen zu verzichten. Sie sind zartfühlend, reinlich, hübsch und – o Wunder! – durch und durch ehrenwert. Der eine komponiert reizende originelle Lieder, der zweite, der sich eben mit der Prinzessin von C. unterhält, singt sie mit höchstem Kunstverständnis, und der dritte lauscht seinen Freunden, während er selbst beachtliche Aquarelle verfertigt.«

»Wäre ich eine Frau«, schließt Maugis, »würde ich sie alle drei heiraten wollen!«

»Wie heißen sie?«

»Baville, Bréda und della Sugès. Man nennt sie fast immer in einem Atem.«

Mein Onkel tauscht Grüße mit dem Trio, das man nicht ungern betrachtet: Baville, ein verspäteter Valois, schlank und rassig wie ein heraldisches Windspiel, scheint aus Versehen in unser Jahrhundert geraten. Bréda, ein Tenor, ist ein schöner, kräftiger Junge mit blauen, dunkel umschatteten

Augen und reizvollem Frauenmund, und della Sugès, hochgewachsen und lässig, mit mattem, orientalisch angehauchtem Teint und scharfrückiger Nase, beobachtet die Menge mit dem unbeteiligten Ernst eines braven Kindes.

»Führen Sie doch Claudine einige stadtbekannte Musterstücke vor, Maugis! Schließlich sind Sie Spezialist auf diesem Gebiet ...«

»Das Tout-Paris, ganz richtig! Das geeignete Schauspiel für ein unschuldiges Mädchen! Also aufgepaßt, lieber ›Backfisch‹! Hier sehen Sie vor allem – Ehre, wem Ehre gebührt! – Herrn Doktor X., den eleganten Sterilisierer, dem unzählige Damen, die in ihrer Verstocktheit, will sagen Vereierstocktheit, zur Hebung der Bevölkerungszahl unserer teuren Heimat nie – oh, ganz gewiß nie! – das geringste mehr beitragen werden, zu ewigem Dank verpflichtet sind ...«

Mein Herr Onkel macht eine jähe unwillige Bewegung. Sein Ärger ist unbegründet. Die gewollt rasante Zungenfertigkeit meines fetten Cicerones macht mir den Großteil seiner Witze unverständlich, und sie verfangen sich in seinem Schnurrbart, zu meinem Leidwesen, bürgt doch das wachsende Unbehagen meines Onkels für ihr schweres Kaliber.

Maugis verlangsamt das Tempo und zeigt mir weitere Leuchten der Pariser Gesellschaft:

»Betrachten Sie, o beneidenswerte Tante des nicht minder glücklichen Marcel, einige Kritiker, um die uns selbst Sainte-Anne beneiden würde: dieser Bart, zum Beispiel, der leider durch keinen Tisch wächst, gehört einem Herrn namens Bellaigue. Oh, hätte er doch lieber daran gekaut, anstatt die *Revue des Deux Mondes* mit antiwagnerianischen Blasphemien vollzuschmieren ... Doch es wird ihm vergeben werden, denn er hat viel geliebt – vor allem den Parsifal ... Sehen Sie das häßliche Männchen dort drüben? Auch ein Kritiker – und was für einer! Bei seinen Mitbrüdern nicht allzu beliebt. Wenn er nicht gerade komponiert, entfesselt er in seiner Zeitung das häßlichste Spektakel ...«

»Und wenn er komponiert?«

»Noch häßlicheres.«

»Zeigen Sie mir noch ein paar Kritiker, ja?«

»Die Luft in Ihrem Dorf scheint ja geschmackverderbend zu wirken, o ferne Prinzessin! Nein, ich werde Ihnen keine Kritiker mehr zeigen, aus dem einfachen Grund, daß die beiden Zweifüßler, die ich so frei war, Ihnen vorzuführen, hierorts als einzige Repräsentanten der französischen Musikschriftstellerei zu betrachten sind.«

»Und was ist mit den übrigen?«

»Die übrigen, deren Anzahl sich auf die stattliche Ziffer neunhundertdreiundvierzigeinhalb beläuft (es ist ein Einbeiniger darunter), verirren sich niemals in einen Konzertsaal – wozu auch! –, sondern sind klug genug, ihre Karten den Hausierern, ihr Urteil und ihre ›Dienste‹ dagegen dem Meistbietenden zu verkaufen. Aber genug davon. Betrachten wir lieber Madame Roger-Miclos, die Frau mit dem Kameenprofil, Blowitz, den Mann mit dem Gorillagesicht, Diémer, der in seinem Mund eine halbtonlose Klaviatur versteckt, und den Rechtsanwalt Dutasby, der seit dem Tag seiner Entwöhnung kein einziges Colonnekonzert versäumt hat.«

»Und wer ist diese schöne Person, die in ihrem Kleid herumwogt?«

»Dalila, Messalina, die zukünftige Omphale, der Anteil Österreichs.«

»Wie bitte?«

»Ja, haben Sie das nicht bei Papa Hugo gelesen?«

Ich schüttle den Kopf, aber Maugis ist nicht aufzuhalten:

»Die eleganten Damen, die Sie hier bemerken, sind völlig uninteressant. Sie entstammen Hochadels-, Hochfinanz- und Hochstaplerkreisen, mieten Logen aus Snobismus, gehen ins Konzert, weil's zum guten Ton gehört, können keinen richtigen von einem falschen unterscheiden und überschnattern das Orchester, angefangen von der Marquise de Saint-Fiel, die herkommt, um neue Künstler aufzugabeln, die sie dann bei sich daheim agieren läßt, bis zu der kleinen Suzanne de Lizery, genannt das Greuze-Modell oder ›Drei Kreuzchen‹ –«

»Warum?«

»Weil sie nicht rechtschreiben kann.«

Maugis entfernt sich – wahrscheinlich hält er meine Verblüffung für nicht mehr steigerungsfähig – und folgt dem Wink eines Kollegen, der ihn zum Büfett ruft. Tatsächlich ist einem Schlund, der eben so viel Beredsamkeit von sich gegeben hat, das Anrecht auf Bier nicht abzusprechen.

Ich bemerke Marcel. Er lehnt an einem Pfeiler des Foyers und spricht leise und schnell mit einem sehr jungen Menschen, von dem ich nichts auszunehmen vermag als einen braunen Nacken und dunkles seidiges Haar. Sachte führe ich meinen Onkel näher und erkenne die wasserklaren Augen und das bleiche Gesicht einer gewissen Photographie, die im Zimmer meines »Neffen« über dem Kamin hängt.

»Herr Onkel, wissen Sie, wie der junge Mann heißt, mit dem Marcel eben plaudert? Dort hinter dem Pfeiler.«

Er fährt herum und flucht in seinen Schnurrbart.

»Charlie Gonzalès – ein Hochstapler, unter anderem.«

»Unter anderem?«

»Ich will sagen – er gehört nicht zu der Art von Leuten, deren Umgang mir für Marcel wünschenswert erscheint. Der Junge ist von einer Auffälligkeit ...«

Ein Glockenzeichen ruft uns in den Saal zurück. Marcel gesellt sich erst später zu uns. Mademoiselle Pregis packende

Klage läßt mich so manches vergessen, und das Orchester, in dessen dumpfem Pochen das Herz der verratenen Margarete zu schlagen scheint, benimmt mir den Atem. Die Anrufung der Natur muß wiederholt werden, und Monsieur Engel, unbeirrt und gebieterisch, vermag dieses Publikum, das nicht zuhört, schließlich doch in seinen Bann zu zwingen. »Die Leute haben die ›Verdammnis‹ erst siebenundsiebzigmal gehört!« erklärt mein Onkel. Marcel, der zu meiner Linken sitzt, preßt die Lippen störrisch zusammen. In Gegenwart seines Vaters scheint er mir stets zu grollen. Faust eilt dem Abgrund zu, inmitten ermüdenden Tumults, und wir dem Ausgang, wenig später.

Draußen ist es noch Tag. Die Sonne steht tief und blendet.

»Wollt ihr etwas essen, liebe Kinder?«

»Danke, Papa. Ich möchte um die Erlaubnis bitten, mich zurückziehen zu dürfen. Ich treffe noch einige Freunde.«

»Freunde? Diesen Charlie Gonzalès, nehme ich an.«

»Charlie und andere«, erwidert Marcel kurz.

»Geh nur, geh!« Dann neigt sich mein Onkel zu seinem Sohn und fügt leise hinzu: »Aber eines merk dir: wenn mir einmal die Geduld reißt, hast du nichts zu lachen! Ein zweitesmal gibt's keine ›Affäre Boileau-Gymnasium‹, verstanden?«

Was für eine Affäre? Ich sterbe vor Begier, Näheres darüber zu erfahren. Doch Marcel verneigt sich wortlos und enteilt, die Augen schwarz vor unterdrückter Wut.

»Sind Sie hungrig, Kleines?« fragt mein Onkel noch einmal. Sein müdes Gesicht scheint plötzlich älter geworden.

»Danke, nein. Ich möchte nach Hause. Wenn Sie so gut sind, mich in einen Fiaker zu setzen –«

»Ich werde mich sogar mit Ihnen hineinsetzen! Ich bringe Sie heim.«

Ich bitte um die Gunst, in einen »Gummiradler« einsteigen zu dürfen. Das Dahinrollen auf weichen, elastischen Rädern ist mir eine ewigneue Freude.

Wir sprechen kein Wort. Der Herr Onkel starrt vor sich hin, verärgert und müde.

»Ich habe Sorgen«, sagt er nach einiger Zeit, als Antwort auf meine ungestellte Frage. »Erzählen Sie mir etwas, kleines Mädchen! Zerstreuen Sie den alten Herrn.«

»Ich wollte Sie fragen, Onkel, woher Sie die ganzen Leute kennen … Maugis – und die andern …«

»Ich habe mich seit fünfzehn bis zwanzig Jahren so gut wie überall herumgetrieben. Außerdem ist es im Zeitungsmilieu ein leichtes, Beziehungen anzuknüpfen. In Paris wird man rasch miteinander bekannt …«

»Ich wollte Sie auch noch etwas anderes fragen – wenn es indiskret ist, so antworten Sie mir ruhig, was Ihnen gerade einfällt – und zwar, was Sie eigentlich treiben, ob – ob Sie einen Beruf haben undsoweiter – Gott, es interessiert mich eben!«

»Ob ich einen Beruf habe? Leider ja! Ich bin der ›Macher‹ auswärtiger Politik in der *Revue diplomatique*.«

»In der *Revue diplomatique* … Aber das ist doch entsetzlich langweilig! Ich meine« (Gott, was für ein Schnitzer! Ich spüre, wie mir das Blut in die Wangen steigt), »– ich meine, das sind sehr ernste Artikel –«

»Sagen Sie nichts! Beschönigen Sie nichts! Sie ahnen nicht, wie dankbar ich Ihnen bin! Dieses erlösende Wort wird Ihnen einst im Himmel angerechnet werden! Ihre Tante Wilhelmine – und nicht nur sie! – hält mich nämlich seit jeher für ein verächtliches Individuum, dessen einziger Lebenszweck darin besteht, sich und seine Freunde zu amüsieren. Ein schmählicher Verdacht, für den ich mich seit zehn Jahren räche, indem ich meine Zeitgenossen auf das gründlichste anöde. Meine Artikel beruhen auf Tatsachen, sind einfallslos, pessimistisch und fad – kurzum, langweilig im besten Sinn. Sie heben meine Selbstachtung, Claudine, und entsühnen mich. Vor kurzem erst entflossen meiner Feder vierundzwanzig Artikel über die Emser Depesche, und gegenwärtig interessiere ich mich dreimal pro Woche für die russische Politik in der Mandschurei.«

»Ich bin sprachlos.«

»Warum ich Ihnen das alles erzähle, gehört allerdings auf ein anderes Blatt: ich glaube, daß sich unter Ihrem verrückten Ehrgeiz, die Erwachsene zu spielen, das heiße, begeisterungsfähige Herz einer kleinen Einzelgängerin verbirgt. Wie Sie bemerkt haben werden, sind meine Beziehungen zum guten Marcel nicht gerade überschwenglich zu nennen. Ich leide unter einem Überschuß an Vatergefühlen. Daher darf es Sie nicht wundern, wenn Ihr Onkel zuweilen den Mund aufmacht.«

Der Gute! Ich bin den Tränen nahe. Die Erregung, die Musik – noch etwas anderes. So ein Vater täte mir not! Oh, ich will dem meinen nichts Übles nachsagen, schließlich kann er nichts dafür, ein wenig – eigen zu sein, aber diesen hier hätte ich geliebt, das fühle ich genau! Verlegen wie stets, wenn es zu zeigen gilt, was Gutes in mir stecken mag, sage ich schüchtern: »Ich wäre vielleicht gar kein so schlechter Abfallkübel, wissen Sie ...«

Er nickt, legt die Arme um meine Schultern und lacht, um nicht gerührt zu werden. »Ich wollte, man spielte Ihnen übel mit ... Dann kämen Sie zu mir, um sich auszuweinen!«

Mein Kopf ruht an seiner Schulter, die Gummiräder schnurren über das holprige Straßenpflaster – wir fahren längs der Seine dabin – und die Pferdeschellen erinnern mich romantischerweise an nächtliche Postkutschenfahrten.

»Was taten Sie um diese Zeit in Montigny, Claudine?«

Ich zucke zusammen. Wie ferne lag mir Montigny!

»Um diese Zeit ... Um diese Zeit klatschte Mademoiselle in die Hände, und der Nachmittagsunterricht begann. Meistens bestand er darin, daß wir uns anderthalb Stunden über den Büchern die Augen ruinierten, im Dämmerschein oder, was noch schlimmer war, beim trüben Licht zweier viel zu hoch angebrachter Petroleumlampen. Anaïs kaute Kreide, Bleistiftminen oder Tannenzapfen, Luce bettelte mich um Pfefferminzpastillen an, mit schmalen, schmeichlerischen Katzenaugen, und es stank nach flüchtigem Reinemachen, bespritztem Staub und ungewaschenen Kindern ...«

»Ungewaschenen Kindern? Teufel, Teufel! Gab es denn, von Ihnen abgesehen, keinerlei Ausnahmen dieser allgemeinen Hydrophobie?«

»Doch! Anaïs und Luce schienen mir immer ziemlich sauber. Die übrigen kannte ich nur oberflächlich, und glattgekämmtes Haar, gerade Strumpfnähte und weiße Blusen sind noch lange kein Beweis für Reinlichkeit, wissen Sie!«

»Und ob ich das weiß! Leider kann ich Ihnen nicht sagen, bis zu welchem Punkt!«

»Die Ansichten meiner Mitschülerinnen über Sauber- und Unsauberkeit unterschieden sich wesentlich von den meinen! Célénie Nauphely, zum Beispiel ...«

»Ja? Was tat Célénie Nauphely? Ich bin ganz Ohr!«

»Bitte sehr: Célénie Nauphely, eine stattliche Vierzehnjährige, erhob sich Punkt halb vier, eine halbe Stunde vor Schluß des Unterrichts, und sagte mit wichtiger Miene: ›Mademoiselle, bitte, ich muß nach Hause, meine Schwester absaugen.‹«

»Was??«

»Célénies Schwester, die gerade ein Kind entwöhnte, hatte so viel Milch, daß ihre Brüste schmerzten. Darum sog

Célénie daran, zweimal täglich, um ihr Erleichterung zu verschaffen. Sie behauptete zwar, die Milch auszuspucken, schluckte aber aus Versehen sicher hie und da einen Mundvoll. Meine Mitschülerinnen bestaunten den seltsamen Säugling mit einer Art neidischer Bewunderung. Mir verschlug es den Appetit. Als ich zum erstenmal davon hörte, war ich außerstande, zu essen. Ihnen macht das wohl gar nichts aus?«

»Hm – sprechen wir von etwas anderem, ja? Sonst fürchte ich, daß es mir binnen kurzem sehr wohl etwas ausmachen wird! Aber ich muß sagen, Claudine, ich verdanke Ihnen einen ebenso ungewohnten wie interessanten Ausblick auf das Brauchtum, das in gewissen Teilen unseres Landes noch zu herrschen scheint.«

»Und Heloise Basseline? Eines Tages überrascht sie Claire, meine Kommunionsschwester, dabei, ein Fußbad zu nehmen. ›Bist du verrückt? Heute ist doch nicht Samstag!‹ ›Ich wasche meine Füße jeden Abend!‹ erwidert Claire. Worauf Heloise Basseline achselzuckend fortgeht und sagt:

›Meine Liebe, mit sechzehn hast du schon Schrullen wie eine alte Jungfer!‹«

»Mein Gott!«

»Oh, ich könnte Ihnen noch ganz andere Dinge erzählen, aber die Schicklichkeit –«

»Pah! Ein alter Onkel!«

»Nein, ich möchte lieber nicht … Apropos: mein Kommunionsschwesterchen heiratet.«

»Die Fußwäscherin? Mit siebzehn? Ist sie wahnsinnig?«

»Wie kommen Sie darauf?« gebe ich störrisch zurück. »Mit siebzehn ist man kein Kind mehr! Ich könnte mich ebensogut verheiraten!«

»Und mit wem, wenn ich fragen darf?«

Er hat mich überrumpelt. Ich erwidere lachend: »Das ist

eine andere Sache. Der Auserwählte läßt auf sich warten. Das Gedränge ist noch nicht lebensgefährlich. Anscheinend hat sich meine Schönheit noch nicht herumgesprochen.«

Onkel Renaud lehnt sich seufzend zurück: »Sie sind leider nicht häßlich genug, um lange allein zu bleiben! Ich sehe schon, wie es kommen wird: irgendein Herr wird sich in diese schlanke Gestalt verlieben, in das Geheimnis dieser Mandelaugen, mich um meine Nichte bringen und Sie um Ihren gesunden Menschenverstand!«

»Wollen Sie damit sagen, daß ich ledig bleiben soll?«

»Wo denken Sie hin! Wie könnte ich von Ihnen einen solchen Beweis nichtenhafter Aufopferung fordern! Ich bitte Sie nur eines: heiraten Sie nicht den ersten besten!«

»Sie können mir ja selbst einen unschädlichen Gatten aussuchen!«

»Sollte mir einfallen!«

»Warum nicht? Sie sind doch sonst so nett zu mir!«

»Weil ich nicht zusehen mag, wie man vor meiner Nase die besten Kuchen verspeist! Steigen Sie aus, Kleines, wir sind am Ziel.«

Seine letzten Worte sind besser als jedes Kompliment. Ich werde sie nicht so bald vergessen.

Mélie öffnet, Hand am Busen. Wir finden Papa in der Bibliothek, in ernsten Unterhaltungen mit Monsieur Maria. Dieser bärtige Gelehrte, dessen Vorhandensein ich leicht vergesse, verbringt bei uns seit neuestem täglich eine Stunde.

Kaum ist der Onkel fort, macht mir Papa eine feierliche Mitteilung:

»Mein Kind, ich habe eine gute Nachricht für dich!«

O Gott! Welch teuflischen Plan hat mein Erzeuger wieder ausgeheckt?

»Monsieur Maria wird mich von nun an bei meinen wissenschaftlichen Arbeiten als Sekretär unterstützen.«

O Wonne! Das ist alles. Erleichtert strecke ich Monsieur Maria die Hand entgegen.

»Das freut mich außerordentlich, Monsieur! Sicher ist Ihre Mitarbeit für Papa von unschätzbarem Wert!«

Von diesem Satz – dem längsten, den der schüchterne Wissenschaftler je von mir vernommen hat – verkriecht er sich in seinen Haar-, Bart- und Brauenwald, ohne seine Verwirrung verbergen zu können. Ich verdächtige den wackeren jungen Mann, eine kleine Schwäche für mich zu nähren, gratis und franko. Soll er nur! Wenigstens einer, der es mir gegenüber nicht an Hochachtung fehlen lassen wird.

Neuerlicher Brief Claires. Sie weiß sich vor Glück kaum zu fassen und bemerkt zwischendurch, um den Eindruck zu erwecken, als denke sie an mich: »Sicher hast du's sehr lustig in Paris.« Lustig? Pah! Ich langweile mich zwar nicht gerade, bin deshalb aber beileibe nicht glücklich! Vielleicht denken Sie jetzt, ich sei in Marcel verliebt? Weit gefehlt! Er weckt lediglich mein Mißtrauen, mein Interesse, eine Art verachtungsvoller Zärtlichkeit und den Wunsch, ihn zu betasten. Wenn es nach mir ginge, würde ich ihn dauernd kämmen, streicheln, an den Ohren ziehen, seine Fingernägel – wie die Luces – ein wenig loslösen und mich Aug' in Auge mit ihm aufstellen wie seinerzeit mit ihr, um die blauen Speichen seiner Iris fremd und phantastisch flimmern zu sehen. Und doch, wenn man es recht bedenkt, gleicht er seinem Vater, aber in reduziertem – stark reduziertem! – Maßstab.

Seit neuestem bin ich glückliche Besitzerin eines Schneiderkostüms, nach zwei Anproben in Begleitung Marcels, die meine Lachlust auf eine harte Probe stellten. Dennoch wahrte ich mein »Gesicht« wie eine richtige Dame. Mein Neffe war in großer Form. Schauplatz der Szene: eine kleine Glaskabine im Modehaus *New Britannia.* Marcel, drei Schritte von mir entfernt auf einem Sessel thronend, tyrannisierte Monsieur Rey, den Zuschneider, und Léonie, das Probierfräulein, mit einer Gemütsruhe, der ich meine Bewunderung nicht versagen konnte. »Den Hüftabnäher etwas mehr nach rückwärts, finden Sie nicht, Mademoiselle? Und den Rock nicht zu lang! Knappe Bodenlänge, das genügt vollkommen, um so mehr, als die junge Dame ohnedies noch nicht imstande ist, in Schleppkleidern zu gehen.« (Giftiger Blick Claudines.) »... Ja, der Ärmel fällt gut. Aufs Gilet zwei Daumentäschchen! So halten Sie doch still, Claudine, um alles in der Welt! Fanchette würde ruhiger stehen als Sie!«

Mademoiselle Léonie, verdattert und verstört, wußte nicht, was sie von der Sache halten solle. Auf dem Teppich kniend, schoß sie verstohlene Blicke zu uns herauf und fragte sich sichtlich: »Ihr Bruder kann's nicht sein, sonst würde er sie duzen ... schaut er aber wie ihr Liebhaber aus?«

Als wir nach dem letzten »Danke sehr!« gemeinsam fortgingen, Claudine in weißer Hemdbluse mit großem Kragen und einem koketten Strohhut, der das kurze, ungebärdige Haar kaum zu bändigen vermochte, sagte Marcel mit beredtem Seitenblick:

»Wissen Sie, wie Sie aussehen, Claudine? Ich schon! Aber ich behalte es lieber für mich.«

»Warum? Nach dieser netten Einleitung können Sie ohne weiteres offen sprechen!«

»Und der Respekt? Der Familiensinn? Sie verkennen mich, meine Liebe! Aber trotzdem – dieser gestärkte Kragen, das kurze Haar und der platte Rock – hm, hm! Papa wäre wahrscheinlich nicht begeistert.«

»Sie meinen, es würde ihm nicht gefallen?«

»Ach was! Er wird sich daran gewöhnen. Papa ist kein Heiliger, obwohl er sich dauernd zum Schützer der bedrohten Moral aufwirft.«

»Nein, Heiliger ist er Gott sei Dank keiner. Aber er hat Sinn für Schönheit.«

»Ich vielleicht nicht?« fragt Marcel gereizt.

»Sie? Für Sie hat eher die Schönheit Sinn, und zwar einen ganz speziellen.«

Er lacht lautlos. Wir biegen in die Rue Jacob ein und erklimmen die düstere Treppe zu meiner Wohnung. Mein Neffe hat die Freundlichkeit, meine Einladung zur Jause anzunehmen. Ich führe ihn in mein Heiligtum, biete ihm Platz an und belade unsere Knie mit orientalischen Süßigkeiten, überreifen Bananen, Salzbäckerei und kalten Getränken. Von der Hitze, die draußen herrscht, ist in meinem dämmrigkühlen Zimmer nichts zu spüren. Kurz entschlossen stelle ich eine Frage, die mir schon seit Tagen auf der Seele brennt:

»Marcel, was ist das, die ›Affäre Boileau-Gymnasium‹?«

Mein Neffe, eben noch friedlich auf die Lehne des Gobelinfauteuils gestützt und emsig damit beschäftigt, an einem Salzkeks zu knabbern, den er mit graziösem Griff in seinen schlanken Fingern hält, fährt mit der Behendigkeit eines Salamanders herum und mustert mich von Kopf bis Fuß. Mit seinen flammenden Wangen, den zornig gerunzelten Brauen, dem halboffenen überraschten Mündchen wirkt er wie ein erzürnter kleiner Gott, nicht mächtig zwar, doch atemberaubend schön.

»Das haben Sie gehört? Alle Achtung. Sie haben scharfe Ohren! Ich könnte natürlich erwidern, daß ... daß Sie das nichts angeht ...«

»Gewiß. Aber Sie werden Ihrer artigen kleinen Freundin keine so häßliche Antwort geben!«

»Die ›Affäre Boileau-Gymnasium‹! Eine Schurkerei, sonst gar nichts! Eine Schurkerei, die ich mein Lebtag nicht vergessen werde! Mein Vater, den Sie so charmant finden – wenn Sie wüßten, was er mir damals angetan hat, würden Sie ihn mit anderen Augen betrachten!«

Sieh da! Der Kleine wird ja ganz rabiat! Ich siede vor Neugier. »Erzählen Sie! Bitte!«

»Meinetwegen. Sie wissen ja, Charlie?«

»Und ob!«

»Als ich ins Boileau-Gymnasium eintrat, als Externer, war Charlie im letzten Studienjahr. Alle diese verwahrlosten Jungen mit roten Handgelenken und schmutzigen Kragen – Sie können sich nicht vorstellen, Claudine, wie abstoßend ich sie fand. Er allein ... Bei ihm hatte ich das Gefühl, als gliche er mir wie ein älterer Bruder. Er blickte mich lange an, wortlos, und dann gingen wir aufeinander zu, ohne offensichtlichen Grund – aber den möchte ich sehen, der der Kraft dieser Augen widerstünde ... Ich war von ihm besessen, wagte aber nicht, es ihm zu gestehen. Doch ihm«, flüstert Marcel mit niedergeschlagenen Augen, »ging es mit mir ebenso, wenigstens muß ich es glauben, denn er –«

»– gestand es Ihnen?«

»Nein, er schrieb es mir. Ach! Aber warten Sie. Ich antwortete ihm, und wie dankbar! Von da an begegneten wir einander außerhalb der Schule, bei Großmutter und an anderen Orten ... er hat mich tausend Dinge kennen und lieben gelehrt ...«

»Tausend!«

»Oh!« protestiert Marcel mit ausgestreckter Hand, »glauben Sie nur ja nicht, daß es sich um ›Lucereien‹ handelt.

Ich spreche von Gedankenaustausch, kleinen Erinnerungen, mit Randbemerkungen versehenen Büchern ...«

»Das reinste Pensionatsidyll!«

»Wenn Sie wollen ... Doch vor allem war da unsere herrliche, nahezu tägliche Korrespondenz, bis zu dem Tag, da ...«

»Aha! Das habe ich gefürchtet!«

»... da Papa mir einen Brief stahl.«

»Ist ›stahl‹ nicht ein wenig übertrieben?«

»Gott, er behauptet, den Brief auf dem Boden gefunden zu haben. Ein Bessergesinnter hätte wahrscheinlich erraten, was diese schriftlichen Zärtlichkeiten an ... reiner Literatur enthielten. Er nicht! Seine Wut kannte keine Grenzen, und er hat mich – wenn ich daran denke, glaube ich, daß es keine Gemeinheit gibt, die ich ihm nicht antun könnte! – geohrfeigt, Claudine, geohrfeigt! Dann ging er ins Gymnasium, um einen ›Stunk‹ zu machen, wie er sich auszudrücken beliebte.«

»Und man legte Ihnen nahe – auszutreten?«

»Wenn es nur das gewesen wäre! Nein, Charlie hat man hinausgeworfen, Charlie! Nicht mich! Man hat es gewagt! Wahrscheinlich aus Angst, Papa würde den ›Stunk‹ auf seine dreckigen Zeitungen ausdehnen. Imstande wär' er's ja!«

Ich lausche, gierig und bewundernd. Marcels gerötete Wangen, seine blauen Augen, die im Zorn fast schwarz scheinen, sein bebender Mund, dessen herabgezogene Winkel darauf hinzudeuten scheinen, daß er am liebsten zu weinen begänne – welches Mädchen käme ihm an Schönheit gleich?

»Den Brief hat Ihr Vater natürlich behalten?«

Er lacht hämisch.

»Das hätte ihm so gepaßt! Nein, nein, ich bin auch nicht ganz auf den Kopf gefallen! Ich habe ihn mir wiedergeholt, mit einem Nachschlüssel zu seiner Schreibtischlade.«

»Oh, zeigen Sie ihn mir! Bitte, bitte!«

Seine Hand fährt instinktiv an die Brusttasche, und er erwidert: »Das kann ich leider nicht, da ich ihn nicht bei mir habe.«

»So? Ich hingegen bin überzeugt, daß Sie ihn sehr wohl bei sich haben, Marcel, mein hübscher Marcel, so lohnen Sie das schrankenlose Vertrauen Ihrer Freundin Claudine?«

Ich befühle ihn mit schmeichelnden Händen und blicke, so schelmisch ich kann.

»Neugieriges Frettchen! Sie werden ihn mir doch nicht gewaltsam wegnehmen? Hat man schon so etwas gesehen! Genug, Claudine, hören Sie auf, Sie brechen mir noch einen Nagel ab! Also gut, Sie kriegen Ihren Brief. Aber Sie werden ihn vergessen?«

»Beim Haupt der kleinen Luce!«

Er zieht ein dunkelgrünes Damenportefeuille hervor und entnimmt ihm ein sorgfältig gefaltetes, mit winzigen Schriftzügen bedecktes Blatt Büttenpapier.

Wohlan, erfreuen wir uns an Charlies Prosa:

»Mein Liebster,

ich werde die Novelle Auerbachs heraussuchen und Dir jene Stellen übersetzen, die sich auf die Liebesfreundschaft zweier Kinder bezieht. Ich beherrsche die deutsche Sprache ebenso wie die französische und werde daher mit der Übersetzung keinerlei Mühe haben. Fast bedauere ich's, denn gern – oh, wie gern! – hätte ich Anstrengungen und Mühe auf mich genommen, für Dich, meinen einzig, über alles Geliebten!

Ja, einzig, über alles geliebt: das bist Du. Wie töricht, daß Deine nimmermüde Eifersucht stets rege ist! Sage nicht nein, ich vermag zwischen den Zeilen Deiner Briefe ebensogut zu lesen wie auf dem Grunde Deiner Augen, und Deine gereizte Schlußbemerkung über diesen ›neuen Freund mit den zu schwarzen Locken, dessen Geplauder während der Vier-Uhr-Pause mich wahrhaft hinzureißen schien‹, ist unmißverständlich.

Nun, besagten ›neuen Freund mit den zu schwarzen Lokken‹ (warum zu schwarz?) kenne ich kaum. Er heißt Giuseppe Bocci, stammt aus Florenz und wurde von seinen Eltern bei dem bekannten Philosophieprofessor B. einquartiert, um der verderblichen Atmosphäre gewisser Internate entzogen zu werden. Manche Eltern haben wirklich einen sechsten Sinn! Der Knabe erzählte mir von einer unterhaltlichen psychologischen Studie, die einer seiner Landsleute über die sogenannten *amicizie di collegio* angestellt hätte, welche dieser transalpine Kraft-Ebing angeblich als eine Art ›Mimikry des leidenschaftlichen Instinkts‹ bezeichnet. Wie Du siehst, legen diese Materialisten samt und sonders die trübste, empörendste Dummheit an den Tag, ob Italiener, Deutsche oder Franzosen.

Die Broschüre enthält noch einige weitere amüsante Beobachtungen. Deshalb bat ich Giuseppe, sie mir zu leihen. Für wen? Für Dich, natürlich, für Dich, der mir diesen Gedanken mit schwarzem Argwohn lohnt! Erkennst Du Deine Ungerechtigkeit? Dann küsse mich. Erkennst Du sie nicht? Dann küsse ich Dich.

Wenn ich an die Unzahl von Büchern denke, die über dieses schwierigste, anziehendste aller Probleme bereits geschrieben wurden ...

Um mich in meiner Sexualreligion aufs neue zu bestärken, habe ich Shakespeares glühende Sonette an den Grafen Pembroke wieder gelesen, die nicht minder feurigen Gedichte Michelangelos an Cavalieri, habe bei Montaigne, Tennyson, Wagner, Walt Whitman und Carpenter Aufmunterung gesucht und gefunden ...

Seltsam! Ich könnte schwören, einer Liste dieser ein wenig ... eigentümlichen Autoren schon irgendwo begegnet zu sein!

Mein schlankes, geschmeidiges Kind, mein geliebtes blutvolles Tanagrastatuettchen, ich küsse Deine flatternden Lider. Du weißt, daß ich Dir, ohne zu zögern, eine elende, ungesunde Vergangenheit aufgeopfert habe, erniedrigende Neugierden, die ich heute verabscheue und nur mehr als ferne, schmerzliche Alpträume betrachten kann. Deine Zärtlichkeit allein bleibt, entzündet mich, läßt mich meiner selbst vergessen ...

Teufel! Nur mehr eine Viertelstunde Zeit, um den ›Konzeptionalismus Abélards‹ zu studieren. Auf die Konzeption dieses Krüppels bin ich wirklich gespannt.

Mit Leib und Seele Dein Charlie.«

Schluß, Punktum. Mir verschlägt's die Rede. Diese Jungengeschichten schüchtern mich ein, und ich kann gut verstehen, daß Marcels Vater bei der Lektüre dieses Schreibens nicht gerade entzückt war. Mein Neffe ist, gelinde gesagt, sehr lecker. Das weiß ich, das weiß ich nur zu gut! Aber der andere, dieser Charlie? Marcel küßt diesen phrasendreschenden Abschreiber mit dem schwarzen Bärtchen? Marcel ist bestimmt nicht häßlich, wenn man ihn küßt. Ich betrachte ihn verstohlen. Er scheint mein Vorhandensein völlig vergessen zu haben und denkt nicht daran, mich um meine Meinung zu befragen. Das Kinn in die Hand gestützt, spinnt er seine Gedanken und ähnelt in diesem Augenblick so auffallend seinem Vater, dem Onkel, daß ich mich eines jähen Unbehagens nicht erwehren kann. Ich reiche ihm das Blatt.

»Als Briefschreiberin kann Luce mit Ihrem Freund nicht konkurrieren, Marcel!«

»Kaum ... Aber sind Sie nicht empört über die herzlose, himmelschreiende Dummheit, ein so einzigartiges Geschöpf wie Charlie aus der Schule zu weisen?«

»›Empört‹ ist vielleicht nicht der richtige Ausdruck ... aber ich bin überrascht. Außerdem ließe sich über seine Einzigartigkeit streiten. Marcel gibt es auf dieser Welt bestimmt nur einen. Dagegen sollte es mich wundern, wenn sich unter Ihren Mitschülern keine anderen Charlies fänden.«

»Andere Charlies! Claudine! Sie werden ihn doch nicht mit diesen schmierigen Gymnasiasten vergleichen wollen, die ... geben Sie mir zu trinken, ja? Und ein Stück Rahat ... Mir wird heiß, wenn ich nur daran denke!«

Er zieht ein zierliches blaues Taschentuch hervor, trocknet seine Stirne, legt das Portefeuille neben sich auf das Korbtischchen, lehnt sich zurück, noch ein wenig fiebrig, und trinkt schlückchenweise den kalten Grog, den ich ihm dienstfertig überreicht habe. Dann beißt er in ein Stück Rosenrahat, beknabbert einen Salzkeks und schwelgt in Erinnerungen an seinen Charlie, während ich mich frage, von jäher, stechender Neugier gepackt, was für Briefe das sattgrüne Etui etwa noch enthalten mag. Ich kenne diese heftige, häßliche Gier: sie überfällt mich ab und zu (gottlob nur selten!) ebenso übermächtig wie der Drang zu stehlen. Wenn Marcel mich dabei ertappt, in seiner Korrespondenz zu wühlen, wird er mich mit Recht verachten. Dennoch werde ich nicht schamrot, im Gegensatz zu den ethischen Erfordernissen jeglichen Schulaufsatzes. Nach mir die Sintflut! Behutsam stelle ich einen Kuchenteller auf die verlockende Brieftasche. Wenn's wirkt, wirkt's.

Marcel erwacht.

»Großmutter findet Sie ein wenig ungestüm, Claudine!«

»Mit Recht. Aber was soll ich tun! Ich weiß nicht, worüber ich mit ihr sprechen soll. Ich kenne sie ja kaum!«

»Im übrigen ist es völlig gleichgültig. Gott, wie unförmig Fanchette geworden ist.«

»Ruhe! Meine Fanchette ist stets bewunderungswürdig! Im übrigen hat sie Ihren Vater ins Herz geschlossen.«

»Das wundert mich nicht ... Er ist ja so sympathisch!«

Mit dieser liebenswürdigen Feststellung erhebt er sich, steckt das Schnupftuch in die linke Brusttasche – Achtung, jetzt wird's gefährlich – aber nein. Er denkt nicht an das Portefeuille. So geh doch, schnell, mach weiter! Die Liebesbriefe der langen Anaïs kommen mir in den Sinn. Holte ich sie nicht halbverbrannt aus dem Ofen, in einem ähnlichen Anfall niedrigster Neugier? Ich empfinde keinerlei Gewissensbisse. Außerdem hat dieses üble kleine Subjekt seinen Vater verhöhnt.

»Sie gehen? Schon?«

»Ich muß, wenn auch ungern, denn Sie sind die ideale Vertraute – und so wenig Frau!«

Kann man liebenswürdiger sein? Ich begleite ihn zum Ausgang und vergewissere mich, daß die Tür ordentlich versperrt ist. Sollte Marcel zurückkommen, müßte er läuten.

Her mit der Brieftasche! Sie riecht gut. Charlies Parfum, nehme ich an.

In einer Seitentasche finde ich sein Porträt: Charlie als antike Büste mit bloßen Schultern, ein Band um die Stirne geschlungen. »28. Dezember«. Ich schlage im Kalender nach. »28. Dezember – Unschuldige Kinder.« O sinniger Zufall!

Ein Bündel blauer Kartenbriefe: verschobene oder festgesetzte Zusammenkünfte. Lange, anmaßende Schriftzüge, flüchtige Orthographie. Zwei Telegramme, gezeichnet: Jules. Jules? Anaïs würde vor Staunen den Mund aufreißen. Der Korrespondenz ist ein Damenphoto beigeschlossen. Wer das wohl sein mag? Das hübsche, schmalhüftige überschlanke

Geschöpf in diskret dekolletiertem Spitzenkleid legt schelmisch den Finger an die Lippen und wirft eine Kußhand in die Gegend. Auch das Bild trägt die Unterschrift: Jules. Was? Das soll ein Mann sein? Teufel, Teufel! Eilends hole ich Papas ehrwürdige Lupe und unterziehe die Photographie einer aufmerksamen Untersuchung. »Jules'« Handgelenke wirken vielleicht ein wenig stark, jedoch bei weitem nicht so grobschlächtig wie die Marie Belhommes, um nur ein einziges Beispiel zu nennen. Die Hüften haben nichts Männliches an sich. Die runden Schultern ebensowenig. Aber die Halsmuskeln ... die Halsmuskeln kommen mir verdächtig vor, besonders unter dem Ohr. Ein Ephebenhals, kein Zweifel.

Wie dem auch sei ... Forschen wir weiter.

Ein Blatt Küchenpapier voll dunkler Auskünfte, in Küchenstil und Köchinnenorthographie:

»Gehn Sie nicht in die Rue Traversière. Dafür können Sie zu Léon mit mir gehen, da brauchen Sie keine Angst nicht haben. Ein feiner Raum in der Nähe des Cafés von was ich Ihnen erzehlt habe. Sie treffen dort interessante Leute, Kunstreiter vom Zirkus Metrano undsoweiter. Wegen Ernestine müssen Sie aufpassen. Ich glaube nicht, daß Victorine schon gelost hat. Das Hotel in der Rue Lafite ist sicher. Das hat Ihnen Großmutter wahrscheinlich schon erzehlt.«

Welch trübe Atmosphäre! Diesen Misthaufen hat Charlie seinem lieben Marcel »geopfert«? Und er wagt es, sich darauf etwas einzubilden? Dabei verblüfft mich am meisten die Tatsache, daß es meinen »Neffen« nicht anwidert, sich mit den Überresten einer Zuneigung zu begnügen, an der sich bereits »Kunstreiter undsoweiter« erfreuen durften. Hingegen verstehe ich sehr gut, daß Charlie, des allzu großen

Entgegenkommens gewisser weiblicher Jules' müde – nein, dieses unwahrscheinliche Photo! –, die Unerfahrenheit und Frische eines Kindes begeisternd fand, das neben einer unverbrauchten Sensibilität einen ganzen Schatz köstlicher Skrupel mitbrachte ...

Dieser Charlie widert mich an. Mein Vetter, der Onkel, hat recht daran getan, ihn aus dem Boileau-Gymnasium werfen zu lassen. So ein brünetter Junge hat sicher Haare auf der Brust ...

»Mélie! Rasch! Lauf zu Tante Coeur – nimm einen Fiaker – und übergib Marcel dieses Päckchen, samt dem Brief, den ich gleich schreiben werde! Und laß es ja nicht bei der Hausmeisterin!«

»Einen Brief? Klar werd' ich ihn abgeben! Du bist ein hübsches Mädchen! Wird besorgt, nur keine Angst! Verlaß dich ganz auf mich!«

Ja, das kann ich. Ihr Diensteifer verzehnfacht sich bei dem Gedanken, daß ich endlich beschlossen habe, die schiefe Bahn zu betreten. Lassen wir sie bei ihrer Meinung. Da es ihr nun einmal solchen Spaß macht ...

Marcel hat recht. Fanchette wird täglich unförmiger und sieht schon lächerlich aus. Sie hat sich mit ihrem Pariser Körbchen abgefunden, allerdings nicht, ehe ich einen Rest meines alten Schnürlsamtschlafrocks hineinlegte, einen Fetzen Stoff, den sie kräftig walkt, zum Nägelpolieren benützt, dann wiederum als Bauchbinde, oder eifrig leckt, in Gedanken an die zu erwartende Nachkommenschaft. Ihre Zitzchen schwellen an, zartrosa und überempfindlich, und die sonst so besonnene Fanchette ist vor Zärtlichkeitsbedürfnis außer Rand und Band.

Frohlockend überbringt mir Mélie ein Briefchen Marcels, zum Dank für das zurückgestellte Portefeuille:

»Danke, Liebe, ich war nicht beunruhigt (das kann man wohl sagen!), wußte ich doch das Portefeuille in Ihren kleinen Händen, die ich zärtlich küsse, diskrete Claudine.«

»Diskrete Claudine«. Ironie? Oder Bitte, zu schweigen?

Papa arbeitet mit Monsieur Maria. Das heißt, er läßt den bedauernswerten jungen Mann sämtliche Bücher auf den Kopf stellen, bis zur Erschöpfung. Zwar hatte er selbst unter kräftigen Flüchen zwölf Regale an die Wand geschraubt, die für die größten Folianten bestimmt waren. Als jedoch Monsieur Maria die Bände einreihen wollte, sanft, ergeben und staubbedeckt, machte er die freudige Entdeckung, daß Papa sich um je einen Zentimeter geirrt hatte, so daß die Bücher nicht aufrecht stehen konnten. Resultat: sämtliche Regale mußten wieder heruntergenommen werden bis auf eines, und wie Sie sich denken können, fehlte es dabei weder an »Gottes Donner!« noch an etlichen Ferkeln. Was mich betrifft, so stand ich auf der Walstatt und bog mich vor Lachen. Monsieur Maria hingegen sagte mit göttlicher Geduld: »Oh, das macht nichts! Wir werden eben den Abstand zwischen den übrigen elf Brettern ein wenig vergrößern.«

Was kam heute, so wahr ich da stehe? Ein wunderschöner Sack Pralinen, samt einem Briefchen des Herrn Onkelvetters: »Meine liebe kleine Freundin, Sie werden kaum etwas dagegen haben, wenn sich Ihr alter Onkel heute durch beiliegenden Sack vertreten läßt. Ich muß acht bis zehn Tage geschäftlich verreisen und hoffe, daß wir nach meiner Rückkehr, wenn es Ihnen recht ist, weitere schlecht gelüftete Vergnügungsstätten gemeinsam durchforschen werden! Nehmen Sie sich Marcels an! Er gewinnt durch den Umgang mit Ihnen – allen Ernstes! Ich küsse onkelhaft Ihre kleinen Hände.«

So? Nun, allen Ernstes – lieber hätt' ich einen Onkel und

keine Schokolade. Oder einen Onkel samt Schokolade. Seine Pralinen sind übrigens göttlich. Luce würde sich für die Hälfte verkaufen. Nur so weiter, Fanchette, wenn du lebensmüde bist! Das geschickte Scheusal greift mit seinem Pfotenlöffel tief in den Pralinensack. Dennoch muß sich Franchette mit halben Bonbons bescheiden, denn erst hole ich mir die Creme heraus, mit dem dicken Ende einer funkelnagelneuen Feder.

Schon zwei Tage kein Marcel. Ich schäme mich ein wenig, Tante Wilhelmine so sehr zu vernachlässigen, und mache mich auf den Weg in die Avenue Wagram, mäßig begeistert, aber tipptopp angezogen. Der enge Kostümrock und die blaßblaue Bluse, die meiner Haut einen orangefarbenen Schimmer verleiht, können sich überall sehen lassen.

Ehe Papa mich in Gnaden entläßt, hält er mir folgende feierliche Ansprache:

»Schärfe meiner Schwester ein, daß ich bis über beide Ohren in Arbeit stecke und keine freie Minute habe! Sonst kommt sie noch auf die Idee, mich in meinen eigenen vier Wänden anzuöden! Und wenn es jemand auf der Straße – *ungeachtet* deines zarten Alters – an Respekt fehlen lassen sollte, so hau ihn über die Birne!«

Bewaffnet mit diesen weisen Ratschlägen, entschlummere ich prompt im ebenso ehrenwerten wie übelriechenden Omnibus Panthéon-Courcelles und erwache erst eine dreiviertel Stunde später, an der Endstation. Teufel! Diese Dummheit passiert mir auch nicht zum erstenmal! Nach längerem Fußmarsch läute ich bei Tante Coeur. Das Stubenmädchen öffnet, betrachtet mißbilligend meine kurzen Haare und teilt mir mit, daß Madame eben ausgegangen sei. Juchhu! Leichtfüßig eile ich die Treppe hinunter, mit einem verächtlichen Seitenblick auf den Aufzug.

Der Park Monceau mit seinen frischen, vom Sprühregen

der Gartenspritzen zart überschleierten Rasenflächen lockt mich an wie ein saftiger, leckerer Bissen. Er gefällt mir viel besser als der Luxembourg. Außerdem gibt es hier wenige Kinder. (Wie kann man nur Wiesen glattfegen, als ob es Parkette wären?) Welche Wohltat, grüne Bäume zu sehen! Die warm-feuchte Luft benimmt mir den Atem, macht mich müde und schlaff. Das Pariser Klima ist aber auch unerträglich. Diese Hitze! Freudig lausche ich dem Flüstern der Blätter. O süßes, lang entbehrtes Rauschen!

Ich sinke auf eine Bank, werde aber bald wieder vertrieben: ein älterer Herr, dessen Schnurrbart aussieht, als lackiere er ihn täglich mit Hilfe eines Pinsels, setzt sich beharrlich auf meinen Rockzipfel und kann es nicht lassen, mich mit dem Ellbogen zu streifen, wie von ungefähr. Würdevoll steuere ich auf eine andere Bank zu, nicht ohne ihn vorher als »alten Kracher« bezeichnet zu haben. Ein winziger Telegraphenbote – was hat der hier verloren? –, eifrig damit beschäftigt, mit einem flachen Kiesel Fußball zu spielen, hält inne, mustert mich von oben bis unten und ruft »Häßliche! Häßliche! Verkriech dich in mein Bett!« Einsam ist es hier gerade nicht. Oh, säße ich doch zu dieser Stunde im schattigen Wald von Fredonnes! Erschöpft lasse ich mich auf einen Sessel fallen, lehne das Haupt an einen Baumstamm und nicke ein, vom Rauschen des Wasserstrahls, der leise auf die breiten Rizinusblätter niedertrommelt, in leichten Schlaf gewiegt.

Die Hitze lähmt mich, macht mich schlapp und unzurechnungsfähig. Nicht übel, die kleine Frau, die da vorübergeht – wenn ihre Beine etwas länger wären! Überhaupt scheinen die meisten Pariserinnen den Hintern auf den Fersen zu haben. Wie kommt mein Onkel nur auf die absurde Idee wegzufahren? Ausgerechnet jetzt, da ich beginne, ihn gern zu haben? Mein Onkel ... er hat junge Augen, trotz der beginnenden Krähenfüße, und beim Sprechen eine reizende Art, sich mir zuzuneigen. Sein Schnurrbart zeigt dieselbe kostbare Farbe wie das Haar alternder Blondinen. Er verreist geschäftlich. So? Geschäftlich oder aus anderen Gründen ... Wie sagte doch Mélie, die Frau mit dem Kennerblick, als ich sie um ihre Meinung befragte:

»Dein Onkel, mein Herzblatt, ist ein schöner Mann. Der kennt sich aus!«

Wahrscheinlich gibt er sich mit Weibern ab, dieser Mann der Pflicht. Das hab ich schon gern!

Die kleine Frau mit dem gutgeschnittenen Rock – hat einen Gang, einen Gang, den ich kenne. Und diese runde, von zartem, lichtüberglänztem Flaum silbrig umrandete Wange ... das flüchtige hingetupfte Näschen, die hohen, ein wenig vorstehenden Backenknochen ...

Ein Stich in der Herzgegend. Mit einem Satz bin ich neben der Kleinen und brülle: »Luce!«

Unglaublich, aber wahr: sie ist's. Schon ihre Feigheit beweist es zur Genüge. Bei meinem Ruf ist sie zurückgefahren, den Ellbogen schützend vor die Augen gelegt. Meine Erregung macht sich in hysterischem Gelächter Luft. Ich packe sie an beiden Armen. Ihr kleines Gesicht mit den schläfenwärts aufgebogenen Mandelaugen errötet bis zu den Ohren, um ebenso jäh wieder zu erblassen, und sie seufzt nach langem Schweigen:

»So ein Glück, daß du's bist!«

Ich halte sie noch immer fest und finde des Staunens kein Ende. Wie habe ich sie überhaupt erkannt? Diese winzige Kleine, die ich nie anders zu Gesicht bekam als in schwarzer Clothschürze, spitzen Holzschuhen oder hohen Schnürstiefeln, deren einzige Kopfbedeckung in einer roten Kapuze, deren Frisur wochentags aus Zöpfen, sonntags aus einem Knoten bestand, diese Luce trägt auf einmal ein schwarzes, weiß abgesteptes Schneiderkostüm, besser geschnitten als meines, ein lachsrosa Seidenblüschen, einen kurzen Bolero und eine rosenbesteckte Roßhaartoque, die bei Gott nicht der »billigen Abteilung« entstammt. Einige falsche Noten bemerke ich erst auf den zweiten Blick: das ungeschickte, zu platte Korsett, die glanzlosen, zu glatten Haare, die allzu engen Handschuhe. Luce hat Handschuhnummer 5 ½, zwängt sich aber sicher in »Fünfer«.

Wie soll ich mir diese Pracht erklären? Ja, wie?

Kein Zweifel: meine kleine Freundin ist auf einträgliche Abwege geraten.

Dennoch sieht sie entzückend aus, blühend und jung, obwohl sie weder Puder verwendet noch Lippenrot.

Wortlos starren wir einander an, eine gute Weile. Wir müssen überaus lächerlich wirken. Endlich bricht Luce das Schweigen und sagt:

»Oh! Du hast dein Haar abgeschnitten?«

»Ja. Du findest mich wohl häßlich, nicht wahr?«

»Nein«, erwidert sie zärtlich. »Du könntest nicht häßlich sein. Aber du bist gewachsen. Du bist elegant. Du hast mich nicht mehr gern, gelt? Du hast mich schon damals kaum mögen!«

Sie spricht in unverfälschtem fresnischem Akzent, und ich lausche entzückt diesem Nachhall aus Montigny, ganz Ohr für ihre sanfte, schleppende Stimme. Seitdem ich sie betrachte, haben ihre grünen Augen an die zehn verschiedene Schattierungen angenommen.

»Als ob es darauf ankäme, kleine Gans! Was treibst du hier? Wie bist du hergekommen? Und wieso bist du so schön, zum Teufel? Dein Hut ist ein Gedicht, aber schieb ihn ein wenig nach vorne! Du bist doch nicht allein? Deine Schwester ist auch hier?«

»Meine Schwester?« sagt Luce mit bösem Lächeln. »Nein,

die ist nicht hier, da kannst du Gift drauf nehmen! Ich habe alles liegen- und stehenlassen. Eine lange Geschichte! Wenn du willst, erzähl' ich sie dir. Es war wie im Roman, weißt du!«

Ein Unterton unwägbaren Stolzes schwingt in ihren Worten. Ich sterbe vor Neugier.

»So erzähl doch, Kleines! Ich hab' den ganzen Nachmittag Zeit.«

»Fein. Willst du zu mir kommen, Claudine?«

»Unter einer Bedingung: daß ich dort *niemanden* antreffe.«

»Nein, niemanden. Aber komm, komm schnell. Ich wohne Rue de Courcelles, drei Schritte von hier.«

In meinem Kopf geht es drunter und drüber. Ich folge ihr wortlos und beobachte sie verstohlen. Sie weiß ihren Rock noch nicht richtig zu raffen und geht mit vorgeneigtem Kopf wie jemand, der seinem Hut nicht recht traut. O Luce! Um wieviel rührender, um wieviel menschlicher schienst du mir, als du noch halblange Wollröcke, aufgelöste Zöpfe und grobe Holzschlapfen trugst, aus denen du, wann immer es anging, die feinen Füße herausstrecktest. Nicht, daß du häßlicher geworden wärest, ganz im Gegenteil. Ich stelle fest, daß weder die Frische ihres Teints noch der zweideutige Schimmer ihrer grünen Augen ihre Wirkung auf die Vorübergehenden verfehlen. Luce ist sich ihres Erfolgs bewußt und kokettiert mit sämtlichen Laffen, die uns über den Weg laufen, großzügig und unschuldsvoll. Wie seltsam, mein Gott, wie seltsam! Es ist, als gehe ich durch einen Traum.

»Du schaust meinen Sonnenschirm an?« fragt Luce. »Was sagst du dazu? Der Griff ist aus Kristall! Er hat fünfzig Francs gekostet, Alte, fünfzig Francs!«

»Wen?«

»Wart nur!«

Und Luce versichert mir in bestem Dialekt, daß sie nicht »von hinten anfangen« könne.

Wie schön sind doch diese Redewendungen, besonders als Kontrast zum eleganten Kostüm! Mit einemmal verstehe ich die jähen Heiterkeitsanfälle meines »Neffen« Marcel.

Wir betreten ein funkelnagelneues Haus, das unter der Last blendendweißer Erker und Karyatiden zusammenzubrechen droht, und entschweben in einem geräumigen Glasaufzug, den Luce mit furchtsamem Respekt handhabt.

Zu wem führt sie mich?

Sie läutet im zweiten Stockwerk (hat sie denn keinen eigenen Schlüssel?) und eilt an einem Stubenmädchen vorüber, das aussieht, als hätte es einen Besen verschluckt, und jene lächerliche englische Kammerjungferntracht trägt, die aus einem schwarzen Kleid und einem winzigen weißen Musselinschürzchen besteht. Letzteres erinnert mich an die Tracht gewisser Negerstämme, die sich lediglich ein Fetzchen Stoff vor den Bauch hängen, an einem dünnen Faden.

Luce reißt eine der Vorzimmertüren auf. Ich folge ihr in einen weißen, mit dunkelgrünen Teppichen ausgelegten Gang. Sie öffnet eine zweite Türe, läßt mich eintreten, zieht sie hinter uns ins Schloß und wirft sich in meine Arme.

»Luce! Willst du Prügel?« Es fällt mir schwer, meine ehemalige Autorität zurückzugewinnen: Luce hält mich fest und gräbt ihr frisches Näschen in meinen Hals, unterhalb des rechten Ohres. Plötzlich hebt sie den Kopf, ohne den Druck ihrer Arme zu lockern, und sagt mit einem unaussprechlichen Ausdruck seliger Sklaverei: »Oh! Ja! Hau mich ein bißchen!«

Doch ich verspüre keine Lust, sie zu schlagen, zumindest jetzt noch nicht. Wem würde es einfallen, ein Schneiderkostüm zu vierhundert Francs mit Faustschlägen zu traktieren oder dieses hübsche Rosenpaket durch ein Kopfstück plattzudrücken? Ihre kleinen Hände kratzen – das wäre das einzige. Aber sie hat die Handschuhe noch nicht abgelegt.

»Claudine! Du magst mich nicht mehr! Oh!«

»Ich kann dich doch nicht auf Kommando lieben! Zuerst muß ich wissen, mit wem ich es zu tun habe! Diese Bluse ist deinem Rücken schließlich nicht von selbst entsprossen, oder? Und diese Wohnung? ›Wo bin ich? Ist's ein Gaukelspiel?‹, wie die lange Anaïs zu krächzen pflegte.«

»Das ist mein Zimmer«, erklärt Luce salbungsvoll, tritt ein wenig zur Seite und überläßt mich meiner Bewunderung.

Zu protzig, das Zimmer, aber im großen und ganzen nicht dumm, und bestens tapeziert. Weißlackierte Möbel – o Gott! – neben Fauteuils und Paravents, die mit mandelfarbenem, kostbar sein sollendem Samt à la Utrecht bespannt sind, der dem Auge schmeichelt und jedem Teint zum Vorteil gereicht. Das Bett – oh, was für ein Bett! Ich kann mich nicht enthalten, seine Breite nachzumessen, mit ausgestreckten Armen. Ein Meter fünfzig, Madame, nein, mehr, das ist ja ein Bett für drei! Weitere Einzelheiten: cremefarbene Damastvorhänge vor beiden Fenstern, ein dreitüriger Spiegelkasten, ein kleiner, einfältig aussehender Deckenluster, vor dem Kamin ein riesiges weißgoldenes Sofa mit roter Seidenbespannung – was nicht noch alles?

»Luce! Sind das die Früchte der Schande? Du weißt, welche ich meine! ›Jene trügerischen Früchte, deren Nachgeschmack bitterer Asche gleicht‹, sofern man unserer alten ›Sittlichkeit in Beispielen‹ Glauben schenken darf.«

»Das Beste hast du noch gar nicht gesehen«, sagt Luce, ohne meine Worte zu beachten, und öffnet eine der kleinen, mit Stukkaturblumen gezierten Tapetentüren.

»Das Badezimmer.«

»Danke für die Mitteilung! Ich hätte es sonst für Mademoiselle Sergents Privatkapelle gehalten.«

Kacheln, Kacheln, wohin man schaut. Boden, Decke und Wände funkeln in tausendfachem Glanz. Was sehen meine Augen? Eine Wanne für ein Elefantenbaby und zwei kippbare Waschbecken, tief wie die Teiche von Barres. Auf dem Toilettentisch eine helle Schildpattgarnitur von astronomischem Wert. Luce stürzt zu einem bizarren Bänkchen, hebt den gepolsterten Deckel, zeigt auf das längliche Becken und erklärt ohne Umschweife:

»Es ist aus massivem Silber!«

»Pfui Teufel! An den Rändern muß man sich ja die Schenkel abfrieren! Ist vielleicht dein Wappen eingraviert? Du wirst mir jetzt alles erzählen, oder ich gehe.«

»Und das Licht ist elektrisch! Ich hab' immer Angst vor Funken, Unfällen – tödlichen, meine ich – (meine Schwester hat uns in Physik damit genügend fadisiert!) und zünde darum, *wenn* ich allein bin, immer eine kleine Petroleumlampe an. Hast du schon meine Hemden gesehen? Ich habe sechs Seidenhemden, die andern sind Empire, mit rosa Bändern und gleichen Höschen –«

»Empire-Höschen? Ich hätte nie gedacht, daß sich jene Zeit durch einen übertriebenen Verbrauch an Höschen ausgezeichnet hätte ...«

»Die Hemdenmacherin hat gesagt, sie sind Empire ... Und dann ...«

Sie wirbelt von einem Kasten zum andern, funkelnden Gesichts, und verwickelt sich in ihren langen Rock. Plötzlich faßt sie ihn mit beiden Händen, hebt ihn hoch, mitsamt einigen knisternden Unterröcken, und flüstert verzückt:

»Claudine! Ich hab' Seidenstrümpfe!«

Tatsächlich. Sie hat Seidenstrümpfe. Reine Seide bis hinauf. Auch ihre Beine erkenne ich wieder, die kleinen Weltwunder.

»Greif nur, wie weich!«

»Danke, ich kann's mir vorstellen. Wenn du aber jetzt nicht bald loslegst, geh' ich fort, das schwöre ich dir!«

»Also gut. Komm, setz dich in den ›Fautöl‹. Ich laß nur den Vorhang herunter, von wegen der Sonne.«

Ihre Redeweise ist unbezahlbar. Die dialektsprechende Luce in Seidenbluse und elegantem Rock scheint einer Operette entstiegen.

»Trinken wir was? Ich hab' immer zwei Flaschen Kolawein im Badezimmer. Er sagt, das ist gut gegen Blutarmut.«

»Er! Es gibt einen ›Er‹! Endlich! Das Porträt des Verführers! Und etwas plötzlich, wenn ich bitten darf!«

Luce verläßt den Raum und kommt sogleich zurück, eine gerahmte Photographie in der Hand.

»Da«, sagt sie, mit mäßiger Begeisterung.

Abscheulich! Das Bild zeigt einen dicken, etwa sechzigjährigen Mann – vielleicht ist er auch etwas älter –, nahezu kahl, mit stumpfem Gesichtsausdruck, hängenden Doggenwangen und Kalbsaugen. Entsetzt betrachte ich meine kleine Freundin. Sie ist in den Anblick des Teppichs versunken und zeichnet mit der Fußspitze Muster auf den Boden.

»Du wirst jetzt gefälligst auspacken, Alte! Das ist ja noch interessanter, als ich dachte!«

Luce sitzt auf einem Polster zu meinen Füßen – die vorgezogenen Stores tauchen das Zimmer in goldenen Schein – und kreuzt die Hände auf meinen Knien. Ihre neue Frisur gefällt mir nicht. Außerdem sollte sie sich nicht ondulieren ...

Ich nehme den Strohhut ab und schüttle meine Locken. Luce lächelt zu mir empor:

»Mit deinen kurzen Haaren siehst du aus wie ein Junge, Claudine, wie ein hübscher Junge, das kannst du mir glauben! Oder nein – wenn man dich recht anschaut, hast du eigentlich ein Mädchengesicht ... ein hübsches, sehr hübsches Mädchengesicht!«

»Keine Abschweifungen! Schieß los! Von A bis Z! Und schnell, wenn ich bitten darf! Sonst sieht mich Papa schon verloren oder zerschmettert!«

»Also hör zu. Wie du dich endlich entschlossen hast, mir zu schreiben, nach deiner Krankheit, hab ich keine ruhige Minute mehr gehabt! ›Sie‹ haben mich behandelt wie den letzten Fetzen! Ich war eine Gans, die Karikatur meiner Schwester, das und jenes, und sie beschimpften mich fortwährend.«

»Noch immer ein Herz und eine Seele, deine Schwester und die Frau Direktor?«

»Mehr denn je. Meine Schwester kehrt nicht einmal mehr ihr Zimmer aus. Mademoiselle hat eine Dienstmagd aufgenommen! Wenn es ihr gerade einfällt, sagt Aimée, sie ist krank, bleibt oben, und Mademoiselle muß sie vertreten. Aber es kommt noch besser: eines Abends habe ich gehört, wie Mademoiselle ihr im Garten eine fürchterliche Szene machte wegen einem neuen Hilfslehrer. Sie war außer sich und schrie: ›Ich bring dich noch um! So lang wirst du's treiben!‹ Und Aimée hat sich vor Lachen gebogen, sie von der Seite angeschaut und gesagt: ›Das würdest du nie tun! Es täte dir nachher viel zu leid!‹ Drauf ist die andere ganz klein geworden und hat sie angefleht, sie doch nicht mehr zu quälen. Aimée ist ihr um den Hals gefallen, und sie sind zusammen hinaufgegangen. Aber das war das wenigste. Daran war ich gewöhnt. Wenn sie mich nicht wie einen Hund behandelt hätte! Mademoiselle übrigens auch. Das erstemal, wie ich neue Schuhe und Strümpfe verlangt habe, hat sie mich hinausgeschmissen: ›Wenn deine Strümpfe Löcher haben, so stopf sie!‹ hat sie gesagt, jawohl! ›Solange die Beine in Ordnung sind, können die Strümpfe Löcher haben, soviel sie wollen! Das merkt kein Mensch!‹ Mit Kleidern genau dasselbe. Dieses Luder hat sich nicht geniert, mir eine alte Bluse anzuhängen, die unter den Armen ganz durchgeschwitzt war! Was sagst du dazu, Claudine! Ich habe tagelang darüber geweint, so miserabel beisammen zu sein! Viel lieber hätte ich mich prügeln lassen! Einmal habe ich nach Hause geschrieben, aber du weißt ja, meine Leute haben nie einen Groschen. ›Geh zu deiner Schwester!‹ hat mir meine Mutter geantwortet. ›Du kostest uns schon Geld genug! Vorigen Monat ist unsre Sau krepiert, außerdem habe ich für deine kleine Schwester Julie für 15 Francs Medizin kaufen müssen. Du weißt genau, daß bei uns nichts zu holen ist, und wenn du Hunger hast, beiß in deine Faust.‹«

»Weiter!«

»Einmal hab ich versucht, Aimée zu drohen. Aber sie hat mich bloß ausgelacht und gesagt: ›Wenn's dir hier nicht paßt, brauchst du nur heimzufahren! Dann bin ich dich wenigstens los! Zu Hause kannst du dann die Gänse hüten!‹ An diesem Tag hab ich weder essen noch schlafen können. Am nächsten Tag, nach der Schule, wie ich in den Speisesaal gehe, sehe ich die Türe zu Aimées Zimmer offenstehen und ihre Geldbörse auf dem Kaminsims neben der Pendeluhr (denn sie hat eine Pendeluhr, dieses Biest!). Ich hab geglaubt, mir bleibt das Herz stehen! Ich pack das Portemonnaie, weiß aber nicht, wohin damit. Sie hätte mich todsicher durchsucht. Zum Glück hatte ich noch meinen Hut auf. Ich ziehe eine Jacke an, renne aufs Klo, werf meine Schulschürze hinein – Gott sei Dank treffe ich keine Menschenseele, es waren schon alle beim Essen –, lauf wie verrückt zum Bahnhof und erwische gerade noch im letzten Moment den 11.35-Zug nach Paris. Ich war halb tot.«

Luce hält inne, schöpft Atem und weidet sich am Effekt ihrer Erzählung. Ich bin sprachlos, das muß ich zugeben. Nie hätte ich dieser halben Portion solche Kühnheit zugetraut.

»Weiter, Kleines, weiter! Wieviel war im Portemonnaie?«

»23 Francs. In Paris angelangt, blieben mir genau neun Francs. Natürlich bin ich dritte gefahren. Aber wart nur, die Abfahrt von Montigny war eine Sache! Auf der Bahn kennt mich doch ein jeder! Der alte Racalin fragt: ›Wohin so eilig, kleine Gevatterin?‹ ›Nach Semantran‹, sage ich. ›Mama ist krank, man hat uns telegraphiert, und meine Schwester kann nicht weg.‹ ›Nein, wie traurig!‹ hat er gesagt.«

»Aber was hast du in Paris gemacht?«

»Ich bin ausgestiegen und hab mich zur Madeleine durchgefragt.«

»Warum?«

»Wirst du gleich sehen. Weil mein Onkel (das ist der auf dem Bild) Rue Tronchet wohnt, zwei Schritte von der Madeleine.«

»Der Bruder deiner Mutter?«

»Nein, ihr Schwager. Er hat in zweiter Ehe eine steinreiche Frau geheiratet. Aber jetzt ist er Witwer. Er verdient noch immer haufenweise Geld und hat von uns armen Schluckern nie was wissen wollen, klarerweise. Ich kannte seine Adresse, weil Mama uns jedes Neujahr gezwungen hat, ihm zu schreiben, alle fünf Geschwister, auf Blümchenpapier! Sie ist nämlich auf sein Geld aus und bildet sich ein, daß sie eines Tages erben wird. Er hat nie geantwortet. Ich bin auch nur zu ihm gegangen, um zu fragen, wo ich schlafen sollte.«

»Wo du schlafen ... Luce, ich bewundere dich! Du bist tausendmal schlauer als deine Schwester – und als ich!«

»Oh! Schlau? – Ich weiß nicht. Jedenfalls läute ich bei ihm, halb tot vor Hunger. Ich hatte Aimées alte Bluse an und meinen Internatshut. Was finde ich? Eine Wohnung, die noch schöner ist als diese hier, und einen Kammerdiener, der mich anschnauzt: ›Was wünschen Sie?‹ Ich war nahe am Heulen, so schämte ich mich. ›Ich möchte meinen Onkel sprechen‹, sage ich. Weißt du, was er mir zur Antwort gibt, dieser Kerl? ›Monsieur hat mir strengstens verboten, Mitglieder seiner Familie vorzulassen!‹ Ich hab geglaubt, ich bring ihn um. Wie ich mich zum Gehen wende, renne ich in einen dicken Herrn, der eben nach Hause kommt. Das war er. ›Wie heißen Sie?‹ ›Luce.‹ ›Hat Ihre Mutter Sie hergeschickt?‹ ›O nein, ich komme ganz von allein. Meine Schwester hat mich so gequält, daß ich von der Schule durchgebrannt bin –‹ ›Von der Schule? Wie alt bist du denn?‹ Und er nimmt mich beim Arm und führt mich ins Speisezimmer. ›Siebzehn werde ich, in vier Monaten.‹ ›Siebzehn? Man sieht sie Ihnen nicht an, ganz und gar nicht! Was für eine seltsame Geschichte! Setzen Sie sich, liebes Kind, und erzählen Sie mir alles.‹ Ich, natürlich, lasse mir das nicht zweimal sagen und erzähle ihm alles, wie es war, meinen ganzen Jammer mit Mademoiselle und Aimée, die durchlöcherten Strümpfe, die Schuhe, kurzum, alles. Er hört zu, schaut mich an, mit seinen großen blauen Augen, und rückt seinen Sessel näher. Am Ende war ich so müde, daß ich zu weinen anfing. Darauf nimmt er mich auf den Schoß, küßt mich ab und redet mir gut zu. ›Wie häßlich, ein kleines Mädchen so zu kränken! Deine Schwester ist deiner Mutter nachgeraten, dieses Biest! Nein, hat die Kleine aber hübsches Haar! Mit ihren Zöpfen würde man sie für vierzehn halten!‹ Und nach und nach greift er meine Schultern an, faßt mich um die Taille und bei den Hüften, küßt mich in einem fort und schnaubt wie ein Walroß. Mir grauste zwar ein bißchen, aber ich wollte ihn nicht verstimmen, verstehst du?«

»Sehr gut sogar. Was war dann?«

»Dann? Das kann ich dir nicht alles erzählen.«

»Verzeihung, Blümchen Rührmichnichtan. In der Schule warst du nicht halb so prüde!«

»Das war auch ganz was anderes ... *Vorher* hat er mit mir genachtmahlt. Ich war halb tot vor Hunger. Gott, hab' ich gut gegessen, Claudine! Lauter feine Sachen! Und Champagner hab' ich getrunken, echten Champagner! Nachher wußte ich nicht mehr, was ich sagte. Er war krebsrot im Gesicht, hat sich aber nicht aus dem Konzept bringen lassen, sondern kurz und bündig gesagt: ›Meine kleine Luce, ich lasse dich vorderhand eine Woche bei mir wohnen, verständige deine Mutter – so daß sie den Mund hält –, und ich bin bereit, dir eine hübsche kleine Zukunft zu sichern, unter der Bedingung: du tust, was ich will. Du scheinst keine Kostverächterin zu sein und es gern bequem zu haben. Ich auch. Wenn du schon mit Burschen herumgestreunt bist, ist nichts zu machen. Ich habe meine Ansichten, und an denen halte ich fest.‹«

»Und dann?«

»Dann hat er mich in sein Zimmer geführt, in ein schönes, rotes Schlafzimmer.«

»Und dann?« frage ich gierig.

»Dann ... das hab ich vergessen! Ätsch!«

»Willst du ein Kopfstück, um dich zum Reden zu bringen?«

»Gott«, sagt Luce kopfschüttelnd, »das Ganze ist kein Spaß! Das kannst du mir glauben!«

»Tut es wirklich sehr weh?«

»Und wie! Es war fürchterlich heiß – sein Gesicht so dicht an meinem! – und seine haarigen Beine haben mich gekratzt – und geschnaubt hat er, sag ich dir, geschnaubt! Schließlich hab ich so laut geschrien, daß er mir gesagt hat, mit erstickter Stimme: ›Wenn du den Mund hältst, kriegst du morgen eine goldene Uhr.‹ Also hab ich mich bemüht, ruhig zu sein. Aber nachher hab ich laut geheult, vor Nervosität, weißt du. Und er hat meine Hände geküßt und in einem fort gesagt:

›Schwör mir, daß dich kein anderer kriegen wird! Hab ich ein Glück! Hab ich ein Glück!‹

Aber ich war nicht sehr glücklich.«

»Du bist anspruchsvoll.«

»Weißt du, was das Ärgste war? Ich mußte die ganze Zeit an die Affäre in Ossaire denken, du erinnerst dich doch? Wir haben sie heimlich im ›Fresnischen Boten‹ verfolgt! Ich meine Petitrot, den Buchhändler von Ossaire, der eine seiner Angestellten vergewaltigt hat? Solche Erinnerungen kommen einem wirklich zur Unzeit!«

»Keine Literatur! Erzähl weiter!«

»Gott, da gibt's nicht mehr viel zu sagen. Am nächsten Morgen, wie ich den dicken Mann in meinem Bett finde, war ich zuerst ganz weg! Er ist so häßlich, wenn er schläft! Aber er war seither nie richtig grob zu mir, und manchmal haben wir sogar recht gute Augenblicke miteinander ...«

Luces gesenkte Lider beschatten heuchlerische, wissende Augen. Ich würde die Kleine am liebsten ausfragen, tue es aber nicht. Meine Verlegenheit wäre allzu groß ... Luce wirft mir einen Blick zu, von meinem Schweigen überrascht.

»Vorwärts, Luce! Weiter!«

»Ach so, ja ... Zuerst haben mich meine Leute suchen lassen. Aber mein Onkel hat ihnen einen Brief geschickt. ›Mein Kleines‹, hat er mir gesagt, ›ich hab deiner Mutter geschrieben, sie soll uns gefälligst in Ruhe lassen, sofern sie hofft, nach meinem Tod einen roten Heller zu bekommen! Was dich betrifft, so mach, was du willst. Du kriegst fünfundzwanzig Louis pro Monat, dein Futter und Geld für die

Schneiderin. Schick ihnen was oder laß es bleiben – mir ist es egal. Von mir kriegen sie jedenfalls keinen Groschen.‹«

»Na, und? Hast du deinen Leuten Geld geschickt?«

»Ich?«

Ihr Gesicht verzerrt sich zu einer teuflischen Grimasse. »Sollte mir einfallen! Dafür haben sie mich viel zu sehr schikaniert! Von mir aus können sie krepieren, hörst du, krepieren! Vor meinen Augen! Ich würde deshalb keinen Tropfen weniger trinken! Oh, sie haben keine Zeit verloren! Kaum war ich hier, kam auch schon der erste Bettelbrief. Und wie höflich! Weißt du, was ich ihnen geantwortet hab, auf einem großen weißen Bogen? ›Ihr könnt mich ...‹ Jawohl, das habe ich geschrieben, aber ohne Punkte!«

Sie tanzt auf und ab, entfesselt, glühend vor Bosheit. Kaum traue ich meinen Augen ...

Das soll das schüchterne, verschreckte Mädchen sein, das ich in der Schule kennenlernte? Die arme Kleine, die von Aimée, der Favoritin, Prügel einstecken mußte? Die verspielte Luce, die mich im Schuppen zu küssen suchte? Ich glaube, ich gehe lieber. Diese junge Dame mit ihrem Onkel ist zu modern für mich. Sie würde ihre Familie tatsächlich krepieren lassen. Daran zweifle ich keinen Augenblick.

»Du würdest sie wirklich ...«

»Ohne mit der Wimper zu zucken, meine Claudine! Aber das ist noch lange nicht alles! Wenn du wüßtest –«, sie lacht verschmitzt, »– ich bearbeite meinen Onkel, daß er sein Testament abändert, zu ihren Ungunsten! Es ist zum Totlachen!«

In der Tat. Es ist zum Totlachen.

»Du bist also wunschlos glücklich?«

Sie unterbricht ihren Walzer, zieht ein Schmollmündchen und erwidert:

»Wunschlos? Wunschlos? ... Gott, die Sache hat ihre Haken! Ich muß mich in acht nehmen mit meinem Onkel ... Er hat eine ganz gewisse Art ... Manchmal sagt er: ›Wenn du nicht willst, sind wir geschiedene Leute!‹ Dann muß ich nachgeben.«

»Wenn du was nicht willst?«

»Ach, nichts, eine Menge Dinge«, erwidert sie mit großzügiger Gebärde. »Aber dann gibt er mir wieder Geld – ich verstecke es unter einem Stoß Hemden – und, oh, vor allem Bonbons, Bäckereien, kleine Schokoladenvögelchen und – was das Beste ist – Champagner zum Nachtmahl!«

»Täglich? Du wirst eine rote Nase kriegen, meine Liebe!«

»Glaubst du? Schau mich doch an ...«

Sie hat recht. Keine Blume ist frischer als ihre Haut, die mich an erstklassige, wasser- und schmutzabstoßende Gewebe erinnert.

»Empfängst du Gäste, gnädige Frau und Freundin? Lädst du zum Diner?«

Ihre Miene verdüstert sich.

»Hast du eine Ahnung! Ausgeschlossen, bei diesem eifersüchtigen Alten! Aber –«, sie dämpft die Stimme und lächelt wie jemand, der sich anschickt, ungeheure Enthüllungen zu machen, »– ich habe meinen Freund wiedergetroffen, Caïn Brunat, erinnerst du dich an ihn? Du hast ihn immer meinen kleinen Flirt genannt! Er studiert an der Kunstakademie! Er ist ein angehender Künstler und wird mein Porträt malen! Wenn du wüßtest, was meinem Onkel oft einfällt!« zwitschert sie weiter, ohne jeglichen Übergang, »manchmal muß ich auf allen vieren durchs Zimmer laufen, und er hinterdrein, auch auf allen vieren, ekelhaft mit seinem dicken Bauch. Dann stürzt er sich auf mich und schreit: ›Ich bin ein wildes Tier! Rette dich! Ich bin der Stier!‹«

»Wie alt ist er?«

»Neunundfünfzig, behauptet er. Ich halte ihn für älter.«

Es saust in meinen Ohren. Ich fühle mich wie zerschlagen. Diese Luce ist aber auch zu schmutzig! Man muß sie diese Greuel erzählen sehen! Die zarten Hände ausgestreckt, die schlanke Taille mit rosa Seidenband umwunden, so steht sie da, die hübsche kleine Pensionatsschülerin, ein wenig vorgeneigt, die blaugeäderten Schläfen von weichen Löckchen umspielt.

»Luce, erzähl mir von Montigny, solange du in Schwung bist! Ich weiß überhaupt nichts mehr! Was macht die lange Anaïs?«

»Nichts Besonderes. Lehrerinnenausbildungsanstalt. Sie ›geht‹ mit einer vom dritten Jahrgang –«

»– der anscheinend vor gar nichts graust! Und Marie mit den Hebammenhänden? Erinnerst du dich, Luce, wie sie uns im Sommer gestand, keine Hosen zu tragen? ›Weil sich die Schenkel beim Gehen so schön reiben‹?«

»Klar! Sie ist Verkäuferin, die Arme. Sie hat immer Pech.«

»Jeder kann eben nicht dein Glück haben, kleine Hure!«

»So darfst du mich nicht nennen!« protestiert Luce entrüstet.

»Wie's beliebt, schüchterne Jungfrau: erzählen Sie mir von Dutertre.«

»Ach, der arme Doktor! Er hat mich in letzter Zeit dauernd belästigt.«

»Na und? Warum auch nicht?«

»Weil ihm meine Schwester und Mademoiselle ganz schön ihre Meinung gesagt haben. Und Aimée hat mir gedroht: Wenn dir das passiert, kratz ich dir die Augen aus! Er hat Scherereien mit seiner Politik.«

»Um so besser! Was für Scherereien?«

»Paß auf: in einer der letzten Gemeinderatssitzungen hat man ihn angepöbelt, und zwar wegen der Bahnstation von

Moustier. Er wollte sie zwei Kilometer außerhalb des Orts anlegen lassen, um Monsieur Corne einen Gefallen zu tun, du weißt ja, dem das schöne Schloß an der Straße gehört – weil er ihm dafür einen Haufen Geld versprochen hat.«

»So eine Frechheit!«

»Dutertre hat versucht, die Sache als vernünftig hinzustellen. Aber die andern sind ihm nicht auf den Leim gegangen. Und schließlich steht Doktor Fruitier auf, der lange, halbverrückte Alte, und beschimpft Dutertre, was das Zeug hält. Der schreit zurück, so laut er kann, Frechheiten, natürlich, worauf ihm Fruitier eine schmiert, vor allen Gemeinderäten!«

»Hahaha! Ich sehe ihn vor mir, den alten Fruitier! Seine weiße knochige Hand muß ganz schön geknallt haben ...«

»Das garantiere ich dir! Dutertre hat sich die Wange gerieben, herumgefuchtelt und wütend geschrien: ›Ich werde Ihnen meine Zeugen schicken!‹ Darauf Fruitier, sehr ruhig: ›Man schlägt sich nicht mit einem Dutertre. Warum, würde ich in den hiesigen Zeitungen nur ungern verbreiten. Aber wenn Sie mich dazu zwingen ...‹ Du kannst dir den Skandal nicht vorstellen! Die ganze Gegend hat kopfgestanden!«

»Kein Wunder! Mademoiselle ist wohl krank geworden?«

»Sie wäre vor Wut gestorben, aber meine Schwester hat sie getröstet! Aber geschimpft hat sie, sag ich dir, geschimpft! ›Dreckiges Räuber- und Diebsnest‹, undsoweiter ... Du weißt ja, sie ist nicht aus Montigny.«

»Und Dutertre? Zeigt man jetzt mit dem Finger auf ihn?«

»Wo denkst du hin! Zwei Tage später war alles vergessen. Er hat nichts von seinem Ansehen eingebüßt! Der beste Beweis: bei einer anderen Sitzung ist die Rede auf die Schule gekommen. Es hieß, sie würde nicht ordentlich geleitet, undsoweiter. Mademoiselles Affäre mit Aimée hat sich nämlich herumgesprochen, mußt du wissen. Sicher haben ein paar Große geplaudert ... Kurz und gut, einer der Gemeinderäte beantragte die Versetzung von Mademoiselle Sergent. Worauf der gute Dutertre aufspringt und erklärt: ›Jeglichen Angriff auf die Frau Direktor betrachte ich als persönliche Beleidigung.‹ Sonst nichts. Das genügte: die meisten sind ihm irgendwie verpflichtet, verstehst du, und die Sprache kam auf andere Dinge.«

»Ich weiß. Er hat die Leute in der Hand: er weiß zu viele Schweinereien über sie.«

»Trotzdem haben sich seine Gegner auf die Angelegenheit gestürzt, und am darauffolgenden Sonntag hat sogar der Pfarrer davon gesprochen, in der Predigt!«

»Was?? Der alte Abbé Millet? Auf der Kanzel? In Montigny muß ja der Teufel los sein!«

»Ja, ja! ›Schmach!‹ hat er geschrien, der Pfarrer, ›Schmach und Schande über den elenden Anschauungsunterricht in euren gottlosen Schulen!‹ Natürlich hat jeder kapiert, daß er von meiner Schwester spricht und von der Frau Direktor! Jö, haben wir gelacht!«

»Weiter, Luce, weiter! Du verjüngst mich!«

»Gott, sonst weiß ich nichts mehr. Liline hat vorigen Monat Zwillinge bekommen. Der junge Hémier ist aus Tonking zurückgekommen, wo er sich eine schöne Stelle erarbeitet hat. Er wurde mit allen Ehren empfangen, und die Gemeinde hat sogar Wein gespendet! Adèle Tricotot hält bei ihrem vierten Mann, und Gabrielle Sandré, die mit dem Kindergebiß, wird nächstens in Paris heiraten. Léonie Mercant ist Hilfslehrerin in Paris, die mit der feinen Haut. Du erinnerst dich doch an sie, Claudine? Wir haben sie immer absichtlich zum Erröten gebracht. Alle kommen nach Paris, alle! Es wird schon eine Manie!«

»Eine Manie, die mich noch nicht erfaßt hat«, seufze ich.

»Ich sehne mich nach Montigny zurück ... Obwohl jetzt schon weniger, weil ich mich langsam in jemanden ...«

Ich beiße mir in die Lippen. Habe ich schon zuviel gesagt? Nein. Luce war nie besonders scharfsinnig. Schon spricht sie weiter:

»Du sehnst dich zurück? Dann geht's dir nicht so wie mir! Manchmal träume ich in diesem großen Bett, daß ich in Montigny bin, daß mich meine Schwester mit Dezimalbrüchen, vierblättrigen Haarblütlern oder den Goldvorkommnissen in Spanien schikaniert. Dann wache ich auf und gratuliere mir dazu, hier zu sein –«

»Neben deinem guten Onkel, der schnarcht.«

»Er schnarcht wirklich. Woher weißt du das?«

»Luce, du bist entwaffnend! Erzähl weiter: was tut sich sonst noch in der Schule? Ich hab schon so lange nichts mehr gehört! Denkst du noch manchmal an die gemeine Anaïs? Oder an die Streiche, die wir der armen Marie Belhomme spielten?«

»Anaïs ist in der Lehrerinnenbildungsanstalt, das hab ich dir schon gesagt. Der richtige Wolf im Schafspelz! Sie und ihr dritter Jahrgang – ›er‹ heißt Charretier – sind Aimée und Mademoiselle, in Grün. Du weißt ja, in der Anstalt bestehen die Schlafsäle aus zwei Reihen offener Kabinen. Dazwischen liegt ein Gang für die Aufsichtsperson. Und ob du's glaubst oder nicht – Anaïs bringt es fast jede Nacht fertig, zur Charretier zu schleichen, und ist noch nicht ein einziges Mal erwischt worden! Aber das wird noch ein schlechtes Ende nehmen! Wenigstens hoff ich's.«

»Woher weißt du das?«

»Ein Mädel aus Semantran, wo ich her bin, ist gleichzeitig mit Anaïs eingetreten. Angeblich schaut die lange Latte aus wie ein Skelett und findet keine Uniformkragen, die eng genug sind! Denk nur, meine Claudine, dort wird um fünf

Uhr aufgestanden! Da führ' ich doch ein anderes Leben! Bis zehn oder elf liege ich in meinem Bettchen und stehe erst auf, wenn ich meine Frühstücksschokolade getrunken habe! Verstehst du«, fügt sie mit der wichtigen Miene der klugen Bürgersfrau hinzu, »das hilft einem über so manches hinweg!«

Ich höre kaum zu. Meine Gedanken sind in Montigny. Luce kauert zu meinen Füßen wie ein Hündchen.

»Luce, welche Stilübung haben wir bis zum nächstenmal auf?«

»Bis zum nächstenmal?« wiederholt sie lachend. »Einen ›Brief an ein gleichaltriges Mädchen, um es in seinem Vorsatz zu bestärken, den Lehrberuf zu ergreifen‹.«

»Aber nein, Luce, du irrst dich! ›Blickt hinunter, nicht hinauf, und ihr werdet glücklich sein!‹ Das ist das Thema!«

»Aber wo! ›Die Undankbarkeit.‹ Jetzt weiß ich's! ›Erhärten Sie Ihre Beobachtungen durch eine selbsterdachte Anekdote‹.«

»Ist deine Karte fertig?«

»Noch nicht, Alte, ich bin noch nicht dazugekommen, sie zu schraffieren! Da wird's was setzen, denk nur: das Gebirge ohne Konturen, die adriatische Küste erst halb fertig ...«

Ich trällere: »Wir segeln auf der Adria ...«

»Mit allen unsern Netzen«, fährt Luce fort. Darauf beide zusammen, zweistimmig: »Legt an, legt an, und seht den reichen Fang!« Und schon singen wir aus voller Kehle:

»Schnell an Bord! Die Brandung dräut!
Laßt uns länger nicht verweilen!
Unser Kahn, am Strand vertäut,
zerrt schon schwankend an den Seilen.
Kommt, ihr Mädchen, kommt geschwind,

bringt die Netze, bringt die Angeln!
Morgen wird's, trotz Sturm und Wind,
uns gewiß an Fisch nicht mangeln!«

»Erinnerst du dich, Luce? Bei dieser Stelle sang Marie Belhomme regelmäßig eine Terz zu tief, und kein Mensch wußte, warum.

Zehn Tage vorher begann sie schon zu zittern, aber es war hoffnungslos! Refrain!«

»Die Nacht, mild und lang,
verheißt guten Fang.
Über blaue Tiefe
gleiten unsre Schiffe.«

»Achtung, Luce, jetzt kommt die Rückkehr der Fischer!«

»Flundern, Schleien, Kabeljau,
Aale, schlank und silbergrau,
Fisch an Fisch im Netz sich drängt,
reich hat uns die See beschenkt!«

Unsere Ausgelassenheit kennt keine Grenzen, wir singen aus Leibeskräften, klopfen den Takt und überspringen keine einzige Strophe dieser haarsträubenden Romanze. Dann brechen wir in Gelächter aus wie zwei Kinder, die wir noch sind. Dennoch kann ich mich beim Auffrischen dieser alten Erinnerungen einer gewissen Schwermut nicht erwehren. Nicht so Luce. Außer Rand und Band, hüpft sie auf einem Bein, stößt Freudenschreie aus und betrachtet sich dabei wohlgefällig in ihrem dreitürigen Spiegelschrank ...

»Luce, sehnst du dich nie nach der Schule zurück?«

»Nach der Schule? Bist du verrückt? Wenn ich bei Tisch

daran denke, verlange ich ein zweites Glas Champagner und esse Eiscreme, bis ich Bauchweh bekomme! Als Belohnung für die Schulzeit, verstehst du, und um die verlorene Zeit wettzumachen! Und dabei bin ich die Schule noch immer nicht endgültig los!«

Ich folge ihrer mißmutigen Gebärde und bemerke eine kleine tintenbekleckerte Schulbank – sie könnte aus Montigny stammen, mein Wort darauf! –, halb verdeckt von einem zweiteiligen Paravent aus lackiertem, seidenbespanntem Holz. Ich stürze hin, öffne das Pult und finde ein Dutzend Schulhefte, vollgemalt mit Luces gefälliger Handschrift.

»Deine alten Schulhefte, Luce? Wozu?«

»Leider nicht meine alten. Meine neuen! Und wenn du im Badezimmer nachschaust, wirst du meine große schwarze Schulschürze finden!«

»Was soll das heißen?«

»Daß mein Onkel die verrückte Idee hat – du kannst dir nicht vorstellen, meine Claudine«, jammert Luce und streckt die Arme klagend zum Himmel, »wie er mich manchmal schikaniert! Ich muß mir Zöpfe flechten, den alten Kittel anziehen, mich an dieses Pult setzen, und dann diktiert er mir eine Rechenaufgabe oder ein Aufsatzthema ...«

»Nein!«

»O doch! Und nicht zum Spaß! Dann läßt er mich rechnen, schreiben, schwitzen – es ist zum Aus-der-Haut-Fahren! Das erstemal hab' ich nicht wollen. Da ist er wütend geworden und hat in einem fort gesagt, mit funkelnden Augen und einer ganz seltsamen Stimme: ›Du verdienst Züchtigung, und sollst gezüchtigt werden!‹ Da hab ich es mit der Angst zu tun bekommen und mich an die Arbeit gemacht.«

»Deine Fortschritte interessieren ihn also?«

»Gott, es amüsiert ihn, bringt ihn in ... Stimmung. Er erinnert mich an Dutertre. Der las auch immer unsere französischen Aufsätze und steckte uns dabei die Finger in den Halsausschnitt ... Nur war Dutertre viel hübscher als mein Onkel, viel, viel hübscher, das muß ich schon sagen ...«

Und die arme Luce, Schülerin auf Lebenszeit, seufzt kummervoll und tief.

Ich weiß mich nicht zu fassen. Dieses Pseudoschulkind im schwarzen Arbeitskittel dieses alten Magisters, der es über Dezimalbrüche ausfragt ...

»Gestern, zum Beispiel«, fährt Luce fort, und ihr Gesicht verdüstert sich mehr und mehr, »hat er mich angefaucht wie Aimée in Montigny, weil ich ein paar englische Geschichtsdaten durcheinandergebracht habe. Was sagst du dazu, meine Claudine? Mir ist die Geduld gerissen, und ich hab geschrien: ›Englische Geschichte ist schon Oberstufe! Außerdem hängt mir das alles zum Hals heraus!‹ Mein Onkel hat mit keiner Wimper gezuckt, das Buch zugemacht und gesagt: ›Wenn die Schülerin Luce ihr Schmuckstück haben will, muß sie mir die Pulververschwörung aufsagen, und zwar fehlerlos!‹«

»Na, und? Hast du sie fehlerlos aufgesagt?«

»Klar! Die Brosche war es wert! Schau her: echte Topase! Und die Augen der kleinen Schlange sind aus Diamanten!«

»Das ist ja ein hochmoralisches Verfahren, Luce! Wenn du so weitermachst, kannst du noch zur Matura antreten!«

»Wart nur!« sagt sie wütend und ballt die kleine Faust, »das wird mir meine Familie büßen! Außerdem räche ich mich hinterher an meinem Onkel: ich laß ihn fasten! Vorigen Monat war ich vierzehn Tage arbeitsunfähig. Hahaha! Geschieht ihm ganz recht!«

»Dein Onkel muß ein Gesicht gemacht haben!«

»Gesicht? Du bist gut!« kichert Luce, wirft sich in ihren Fauteuil zurück und zeigt zwei Reihen kurzer weißer Zähnchen. Genau so lachte sie seinerzeit in der Schule, wenn Anaïs einen besonders derben Witz oder irgendeine Gemeinheit zum besten gab. Ich vermag ihre Heiterkeit nicht zu teilen, bin befremdet und schockiert. Der fette Mann, auf dessen Kosten sie sich unterhält, scheint mir in diesem Kokottenluxus allzu nahe.

Sieh da! Das reizende Fältchen am Halsansatz bemerke ich zum erstenmal.

»Luce, du wirst dick!«

»Findest du? Ich glaube auch.« Sie kommt näher, kokett und schmeichlerisch. »Schon in Montigny war ich nie dunkel, aber jetzt bin ich noch weißer! Wenn ich nur richtige Brüste hätte! Aber mein Onkel ist mehr für platt. Jedenfalls sind sie runder als bei unseren Busenkonkurrenzen im Wald, erinnerst du dich, Claudine? Willst du sie sehen?«

Sie steht dicht vor mir, zärtlich und erregt, und öffnet behenden Griffs ihr Blüschen, dessen lachsrosa Tönung dem zarten, perlmutterfarbenen Brustansatz einen bläulichen Schimmer verleiht. Das spitzenbesetzte Hemd (Empire, wohlgemerkt!) ist mit rosa Bändern durchzogen.

Luces schwarzbewimperte Meeraugen blicken seltsam, lockend und gewährend.

»Claudine ...«

»Was ist?«

»Nichts ... ich bin so froh, dich wiederzusehen! Du bist noch hübscher als in Montigny – aber noch häßlicher zu deiner Luce!«

Ihre Arme umschlingen meinen Hals. Gott, hab ich Kopfweh!

»Welches Parfum verwendest du?«

»Chypre. Was, ich riech gut? Oh, küß mich doch! Du hast mich erst ein einziges Mal geküßt ... Du wolltest wissen, ob ich mich nicht nach der Schule zurücksehne? Doch, Claudine, ich sehne mich zurück, nach dem kleinen Schuppen, wo wir um halb acht Uhr früh Holz kleingemacht haben, wo ich dich küßte, wo du mich geprügelt hast! Wie viele Hiebe hab ich von dir einstecken müssen, du Garstige! Aber sag, findest du mich nicht hübscher als damals? Ich bade jeden Morgen, wasch mich mindestens ebensooft wie deine Fanchette! Oh, bleib noch, bleib! Ich tu alles, was du willst! Und dann –«, sie flüstert nahe an meinem Ohr, »weiß ich jetzt so viele Dinge –«

»Nein!«

Die Schmeichelkatze spricht noch, als ich sie an den Schultern zurückstoße, so brutal, daß sie gegen den schönen dreiteiligen Kasten taumelt und sich den Kopf anschlägt. Sie bleibt stehen, reibt sich die Stirne und blickt mich fragend an, ungewiß, ob sie weinen solle oder nicht. Ich gehe auf sie zu und versetze ihr eine schallende Ohrfeige, worauf sie in Tränen ausbricht, hochroten Gesichts.

»Was hab ich dir denn getan?«

»Glaubst du, ich begnüge mich mit den Resten eines Alten?« Blindlings setze ich meinen Strohhut auf, renne mir dabei die Hutnadel in den Kopf, werfe die Kostümjacke über den Arm, gehe zur Tür und bin im Vorzimmer, noch ehe Luce weiß, wie ihr geschieht. Halb von Sinnen, sucht sie mich zurückzuhalten.

»Du bist verrückt, Claudine!«

»Ganz und gar nicht, meine Liebe! Ich bin zu altmodisch für dich, das ist alles! Wir zwei – das würde nicht klappen! Mein Kompliment dem Herrn Onkel!«

Und ich eile die Stiege hinunter, schnell, nur schnell, um Luces Tränen zu entfliehen, ihrer offenen Bluse, ihrem weißen Brustansatz. Die Kleine weint laut, beugt sich über das Geländer und ruft mir nach:

»Komm wieder, meine Claudine! Komm wieder!«

Im Freien angelangt, fühle ich dumpfe Kopfschmerzen und jene seltsame Betäubung, die stumpfsinnigen Träumen folgt. Schon sechs Uhr! Die staubträchtige Luft der schmutzigsten aller Städte dünkt mich heute abend wohltuend und lind. Welch ein Erlebnis!

Ach, gäbe es doch ein Erwachen! Käme doch eine kleine Luce in plumpen Holzschuhen, mit widerspenstigem, unter roter Kapuze fürwitzig hervorguckendem Haar und sagte mit kindlichem Lachen:

»Wie dumm von dir, meine Claudine, solches Zeug zu träumen!«

Doch ich erwache nicht. Das ist es eben. Ich sehe nur die andere Luce vor mir, die aufgelöste, in Tränen gebadete. Zugegeben, sie ist weitaus hübscher als die Luce meiner Schulzeit, aber um wieviel weniger rührend! Noch höre ich, wie sie mich zurückruft, angstvoll und beschwörend in ihrem armen, durchschluchzten Dialekt.

Wenn ich es so recht bedenke – warum habe ich die Kleine eigentlich abgeschüttelt, als sie ihre wohlgeformten Arme um meinen Hals schlang? Ich bin wohl sehr spröde geworden in letzter Zeit, oder sehr tugendhaft, um die Wahrheit zu sagen! Schließlich ist es weder das erste Mal, daß mich die unverbesserliche Luce zu versuchen trachtet, noch, daß ich sie prügle. Aber eine Woge der Gefühle hat mich überrannt – Eifersucht, Zorn, Empörung darüber, daß diese Luce, die mich liebte, mich auf ihre Art noch immer anbetet, sich frischfröhlich einem alten Herrn in die Beine geworfen hat (nein, diese Augen eines halbgaren Kalbs?) – und Ekel. Jawohl, Ekel. Ich tue zwar so, als wäre mir nichts

Menschliches fremd, schreie über alle Dächer: »Mir kann man nichts vormachen! Mir nicht! Ich lese alles! Ich verstehe alles! Obwohl ich erst siebzehn Jahre alt bin!« – doch es genügt, daß mich ein Herr in den Hintern zwickt, daß meine kleine Freundin tut, was ich zu lesen pflege, und schon bin ich entsetzt, schon schwinge ich den Regenschirm, schon fliehe ich das Laster mit theatralischer Gebärde. Claudine, Claudine! Im Grunde genommen bist du nichts als ein ganz gewöhnliches, anständiges Mädchen! Marcel würde sich totlachen, wüßte er das!

Mein Autobus schwankt einher, friedlich und vertrauenerweckend. Hopp! Frisch aufgesprungen! Anhalten zu lassen, ist unter meiner Würde. Ein Sprung auf eine Omnibusplattform in vollem Galopp tröstet über so manches hinweg.

Hoffentlich wandelt Papa nicht ausgerechnet heute in der rauhen Wirklichkeit! Dann könnte er meine Abwesenheit ein wenig lang finden. Doch lügen, ihm erzählen, ich hätte den Nachmittag bei Tante Coeur verbracht – nein, das werde ich nicht.

Meine Besorgnis ist unbegründet. Papa schwebt in höheren Regionen. Bei meinem Eintritt wirft er mir einen wilden Blick zu, halb verdeckt von seinem Bart und unzähligen Papieren. Monsieur Maria schreibt lautlos an einem Tischchen, bemerkt mich und zieht heimlich die Uhr. Er macht sich Sorgen um mich, er!

»Da bist du ja!« ruft Papa mit edler Entrüstung. »Und deine Familienpflichten? Seit einer guten Stunde bist du fort!«

Monsieur Maria betrachtet Papa mit schmerzlicher Miene. Er weiß genau, daß ich um zwei fortgegangen bin. Jetzt ist es halb sieben.

»Monsieur Maria, Sie haben Hasenaugen! Fassen Sie das nicht falsch auf, um Gottes willen! Die Hasen haben sehr schöne Augen, schwarz und feucht. Papa, ich habe Tante Coeur nicht angetroffen. Sie war ausgegangen. Dafür bin ich einer kleinen Freundin aus Montigny begegnet. Luce! Du erinnerst dich doch an Luce? Sie wohnt Rue de Courcelles.«

»Luce, natürlich! Deine Kommunionsschwester, die bald heiraten wird.«

»So ungefähr. Natürlich haben wir uns verplaudert.«

»Wirst du sie jetzt öfter besuchen?«

»Nein. Ihre Wohnung gefällt mir nicht.«

»Wie ist ihr Mann? Widerlich, nehme ich an?«

»Keine Ahnung. Ich habe nur seine Photographie gesehen.«

Seit zwei Tagen bin ich nicht mehr ausgegangen, sondern in meinem Zimmer geblieben oder im Bücherwinkel, hinter halbgeschlossenen Fensterläden, die noch immer zuviel Licht, zuviel Hitze hereinlassen. Dieser drohende Sommer macht mir angst. Ich weiß nicht, wohin. Sollte ich wieder krank werden?

Ich lausche den Gewittern und atme nachher die feuchte, elektrizitätsgeladene Luft in vollen Zügen. Ich kann machen, was ich will, mich anlügen, so frech ich mag – die Sache mit Luce hat mich mehr Nervenkraft gekostet, als ich wahrhaben will.

Zu allem Überfluß spricht Mélie, die seit langem darauf verzichtet hat, mich zu verstehen, von Montigny – ausgerechnet von Montigny! – und macht damit nur alles schlimmer. Sie hat die neuesten Lokalnachrichten bekommen.

»Die kleine Koenet hat entbunden.«

»Ah? Wie alt ist sie?«

»Dreizehneinhalb. Ein hübscher Bub, angeblich. Und der Nußbaum trägt heuer sehr gut!«

»Sei still, Mélie, ich werde sie nicht essen!«

»So schöne Nüsse, gelt?«

»Was gibt's noch?«

»Der große Rosenstrauch ist hin (dem neuen Mieter sein Diener hat's mir geschrieben). Raupen. Sie bringen alle um. Müssen die blöd sein!«

»Was sollen sie denn damit machen? Marmelade?«

»Aber wo! Man nimmt einfach eine Raupe, trägt sie in einen andern Garten, nach Moustier, zum Beispiel, und alle andern rennen ihr nach.«

»Ein geniales Mittel! Warum hast du's nicht längst patentieren lassen, Mélie? Deine Erfindung?«

»Woher.« Mélie steckt eine verblichene blonde Haarsträhne unter ihre Haube zurück. »Das kennt ein jeder!«

Und sie geht, mit einem Seitenblick zärtlicher Verachtung.

Heiß ist es in diesem vermaledeiten Paris, heiß, nicht auszuhalten! Es darf nicht heiß sein! Ich will es nicht! Hier herrscht nicht die wohlige, von frischen Winden durchfächelte Hitze Montignys, die man mühelos zu atmen vermochte, sondern eine Schwüle, die mich jeder Kraft beraubt.

So manchen Nachmittag verbringe ich in meinem Zimmer, auf dem Bett ausgestreckt, und vieles, allzu vieles geht mir durch den Sinn: Marcel, der mich vernachlässigt, mein Onkel, der seinen Weibern nachrennt ... er hat mich enttäuscht. Warum war er so gut zu mir, so mitteilsam, ja fast zärtlich? Nur, um mich gleich darauf zu vergessen? Es hätte nur mehr weniger Tage, weniger Worte bedurft, und wir wären einander nahgekommen, oft zusammen ausgegangen. Mit ihm hätte ich selbst Paris gern kennengelernt. Oh, ich grolle diesem bösen, anziehenden Menschen, dem eine Claudine als Freundin wohl nicht genügt.

Die Maiglöckchen auf dem Kaminsims berauschen und betäuben mich. Was habe ich nur? Sehnsucht nach Luce, ja, aber nicht nur das. Mein Herz ist schwer von Heimweh, und ich erinnere mich selbst an jenen lächerlich sentimentalen Kupferstich, der in Mademoiselles Bürosalon hing: »Mignon, sich nach ihrer Heimat sehnend«. Ich, die ich mich von so vielen Dingen geheilt, über so viele erhaben dünkte! Meine Gedanken schweifen nach Montigny zurück. Oh, was möchte ich nicht alles! Einen Arm voller hoher, taufrischer Halme an mich drücken, auf einem sonnendurchglühten Mäuerchen vor Erschöpfung einschlafen, aus Kressenblättern trinken, auf denen das Regenwasser in Quecksilberperlen rollt, am Bachrand Vergißmeinnicht pflücken, nur um des Vergnügens willen, sie dann auf einen Tisch dahinwelken zu sehen, säuberlich geschälten Weidenzweigen den süßen, klebrigen Saft aussaugen, auf Grashalmen flöten, Meiseneier stehlen, die duftenden Blätter wilder Johannisbeersträucher streifen – und all das küssen! Oh, ich möchte einen schönen Baum küssen, einen Baum, der es mir zurückgäbe ...! Gehen Sie spazieren, Claudine! Machen Sie Bewegung!

Ich kann nicht, ich will nicht, ich mag nicht! Viel lieber fiebere ich in meinen vier Wänden. Bilden Sie sich am Ende ein, Ihre Pariser Straßen riechen gut, bei dieser Hitze? Und wem soll ich mein Leid klagen? Marcel? Er würde mich zum Trost in die großen Kaufhäuser führen. Seinem Vater? Der verstünde mich besser ... Aber ich würde es kaum wagen, mich rückhaltlos anzuvertrauen. Seine dunkelblauen Augen, diese schönen, unbequemen, vertrauenerweckenden Augen mit den dunklen, zerknitterten Lidern scheinen so vieles zu erraten; doch kaum sagt ihr Blick: »Sie dürfen mir alles erzählen«, beunruhigt mich das plötzliche Aufblitzen eines Lächelns unter dem silbrig schimmernden Schnurrbart. Und

Papa? Papa arbeitet mit Monsieur Maria. (Schwitzen Sie nicht unter Ihrem Bart, Monsieur Maria? Bei dieser Hitze! Was machen Sie des Nachts? Flechten Sie ihn zu Zöpfchen?)

Schön schaust du aus, Claudine! Wenn ich an voriges Jahr denke ... Dahin ist die unschuldige Freude am Herumtollen, am Klettern, dahin der Ehrgeiz, es Fanchette gleichzutun ... Aber auch Fanchette hat das Tanzen aufgegeben. Ihr Bauch ist schon zu schwer. Mich schmerzt der Kopf. Bauch habe ich Gott sei Dank keinen.

Ich lese, lese, lese. Alles, was mir unter die Finger kommt. Es ist meine einzige Beschäftigung, das einzige Mittel, mir selbst und meiner Umgebung zu entfliehen. Ich habe keine Aufgaben mehr zu machen. Niemand verlangt von mir, in wohlgedrechselten Aufsätzen zu erläutern (mindestens zweimal im Jahr), warum Müßiggang aller Laster Anfang ist. Dafür lerne ich aus erster Hand, wie er deren einige verursacht.

Ich habe Tante Wilhelmine besucht, an ihrem Jour.

Der Omnibus fährt an Luces Wohnung vorüber ... ich fürchtete, ihr zu begegnen. Sie würde vor einer Szene in aller Öffentlichkeit nicht zurückschrecken. Das fehlte mir gerade noch! Meinen Nerven ist ohnedies nicht zu trauen.

Eigentlich hatte Tante Wilhelmine ihren Jour abgesagt: sie leidet furchtbar unter der Hitze. Um so erstaunter war sie, mich zu sehen.

»Tante, mir geht's nicht gut«, sagte ich ohne Umschweife. »Ich möchte nach Montigny zurück. Paris macht mich fertig.«

»Mein liebes Kind, Sie sehen wirklich schlecht aus. Ihre Augen glänzen fiebrig. Warum besuchen Sie mich nicht öfter? Von Ihrem Vater spreche ich nicht, er ist unheilbar.«

»Ich komme deshalb nicht öfter, weil ich schlecht gelaunt und reizbar bin. Ich würde Ihnen Kummer machen! Ich bin es sehr wohl imstande!«

»Ja, das Heimweh, nicht wahr? Eine richtige Krankheit! Wenn wenigstens Marcel hier wäre! Aber der kleine Heimlichtuer hat Ihnen wahrscheinlich nicht erzählt, daß er den heutigen Tag auf dem Land verbringt?«

»Recht hat er! Da sieht er wenigstens etwas Grünes! Aber Sie lassen ihn allein fort, Tante? Beunruhigt Sie das nicht?«

»O nein!« erwidert sie mit ihrem sanften, eintönigen Lächeln, »er ist nicht allein. Sein Freund Charlie hat ihn mitgenommen.«

»Ja, dann!« sage ich und erhebe mich plötzlich. »Dann ist er in guten Händen.«

Kein Zweifel, diese alte Dame ist ein wenig dumm. Auch an ihrer Brust werde ich mich nicht ausweinen. Behalten wir sie also weiter bei uns, diese Seufzer, diese »Klagen eines entwurzelten Baumes«. Ich zapple vor Ungeduld. Tante Wilhelmine hält mich zurück, leicht besorgt.

»Wie wär's, wenn Sie mit meinem Hausarzt sprächen, liebes Kind, einem scharfsinnigen alten Doktor, der mein ganzes Vertrauen besitzt?«

»Danke, nein. Er würde mir raten, mich zu zerstreuen, Besuche zu machen und gleichaltrige Freundinnen zu suchen ... Freundinnen! Sie sind unwürdig!«

Nein, diese schmierige Luce ...

»Adieu, Tante! Wenn Marcel mich besuchen kann, soll es mich freuen.«

Und ich füge hinzu, um meine Ungezogenheit ein wenig zu mildern:

»Er ist meine einzige gleichaltrige Freundin!«

Diesmal läßt mich Tante Coeur widerspruchslos ziehen. Sicher störe ich die Ruhe dieser blinden, zärtlichen Großmutter. Marcel ist viel leichter zu erziehen!

So, so! Sie schwärmen also hinaus, die beiden hübschen

Jungen, suchen die Frische unter den Bäumen! Die Natur stimmt sie zärtlich, und der Widerschein des leuchtenden Grüns läßt ihre Wangen rosiger, Marcels blaue Augen aquamarinfarben erscheinen, erhellt die schwarzen Augen seines Herzensfreundes ... Gott, wär' das lustig, wenn sie sich erwischen ließen! Aber nein, sie sind gerieben, sie tun das nicht zum erstenmal, sie werden sich nicht erwischen lassen. Ich sehe sie nach Paris zurückkommen, mit dem Abendzug, Arm in Arm, ernst und schwermütig. Sicher trennen sie sich mit sprechenden Blicken. Und ich? Ich werde sein wie jetzt – allein – allein –

Pfui über dich, Claudine! Schluß mit den Jeremiaden, mit der fixen Idee des Alleinseins, der panischen Angst vor der Einsamkeit!

Allein, ganz allein! Claire heiratet – ich bleibe allein.

Gott, meine Teure – du wolltest es ja! Bleib allein, samt deiner Tugend!

Ja, ich bin ein armes, trauriges, kleines Mädchen, das sich abends an den weichen Pelz Fanchettes flüchtet, um dort seine heißen Lippen, seine dunkel umschatteten Augen zu verbergen. Aber ich schwöre Ihnen – mein Zustand ist nicht die banale Nervosität eines Mädchens, das einen Mann braucht, kann's nicht sein. Mir fehlt viel, viel mehr als nur ein Mann ...

Marcel ist erschienen, in einem grauen Anzug, dessen Farbe dazu angetan ist, Turteltauben noch zärtlicher zu stimmen. Dazu trägt er eine bizarre goldfarbene Krawatte aus Crêpe de Chine. Sie windet sich um den weißen Kragen, von dem nur mehr ein schmaler Strich zu sehen ist, kunstvoll drapiert und mit perlenbesetzten Krawattennadeln zurechtgesteckt wie ein Damenschleier. Ich beglückwünsche ihn zu dieser Kreation.

»Schöner Ausflug, Sonntag?«

»Ah! Großmutter hat Ihnen also erzählt? Diese Großmutter! Sie wird mich noch kompromittieren! Ja, herrlicher Ausflug! Ein Wetter!«

»Und ein Freund!«

»Ja«, sagt er versonnen. »Ein Freund, so strahlend wie das Wetter.«

»Also neuerliche Flitterwochen?«

»Warum ›neuerliche‹, Claudine?«

Er ist entspannt, zärtlich ... sieht müde aus, aber unendlich reizvoll mit seinen bläulich umschatteten Veilchenaugen. Scheint er nicht jedes Geständnisses, jeder Hingabe fähig?

»Erzählen Sie!«

»Vom Ausflug? Da gibt's nichts zu erzählen! Mittagessen in einem Wirtshaus am Wasser, wie zwei ...«

»Verliebte.«

Ohne zu protestieren, fährt er fort:

»Wir haben Heurigen getrunken, pommes frites gegessen und dann – weiter sage ich nichts, nichts – das Schlendern über die schattigen Wiesen – ich weiß nicht, was Charlie an diesem Tag hatte, wirklich –«

»Er hatte Sie. Das ist alles.«

Marcel, von meiner Antwort überrascht, wirft mir einen schmachtenden Blick zu.

»Wie seltsam Sie aussehen, Claudine! Ihr Gesichtchen ist schmal und angespannt, reizend, nebenbei bemerkt. Ihre Augen sind größer als sonst. Sind Sie krank?«

»Nein, ja – ich habe Kummer. Kummer, den Sie nicht verstehen würden ... Doch etwas anderes ist geschehen, das Sie verstehen könnten: ich habe Luce wiedergesehen.«

»Ah!« ruft er, »wo ist sie?«

»Hier. Sie ist nach Paris übergesiedelt.«

»Deshalb also ... deshalb sehen Sie so müde aus, Claudine! Oh, Claudine! Was muß ich tun, damit Sie mir alles erzählen?«

»Nichts, Die Sache ist bald erzählt. Ich habe Luce zufällig getroffen. Jawohl zufällig. Sie hat mich nach Hause mitgenommen. Teppich, Stilmöbel, ein Kleid um dreißig Louis – da schauen Sie, was?« lache ich, angesichts seines halbgeöffneten Mündchens. Er sieht aus wie ein staunendes Baby. »Und dann ... Gott, dann war sie wieder die alte, zärtliche, allzu zärtliche Luce, die mich umschlang und mit ihrem Parfum halb betäubte, die allzu vertrauensselige Luce, die mir alles erzählte ... Marcel, mein lieber Freund, sie lebt hier in Paris, als Geliebte eines älteren Herrn.«

»Oh!« ruft er, ehrlich entrüstet, »wie schmerzlich für Sie!«

»Weniger, als ich dachte. Aber ein bißchen schon ...«

»Meine arme kleine Claudine!« sagt er und wirft seine Handschuhe auf mein Bett, »ich verstehe so gut ...«

Zärtlich, brüderlich legt er den Arm um meine Schulter und drückt mit der andern mein widerstrebendes Haupt an seine Brust. Sind wir rührend oder lächerlich? Diese Frage kommt mir erst viel später. Er faßt mich um den Hals, wie Luce neulich, er duftet wie sie, nur feiner, und wenn ich aufblicke, sehe ich seine halbgeschlossenen, blondbewimperten Augen ... Wie? Soll ich die Nervosität all der letzten Wochen an dieser Stelle in Schluchzen entladen? Nein! Er würde meine Tränen trocknen, voll heimlicher Angst, sie könnten am Ende sein wohlgeschnittenes Jackett befeuchten. Hopp, Claudine! Ein fester Biß in die eigene Zunge – wie oft hat dich dieses unfehlbare Mittel schon vor unerwünschten Tränen bewahrt ...

»Mein kleiner Marcel, Sie sind lieb! Es tut gut, Sie zu sehen.«

»Sagen Sie nichts! Ich verstehe so gut! Gott! Wenn Charlie mir so etwas antäte ...«

Das Blut steigt ihm in die Wangen. Er trocknet seine Schläfen, erhitzt von selbstsüchtiger Erregung. Ich finde seine Worte so komisch, daß ich in Gelächter ausbreche.

»Gewiß, Sie sind nervös. Gehen wir aus, ja? Es hat geregnet, und die Temperatur ist durchaus erträglich.«

»Ja, gehen wir aus! Das wird mir guttun!«

»Sagen Sie mir noch eines: hat sie gedrängt? Gefleht?«

Er bedenkt keinen Augenblick, wie schmerzlich seine Beharrlichkeit wahrem Kummer wäre. Er sucht – was nur? Empfindungen spezieller Art.

»Ja, sie hat gedrängt. Ich bin davongelaufen, um sie nicht länger zu sehen – sie war in Tränen aufgelöst, und unter der halboffenen Bluse schimmerte die weiße Haut hervor – nicht länger hören zu müssen, wie sie mir über die Stiege nachrief, wiederzukommen ...«

Mein »Neffe« atmet rascher. Der Pariser Frühsommer scheint entnervend zu wirken.

Ich verlasse Marcel einen Augenblick, setze meinen vielgeliebten Strohhut auf und komme zurück. Mein »Neffe« betrachtet den Hof, die Stirn an die Scheiben gedrückt.

»Wohin gehen wir?«

»Wohin Sie wollen, Claudine ... nirgends im besonderen ... kalten Tee mit Zitrone trinken, das wird uns erfrischen. Sagen Sie ... Sie werden sie nicht wiedersehen?«

»Niemals«, erwidere ich kurz angebunden.

Tiefer Seufzer meines Gefährten. Tolerantere Eifersucht wäre ihm wahrscheinlich willkommener, von wegen der Anekdoten. »Wir müssen Papa sagen, daß wir ausgehen. Kommen Sie.«

Papa, glücklich und zufrieden, geht mit langen Schritten in seinem Zimmer auf und ab und diktiert Monsieur Maria endlose Sätze. Der Sekretär hebt den Kopf, betrachtet erst mich, dann meinen »Neffen« und wird sichtlich unwirsch. Mein edler Vater verachtet Marcel von der ganzen Höhe seiner breiten Schultern, die, nebenbei bemerkt, in einem taillierten Rock stecken, dessen Taschen durchgerissen sind. Marcel vergilt Gleiches mit Gleichem, zeigt sich aber äußerst ehrerbietig.

»Geht nur, Kinder. Bleibt nicht zu lange fort und hütet euch vor Zugluft! Jetzt bläst oft ein kalter Wind. Bring mir Kanzleipapier mit, Claudine, das größte, das du auftreiben kannst, und ein Paar Socken.«

»Ich habe erst heute früh drei Dutzend Bogen Kanzleipapier gekauft«, sagt Monsieur Maria mit sanfter Stimme, ohne die Augen von mir abzuwenden.

»Ach so. Man kann allerdings nie genug Kanzleipapier kaufen –«

Wir gehen. Während wir das Vorzimmer durchqueren, höre ich, wie mein Vater eine Jagdfanfare schmettert:

»Könnt'st du mein Dingsda sehn,
so wär's um dich geschehn!
Wie eine Artischocke,
so rosig ist's und schön!«

»Mein Großonkel hat ja nette Gesänge auf Lager!« staunt Marcel.

»Das kann man wohl sagen. Er und Mélie verfügen über ein ziemlich reichhaltiges Repertoire. Was mich immer gewundert hat, ist dieses ›rosa wie eine Artischocke‹. Rosa Artischocken sind eine unbekannte Spezies – zumindest in Montigny.«

Raschen Schritts entfliehen wir der stinkenden Rue Jacob, der verpesteten Rue Bonaparte. Auf den Quais kann man wieder atmen. Aber der Maiduft mischt sich hier mit Asphalt- und Kreosotgeruch. O Gott!

»Wohin gehen wir?«

»Ich weiß noch nicht. Sie sind heute ganz besonders hübsch, Claudine! Ihre Marylandaugen haben etwas Unruhiges, Bittendes, das ich bisher noch nie bemerkte.«

»Danke.«

Auch ich bin mit meinem Äußeren zufrieden. Die Auslagenscheiben bestärken mich in dieser Ansicht, selbst die ganz schmalen, die mir beim Vorübergehen nur ein Auge, eine Wange entgegenspiegeln. O wetterwendische Claudine! Du, die du den Verlust deiner langen Haare so beweintest, hast heute morgen drei Zentimeter deiner kurzen abgeschnitten, um die Haartracht des »lockigen Hirten« – ein Ausdruck meines Onkels – beizubehalten. Tatsache ist, daß keine Frisur meinen übergroßen Augen und dem spitzen Kinn vorteilhafter anstünde.

Wir werden viel beachtet, Marcel nicht minder als ich. Im hellen Tageslicht ist er allerdings kein idealer Begleiter. Er lacht laut, kokettiert mit seinem eigenen Spiegelbild, knickt dabei in der Hüfte ein und senkt die Lider, wenn ihn ein Mann betrachtet. Nein, sein Benehmen begeistert mich ganz und gar nicht.

»Claudinette, gehen wir auf den Boulevard Haussmann, Tee trinken? Wollen Sie? Haben Sie Lust, über die Boulevards zu gehen, rechts von der Avenue de l'Opéra? Das ist amüsanter.«

»Die Straßen von Paris haben mich zwar noch nie amüsiert, aber bitte ... Sie sind eben, eben, nichts als eben – nie geht's hinauf, nie hinunter ... Sagen Sie, wissen Sie zufällig, ob Ihr Vater schon zurück ist?«

»Er hat es mir nicht mitgeteilt, meine Teure. Papa geht sehr viel aus, Journalismus, Ehren- und Liebeshändel. Lassen Sie sich sagen, daß mein Vater den Frauen äußerst zugetan ist, und umgekehrt«, fügt er hinzu, etwas zu langsam und mit jenem säuerlichen Ton, den er immer annimmt, wenn er von meinem Vetter, dem Onkel, spricht. »Das überrascht Sie?«

»Durchaus nicht. Einer von zweien – das ist nicht zuviel für die Familie.«

»Sie sind nett, wenn man Sie ärgert, Claudine.«

»Mein kleiner Marcel – glauben Sie im Ernst, daß es mir etwas ausmacht?«

Ich muß zeigen, daß ich mich aufs Lügen verstehe, muß den Ärger, das Unbehagen verbergen, das mir seine Bemerkungen verursacht haben. Doch im stillen spiele ich mit dem Gedanken, meinem Vetter, dem Onkel, mein Vertrauen zu entziehen. Ich liebe es nicht, meine Geheimnisse jemandem anzuvertrauen, der sie am nächsten Tag bei seinen »Weibern« vergißt. Ist es nicht empörend, daran zu denken? Ich kann mir lebhaft vorstellen, wie dieser Onkel zu seinen »Weibern« redet: mit derselben verschleierten, verführerischen Stimme, die mir hundert zärtliche Liebenswürdigkeiten zu sagen wußte. Wenn seine Weiber Kummer haben, nimmt er sie dann vielleicht auch bei den Schultern? Streichelt er sie dann auch so wie mich vor drei Wochen?

Claudines unangebrachter Zorn äußert sich in einem Rempler in die Hüfte einer dicken Dame, die den Weg versperrt.

»Claudine! Was fällt Ihnen ein?«

»Ruhe!«

»Pfui, was für ein Charakter! – Verzeihen Sie, Claudine! Ich vergaß, daß Sie Kummer haben. Ich weiß, woran Sie denken ...«

Er ist noch immer bei Luce. Dieser Irrtum gibt mir ein wenig von meiner guten Laune wieder, und ich komme mir vor wie ein lockeres Frauenzimmer, das eine vom Liebhaber erfahrene Kränkung an der Brust des Gatten ausweint.

In Gedanken vertieft, die wir wohlweislich bei uns behalten, erreichen wir das Vaudeville-Theater. Plötzlich raunt eine Stimme hinter mir, die ich hörte, noch ehe sie zu sprechen begann:

»Sieh da, die Musterkinder!«

Ich fahre herum, wilden Blicks und widerspenstig. Mein Vetter, der Onkel, beginnt schallend zu lachen. Er steht vor mir, neben einem Herrn, den ich als den Konzert-Maugis wiedererkenne. Dem dicken, rosigen Maugis ist sichtlich heiß. Er trocknet seine Stirne und begrüßt mich mit einem übertriebenen Respekt, dessen unverhohlene Frotzelei nicht dazu angetan ist, mich zu besänftigen.

Ich betrachte Onkel Renaud, als sähe ich ihn zum erstenmal. Die kurze, leicht gekrümmte Nase kenne ich, auch den silbrig schimmernden Schnurrbart. Der Ausdruck der tiefen, müden Augen jedoch scheint mir neu. Und dieser Mund – noch nie habe ich bemerkt, wie klein er ist. Feine Nähte durchziehen die zerknitterten Schläfen bis zu den Augenwinkeln, doch das mißfällt mir ganz und gar nicht. Pfui, der elende Schürzenjäger, der geradewegs von seinen »Weibern« kommt! Ich mustere ihn so feindselig, daß sich der widerspenstige Maugis nicht enthalten kann, mit vorgerecktem Kinn zu sagen:

»Diesem Gesicht würde ich die Nachspeise entziehen – ohne weitere Formalitäten!«

Ich werfe ihm einen mörderischen Blick zu, worauf sich die blauen Kugelaugen und die gebogenen Brauen plötzlich einer so übertriebenen, öligen Ausdruckslosigkeit befleißigen, daß ich ihm ins Gesicht lache – ohne weitere Formalitäten.

»Diese alten Damen!« bemerkt der entsetzliche Onkel

achselzuckend. »Für nichts und wieder nichts fangen sie zu lachen an ...« Ich spreche kein Wort, schaue ihn nicht an ...

»Marcel, was hat deine Freundin? Habt ihr euch gezankt?«

»Nein, Vater. Wir sind die besten Freunde. Aber«, fügt er mit diskret-informierter Miene hinzu, »ich glaube, Claudine hat diese Woche Kummer gehabt.«

»Machen Sie sich keine Sorgen!« beeilt sich Maugis einzuwerfen, »kaputte Puppen kann man ohne weiteres reparieren lassen! Ich weiß ein Geschäft, wo die Köpfe so geschickt angeklebt werden, daß kein Mensch etwas merkt! Berufen Sie sich auf mich, dann kriegen Sie fünf Prozent Rabatt.«

Nun ist es an meinem Onkel, mich zu betrachten, als sähe er mich zum erstenmal. Er winkt Marcel an seine Seite, ziemlich gebieterisch, und die beiden wechseln einige Worte. Mittlerweile bleibe ich dem rundlichen Maugis überlassen, der mich nach Kräften unterhält, niemals vornehm, doch zuweilen lustig.

»Der Ephebe, dessen Tante Sie sich nennen, ist heute in großer Form!«

»Ja. Er erregt weit mehr Aufsehen als ich! Zum Glück bin ich nicht eifersüchtig!«

»Wie vernünftig!«

»Und was sagen Sie zu seiner Krawatte? Ist sie nicht ein Gedicht? Allerdings paßt sie eher für eine Frau.«

»Aber, aber! Sie werden ihm doch nicht vorwerfen, etwas Weibisches an sich zu haben?« tadelt Maugis versöhnlich.

»Und wie sein Anzug sitzt! Wie angegossen!«

Marcel wird doch seinem Vater nicht etwa von Luce erzählen? Er würde es nicht wagen – wird gut daran tun, es nicht zu wagen!

Kein Grund zur Besorgnis: mein Onkel würde anders blikken.

»Claudine«, sagt er und kommt näher, »eigentlich wollte ich euch beide nächsten Sonntag ins Theater führen, zu ›Blanchette‹. Aber was soll ich tun, wenn Sie schmollen? Allein gehen?«

»Nein. Ich komme mit.«

»Samt Ihrer schlechten Laune?«

Er schaut mir in die Augen, und ich – gebe nach.

»Nein, ich werde nett sein. Aber heute geht's mir schlecht.«

Er blickt mich noch immer an, sucht den Grund meiner üblen Laune zu erraten. Ich drehe und wende den Kopf wie Fanchette vor der lockenden Milchtasse, der sie dennoch fernbleibt.

»Dann also adieu, ihr lieben Kleinen! Wo geht ihr denn hin?«

»Kalten Tee trinken, Vater.«

»Immer noch besser als ins Kaffeehaus«, murmelt der zerstreute Maugis.

»Hören Sie, Claudine«, sagt mein Onkel unter vier Augen, »ich finde, Marcel gewinnt unendlich, seitdem er Ihr Freund ist, und ich glaube, kleines Mädchen, daß Sie ihm sehr heilsam sind! Dafür dankt Ihnen sein alter Vater!«

Ich lasse mir von den beiden Männern die Hand schütteln, und wir kehren ihnen den Rücken. Heilsam meinem »Neffen«? Daß ich nicht lache! Zur Moralpredigerin habe ich kein Talent! Marcel heilsam? Gott, wie dumm sind intelligente Männer!

Wir haben kalten Tee mit Zitrone getrunken, doch meinem Neffen war ich zu »düster«. Ich bin eben nicht so amüsant wie Charlie. Außerdem scheint es mir klar, daß ich Zerstreuungen anderer Art zu bieten habe. Tut mir leid!

Es ist Abend. Wir haben eben genachtmahlt. Ich lese, unaufmerksam, geistesabwesend. Papa raucht und trällert zügellose Liedchen, Mélie streicht in der Wohnung herum und wägt ihre Brüste. Die Katze, zu riesiger Größe aufgebläht, hat jede Nahrung verweigert und schnurrt ohne ersichtlichen Grund, mit allzu rosiger Nase und heißen Ohren.

Ich gehe spät zu Bett, bei weitgeöffnetem Fenster und geschlossenen Läden nach gewissenhafter Erfüllung des allabendlichen Zeremoniells: Bad in lauem Wasser, Entkleidungs- und Betrachtungsszene vor dem Spiegel, Geschmeidigkeitsübungen. Ich bin müde und erschöpft ... Meine Fanchette liegt keuchend in ihrem Korb, auf der rechten Flanke, schauert zusammen und lauscht ihrem riesenhaften Bauch. Ich glaube, der große Augenblick ist nicht mehr fern.

Er ist sogar schon da! Kaum habe ich meine Lampe ausgeblasen, treibt mich ein verzweifeltes »Mooooh!« wieder aus den Federn. Ich entzünde das Licht von neuem und laufe bloßfüßig zu meiner armen Schönen, die keuchend atmet, die heißen Pfoten gebieterisch auf meine Hand gestemmt, und mich aus herrlich geweiteten Augen starr anblickt. Sie schnurrt wie ein durcheinandergeratenes Uhrwerk. Plötzlich krallen sich die Pfoten tief in meine Haut. Neuerliches gepeinigtes »Moooooh!« Soll ich Mélie rufen? Kaum suche ich mich zu erheben, springt auch Fanchette auf, wie von Sinnen. Ich kenne das: sie hat Angst. Also bleibe ich. Es ekelt mich zwar ein wenig, aber ich werde wegschauen.

Ruhe vor dem Sturm, etwa zehn Minuten. Dann spitzt sich die Lage zu. Wütendem Knurren (frrrr, frrrrr) folgt entsetzliches Schreien (mooooh, moooooh), Fanchettes Augen treten aus den Höhlen, sie verfällt in fürchterliche Zuckungen, und ... ich wende den Kopf ab. Neuerliches Schnurren und Bewegung im Körbchen lehren mich, daß es Nachkommenschaft gibt. Aber ich weiß nur zu gut, daß es das arme Tier niemals bei einer einzigen Auflage bewenden läßt. Das Schreien beginnt von neuem, eine verzweifelte Pfote gräbt sich in meine Hand, ich halte den Kopf hartnäckig abgewendet. Endlich, nach der dritten Wiederholung, tritt endgültig Ruhe ein. Fanchette ist leer. Ich laufe im Nachthemd in die Küche, Milch zu holen, und lasse mir absichtlich Zeit, um Fanchette Gelegenheit zu geben, allerlei in Ordnung zu bringen. Als ich mit dem Teller zurückkomme, strahlt meine arme erschöpfte Schöne bereits als »glückliche Mutter«. Ich glaube, jetzt kann ich einen Seitenblick wagen ...

An Fanchettes milchweiß-rosigem Bauch saugen und wogen drei winzige Kätzchen, drei graue, schwarzgestreifte Schneckchen, drei appetitliche Blutegel. Der Korb ist peinlich sauber. Diese Fanchette versteht's, wie durch Zauberei zu entbinden! Noch getraue ich mich nicht, die glänzenden, von Kopf bis Schwanz geleckten Kleinen zu berühren, wenngleich mich die Mutter mit ihrer armen, brüchigen Stimme auch einlädt, sie zu bewundern, zu liebkosen ... Morgen werden wir eines auswählen, die beiden andern jedoch ertränken müssen. Wie immer wird Mélie die Vollstreckerin des grausen Werkes sein. Dann aber kann ich wochenlang zusehen, wie Fanchette, diese eigenwillige Mutter, ihren gestreiften Kleinen im Maul herumschleppt, mit den Pfoten in die Luft wirbelt und sich in unverbesserlicher Naivität darüber wundert, daß ihr der zwei Wochen alte Sohn nicht mit kühnem Sprung auf den Kaminsims folgt oder auf das oberste Bücherregal.

Träume, stumpfsinnig und verrückt, durchgeistern die verkürzte Nacht. Seit einiger Zeit träume ich viel ...

Mélie hat sämtliche locker sitzenden Tränen ihrer zärtlichen Seele vergossen, als sie den Auftrag erhielt, die beiden Kinder Fanchettes zu ersäufen. Es galt, eine Wahl zu treffen, die Geschlechter zu unterscheiden. Solange die Kätzchen so winzig sind, kenne ich mich nicht aus, und es scheint, daß diesbezüglich auch gescheitere Leute irren. Mélie hingegen ist unfehlbar. Ein Kätzchen in jeder Hand, wirft sie einen Kennerblick auf die richtige Stelle und erklärt: »Das ist der kleine Kater. Die andern zwei sind Katzen.«

Worauf ich Fanchette, die aufgeregt winselnd am Boden kauerte, den Auserwählten zurückgab. »Schnell, trag die beiden andern fort, damit sie nichts merkt.« Dennoch hat Fanchette festgestellt, daß etwas fehlt. Sie kann bis drei zählen, ist aber, unbeschadet ihrer sonstigen Qualitäten, eine recht mittelmäßige Mutter: nachdem sie ihr Kätzchen rüde um und um gewendet hat – wahrscheinlich, um nachzusehen, ob die zwei anderen nicht darunter stecken –, findet sie sich mit ihrem Schicksal ab und wird ihren Sohn dafür doppelt so oft lecken. Das ist alles.

Wie lange noch bis Sonntag? Vier Tage. Sonntag gehe ich ins Theater, mit Marcel und meinem Onkel. Das Theater ist mir einerlei. Mein Onkel nicht. Mein Onkel, mein Onkel! Wie dumm von mir, ihn so zu nennen! »Mein Onkel!« Das erinnert mich an dieses Scheusal von kleiner Luce, der es gar nichts ausmacht, einen alten Herrn Onkel zu nennen, den sie ... Wer ist denn meiner? Niemand anders als der Witwer einer Cousine, die ich nie gesehen habe ... Cousin heißt das auf gut französisch, oder »Renaud« ... ja, das ist noch besser, verjüngt ihn, klingt gut ... Renaud!

Wie rasch er neulich meinen Widerstand brach! Feigheit war es bei mir, reine Feigheit, keine Höflichkeit! Gehorchen, gehorchen – nie gekannte (gekostete, wollte ich fast sagen) Demütigung. Gekostet, jawohl. Habe ich nicht aus purer Perversität nachgegeben? In Montigny hätte ich mich eher in Stücke reißen als zwingen lassen, die Klasse auszukehren, wenn es mir nicht paßte, und wenn ich zehnmal eingeteilt war. Wäre es aber Mademoiselle gegeben gewesen, mich mit graublauen Augen à la Renaud anzublicken, fest und unbeirrt, hätte ich vielleicht öfter gehorcht, so wie neulich, da eine niegefühlte, übermächtige Schlaffheit meine Glieder ergriff ...

Zum erstenmal entlockt mir der Gedanke an Luce ein Lächeln. Gutes Zeichen. Wie fern ist sie mir schon, die Kleine, die auf einem Bein tanzte, während sie davon sprach, ihre Mutter krepieren zu lassen. Gott, sie versteht's eben nicht besser, dieses kleine flaumige Tier.

Noch zwei Tage bis Sonntag. Marcel wird kommen. Nicht, daß mich dieser Gedanke über die Maßen begeisterte. Neben seinem Vater ist er nichts als ein rosiger, blonder Klotz – ein feindseliger, obendrein. Einzeln sind sie mir lieber, Renaud und er.

Meinem Seelenzustand – warum soll nicht auch ich einen Seelenzustand haben? – fehlt es an der nötigen Klarheit. Ich fühle mich wie jemand, dem in Bälde ein ungeheurer Rauchfang auf den Kopf fallen soll, und lebe in Erwartung des unvermeidlichen Aufpralls, unruhig und gespannt. Ob ich die Türe eines Schranks öffne, ob ich um eine Straßenecke biege, ob die Morgenpost eintrifft, die mir nie etwas bringt – bei den unbedeutendsten Handlungen halte ich den Atem an und frage mich angstvoll:

»Jetzt?«

Ich mag das Gesichtchen des kleinen Schneck ansehen, solange ich will – (»Schneck« wird das Kätzchen heißen, sowohl in Anbetracht seiner schönen Streifen, als auch, um Papa Freude zu machen) – dieses zarte, verschlossene Dreieck, das von feinen, an der Nase zusammenlaufenden Linien gezeichnet ist wie das Antlitz eines schwarz-gelben Stiefmütterchens –, die Augen werden sich erst in neun Tagen öffnen. Kann man nichts machen. Ich gebe der weißen Fanchette das Prachtkind zurück, nebst tausend Komplimenten, und schon wäscht sie es auf das sorgfältigste. Nein, ihre ganze Liebe zu mir täuscht nicht darüber hinweg, daß ich im Grunde nach parfümierter Seife stinke.

Ein Ereignis! Ein schwerwiegendes Ereignis! Der gefürchtete Rauchfang? Zweifellos. Wie kommt es aber, daß die unbestimmte Furcht der letzten Tage unverändert andauert? Ich habe noch immer einen »kleinen Magen«, wie's bei uns heißt.

Hören Sie:

Heute vormittag um Punkt zehn Uhr, als ich mich gerade hartnackig mühte, Schneck an eine andere Zitze Fanchettes zu gewöhnen (er saugt immer an ein und derselben, und ich fürchte für die Schönheit meines Lieblings, ungeachtet aller Versicherungen Mélies), betritt Papa mein Zimmer, hoch aufgerichtet und feierlich. Sie meinen, seine Feierlichkeit habe mich beunruhigt? Weit gefehlt. Was mir den Atem verschlug, war die Tatsache, Papa mein Zimmer betreten zu sehen. Das tut er sonst nur, wenn ich krank bin.

»Komm einen Augenblick zu mir.«

Ich folge ihm in die Bibliothek, mit der sanften Fügsamkeit der neugierigen Tochter. Dort finde ich Monsieur Maria um zehn Uhr vormittags. Handschuhe und einen neuen Gehrock? Das übersteigt mein Fassungsvermögen.

»Mein Kind«, beginnt mein edler Vater ebenso würde- wie salbungsvoll, »dieser wackere junge Mann möchte dich heiraten.
Laß dir vor allem sagen, daß sein Vorschlag meine ganze Billigung besitzt.«

Ich lausche gespannt, jedoch so verdattert, daß ich in aller Aufrichtigkeit nur das einfältige Wort »Was?« hervorbringe.

Ich schwöre Ihnen, ich habe wirklich nicht verstanden! Papa hingegen verliert ein wenig von seiner Feierlichkeit, bewahrt jedoch seine ganze Würde.

»Alle Teufel! Ich rede deutlich genug, daß du auf Anhieb verstehen könntest! Monsieur Maria, dieser nette junge Mann, will dich heiraten, auch in einem Jahr, falls du dir jetzt noch zu jung vorkommen solltest. Ich vergesse langsam, wie alt du bist – nach all den Jahren(!) –, und habe ihm gesagt, daß du zirka vierzehneinhalb sein mußt, aber er behauptet, du wirst langsam achtzehn. Er muß es besser wissen. So. Und wenn du ihn nicht willst, so bist du verflucht anspruchsvoll, tausend Ferkel!«

Jetzt schlägt's dreizehn! Ich werfe einen Blick auf Monsieur Maria, der unter seinem Bart erbleicht und mich aus langbewimperten Tieraugen wortlos betrachtet. Ich bin aufgeregt und stürze zu ihm, ohne genau zu wissen, weshalb, einer plötzlichen Eingebung folgend.

»Wie! Was! Ist das wahr, Monsieur Maria? Sie wollen mich heiraten? Ohne Spaß?«

»Oh! Ohne Spaß!« stöhnt er leise.

»Mein Gott! Wie nett von Ihnen!«

Fröhlich schüttle ich seine beiden Hände. Er wird glutrot – Sonnenuntergang, durch Gestrüpp bewundert – und stammelt: »Sie – Sie sagen also ja, Mademoiselle?«

»Ich? Aber nie im Leben!«

Ah! Ich habe Taktgefühl wie ein Kilo Dynamit. Monsieur Maria schnappt nach Luft und vermeint wahnsinnig zu werden.

Papa hält es für angebracht einzugreifen:

»Wirst du uns noch lange zum Narren halten? Was soll denn das heißen? Erst fällst du ihm um den Hals, dann schickst du ihn zum Teufel? Was sind das für Manieren?«

»Aber, Papa, ich will Monsieur Maria nicht heiraten, das ist sonnenklar! Ich finde es nett, oh! riesig nett von ihm, mich einer so – so ernstzunehmenden Aufmerksamkeit für würdig zu erachten, und dafür danke ich ihm. Aber heiraten will ich ihn nicht, nein, ganz und gar nicht!«

Monsieur Maria macht eine arme, bittende Gebärde und schweigt. Er dauert mich.

»Herr der Heerscharen!« brüllt Papa. »Warum willst du ihn nicht heiraten, zum Teufel?«

Warum? Ich zucke die Achseln, mit ausgestreckten Händen. Weiß ich's? Ebensogut könnte man mir vorschlagen, Rabastens zu heiraten, den schönen Hilfslehrer aus Montigny. Warum?

Aus dem einzigen, stichhaltigen Grund der Welt – weil ich ihn nicht liebe.

Papa, außer sich, schleudert mir eine Serie von Flüchen an den Kopf, auf deren Aufzeichnung ich besser verzichte. Die Wände widerhallen. Ich warte das Ende ab und sage:

»Oh! Papa! Willst du mir Kummer machen?«

Das genügt. Der Unbeugsame lenkt ein:

»Kummer? Nein, zum Teufel. Außerdem kannst du dir's noch überlegen, deine Meinung ändern. Nicht wahr, Sie, sie kann sich's noch überlegen? Das wär mir sogar verdammt recht! Ich hätte Sie dann dauernd im Haus, und wir würden was weiterbringen! Aber für heute ist es mehr als genug. Du willst also nicht? Dann mach, daß du weiterkommst! Wir haben zu arbeiten!«

Monsieur Maria weiß genau, daß ich es mir nicht überlegen werde. Er fingert an seiner Lederaktentasche, sucht seinen Federhalter, ohne ihn zu sehen. Ich trete näher:

»Sind Sie mir böse, Monsieur Maria?«

»Oh! Nein, Mademoiselle. Böse nicht ...«

Eine jähe Heiserkeit hindert ihn daran weiterzusprechen. Ich entferne mich auf Zehenspitzen. Im Salon angelangt, tanze ich die »Chieuvre«. Juchhe! Man hat um meine Hand angehalten! Man findet mich hübsch genug, ungeachtet meines kurzen Haars, um mich heiraten – hei-ra-ten! – zu wollen, und dieser junge Mann ist normal, klug und gesetzt, kein pathologischer Fall. Ergo können auch andere ... Genug getanzt, denken wir weiter.

Mein Leben wird schwierig. Das Gegenteil zu behaupten, wäre kindisch. Der Rauchfang rückt in beängstigende Nähe. Bald wird er auf meinen brummenden Schädel herniedersausen, ich spüre es immer deutlicher, wohltätig oder furchtbar – aber fallen wird er. Nein, ich fühle nicht das geringste Bedürfnis, meinen Zustand jemandem anzuvertrauen, werde weder Claire, der glücklichen Claire, schreiben: »Teure Gespielin meiner Kinderzeit, er naht, der entscheidende Augenblick, ich fühl's, mein Herz und mein Leben werden gemeinsam erblühen«, noch werde ich mich an Papa wenden: »Oh, mein Vater, welch süße Last bedrückt und entzückt meine Seele? Erleuchte meine Unwissenheit ...« Er würde ein Gesicht machen, mein armer Papa ... Ich sehe ihn seinen dreifarbigen Bart raufen, höre sein verdattertes Gemurmel:

»Diese Gattung ist mir noch nie untergekommen!«

Schon recht, Claudine, schon recht! Gib nur an! Im

Grund brauchst du dir nichts einzubilden! Du irrst in der großen Wohnung herum, vernachlässigst den guten alten Balzac, bleibst träumerisch-abwesenden Blicks vor dem Spiegel stehen und betrachtest das hochaufgeschossene schlanke Mädchen im dunkelblauen Sergerock und der gefältelten roten Seidenbluse, das dir daraus entgegenblickt, die Hände auf dem Rücken verschränkt – die hat kurzes, grobgelocktes Haar, mandelförmige Augen, ein schmales Gesicht mit matten Wangen –, und findest Gefallen an dieser jungen Dame, wenn du auch tust, als sei dir ihr Aussehen gleichgültig ... Zwar ist ihre Schönheit nicht von der Art, die den ersten besten entzückt, doch ... wir verstehen uns! Wer sie nicht bemerkt, ist dumm – oder kurzsichtig.

Oh, gelänge es mir doch morgen, schön zu sein, richtig schön ... Was soll ich anziehen? Meinen blauen Kostümrock, ja, das wird gehen, und die dunkelblaue Seidenbluse – dunkle Farben stehen mir am besten – mit zwei Teerosen am viereckigen Ausschnitt. Des Abends scheinen sie von derselben Tönung wie meine Haut. Soll ich Mélie vom Heiratsantrag erzählen?

Steht nicht dafür. Sie würde erwidern: »Mein Goldkind, mach's wie bei uns: bevor du einen nimmst, probier ihn aus. Das ist ehrlicher Handel, und keiner hat das Nachsehen.« Gott, die Jungfernschaft ist für sie von so geringem Wert! Ich kenne ihre Theorien: »Lügen, meine Liebe, nichts als Lügen! Arztmärchen, sonst gar nichts. Vorher, nachher – wenn du glaubst, daß *ihnen* nicht alles eins ist! Gehupft wie gesprungen.«

Bin ich nicht in guter Schule?

Aber es ist ein Verhängnis mit den anständigen Mädchen: sie sind's und bleiben's, ungeachtet sämtlicher Mélies der Welt!

Ich schlafe spät ein. Die Nacht ist schwül. Erinnerungen an Montigny spuken durch meine unruhigen Träume, Erinnerungen an rauschende Blätter, frische Morgenlüfte und wirbelnde Lerchen, deren Lied wir in der Schule nachzuahmen suchten, indem wir eine Handvoll Glaskugeln aneinander rieben ... Morgen, morgen ... wird man mich hübsch finden? Fanchette schnurrt leise, ihr gestreiftes Schneckchen zwischen den Pfoten. Wie oft hat mich das gleichförmige Schnurren meiner geliebten Schönen schon beruhigt und in den Schlaf gewiegt ...

»Guten Morgen, Goldkind.«

»– Morgen.«

»Du bist doch nicht krank?«

»Nein.«

»Was nicht in Ordnung?«

»Doch. Ich habe geträumt.«

»Ah! Das ist ernst. Was hat dir geträumt? Solange es nicht Kinder waren, oder die königliche Familie *(sic)*, so lange ist nichts verhackt. Wenn du wenigstens von einem Mann geträumt hättest!«

Ihre Prophezeiungen – dieselben, seitdem ich denken kann – reizen mich nicht mehr zum Lachen. Was ich geträumt habe, werde ich niemandem anvertrauen, nicht einmal diesem Heft. Es geschrieben zu sehen, wäre mir furchtbar.

Ich habe das Nachtmahl für sechs Uhr bestellt. Monsieur Maria entfernt sich eine Stunde früher, struppig, unauffällig, niedergeschlagen. Seit dem großen Ereignis weiche ich ihm nicht aus. Er stört mich in keiner Weise. Im Gegenteil, ich zeige mich liebenswürdiger denn je, gebe Banalitäten und Gemeinplätze zum besten:

»Schönes Wetter heute, nicht wahr, Monsieur Maria?«

»Finden Sie, Mademoiselle? Es ist schwül und der Himmel bedeckt –«

»Ach ja! Das habe ich nicht bemerkt. Seltsam – seit heute früh bilde ich mir ein, daß es schön ist.«

Beim Nachtmahl stochere ich appetitlos in meinem Fleisch herum, trödle jedoch über einem Marmeladesoufflé und frage Papa:

»Papa, habe ich eigentlich eine Mitgift?«

»Wozu willst du das wissen?«

»Papa, du bist wirklich einzig! Gestern hat man um meine Hand angehalten, morgen kann dasselbe passieren! Du weißt doch, der Anfang ist das schwerste! Mit den Heiratsanträgen ist das so wie mit dem Marmeladetopf und den Ameisen: kommt eine, kommen tausend!«

»Tausend! Tausend Ferkel! Zum Glück sind unsere Beziehungen nicht sehr ausgedehnt! Selbstverständlich hast du eine Mitgift, mein süßer Marmeladetopf! Bei deiner ersten Kommunion habe ich bei Meunier, dem Notar von Montigny, die hundertfünfzigtausend Francs hinterlegt, die dir deine Mutter hinterlassen hat, eine äußerst unangenehme Frau, nebenbei bemerkt. Bei ihm sind sie besser aufgehoben als bei mir, verstehst du? Bei mir kann man nie wissen, was passiert.«

Mein Vater hat zuweilen rührende Wendungen, um derentwillen man ihm einen Kuß geben könnte. Ich küsse ihn auch prompt. Dann gehe ich in mein Zimmer, unruhig, weil es schon spät ist, spitze die Ohren in Erwartung der Türglocke, klopfenden Herzens und mit einem seltsamen Gefühl in der Magengegend.

Halb acht! Er beeilt sich wirklich nicht! Wir werden den ersten Akt versäumen. Und wenn er nicht käme? Dreiviertel acht! Es ist empörend! Wenn er mir wenigstens ein Telegramm geschickt hätte oder seinen Marcel, dieser unstete Onkel ...

Ein gebieterisches »trrrr« läßt mich in die Höhe fahren. Ein Blick in den Spiegel: die Blässe des Gesichts, das mir daraus entgegenschimmert, stört mich dermaßen, daß ich mich abwende. Seit einiger Zeit scheinen meine Augen mehr zu wissen als ich selbst.

Die Stimme, die ich aus dem Vorzimmer höre, läßt mich gezwungen lächeln. Es ist die meines Onkels – meines Vetters Renaud. Wo ist Marcel?

Mélie führt meinen Vetter herein, ohne anzuklopfen, sendet ihm den ergebenen Blick einer gehorsamen Hündin nach und verschwindet. Auch er ist blaß, sichtlich erregt, seine Augen glänzen. Im Lampenlicht scheint sein silbriger Schnurrbart heller ... wenn ich es wagte, würde ich versuchen, wie weich er ist ...

»Ganz allein, kleine Freundin? Warum sagen Sie nichts? He! Mademoiselle ist ausgegangen?«

Mademoiselle denkt, er komme vielleicht von einem seiner »Weiber«, und lacht unfroh.

»Nein. Mademoiselle wird ausgehen. Mit Ihnen, hoffe ich. »Kommen Sie, verabschieden wir uns von Papa.«

Papa ist die Liebenswürdigkeit in Person. Mein Vetter, der Onkel, gefällt anscheinend nicht nur Frauen.

»Achten Sie gut auf die Kleine! Sie ist kränklich! Haben Sie den Haustorschlüssel?«

»Ja – meinen.«

»Dann verlangen Sie unsern von Mélie. Ich habe schon vier verloren. Seither hab ich's aufgegeben. Wo ist der Kleine?«

»Marcel? Er – er kommt direkt ins Theater, glaube ich.«

Wortlos steigen wir die Treppe hinunter. Vor dem Haustor wartet zu meinem unbeschreiblichen Entzücken ein »Gummiradler«. Die schönste vierspännige Karosse könnte mich nicht mehr begeistern.

»Sitzen Sie bequem? Zieht es? Soll ich das Fenster zumachen? Oder nur halb? Es ist so heiß herinnen!«

Ich weiß nicht, ob es heiß ist – aber, guter Gott, ist mein Magen klein! Meine Nerven sind zum Zerreißen gespannt, eine Art Schüttelfrost läßt meine Zähne aneinanderschlagen. Endlich bringe ich mühsam hervor:

»Marcel – kommt also direkt ins Theater?«

Keine Antwort. Renaud – wie hübsch das klingt, »Renaud« – blickt starr vor sich hin, mit unzufriedener Miene. Plötzlich wendet er sich mir zu und ergreift meine Handgelenke. Dieser Mann mit den grauen Schläfen hat die Bewegungen eines Jünglings.

»Hören Sie zu. Ich habe vorhin gelogen, und das war nicht recht. Marcel kommt überhaupt nicht. Ich habe Ihren Vater angeschwindelt, und das wurmt mich.«

»Wieso kommt er nicht? Warum?«

»Sie sind enttäuscht, nicht wahr? Es ist meine Schuld. Seine auch. Ich weiß nicht, wie ich es Ihnen erklären soll ... es wird Ihnen so geringfügig erscheinen! Kurz und gut, er kommt zu mir, Rue de Bassano, reizend und bester Laune, weniger verschlossen, weniger feindselig als gewöhnlich. Aber mit einer Krawatte! Aus Crêpe de Chine, um den Hals gewickelt, drapiert wie eine Damenbluse, mit unzähligen Perlnadeln – mit einem Wort, unmöglich. Ich sage: ›Mein lieber Junge, du – du wirst die Güte haben, eine andere Krawatte umzubinden. Ich leihe dir eine von meinen.‹ Darauf bockt er, gibt scharfe, freche Antworten, wir wechseln Bemerkungen, die für Sie schwer verständlich wären, Claudine. Schließlich sagt er: ›Ich gehe mit dieser Krawatte oder gar nicht.‹ Daraufhin habe ich ihn hinausgeworfen. Sind Sie mir sehr böse?«

»Aber«, erwidere ich, ohne zu antworten, »Sie haben seine Krawatte schon gesehen! Neulich, als wir Sie mit Maugis auf dem Boulevard trafen! Da hatte er sie um.«

Er hebt die Brauen, äußerst überrascht.

»Wirklich? Sind Sie dessen sicher?«

»Ganz sicher. So eine Krawatte vergißt man nicht! Wieso haben Sie sie damals nicht bemerkt?«

Er lehnt sich zurück, wirft den Kopf in die Höhe und sagt halblaut selbstvergessen:

»Ich weiß nicht. Ich habe gesehen, daß Sie dunkel umschattete Augen hatten und die wilde Scheu eines verstörten Rehs ... Sie trugen eine blaue Seidenbluse, und eine kleine Locke streifte Ihre rechte Braue –«

Ich erwidere nichts. Ich ersticke ein wenig. Er bricht jäh ab, rückt den Hut tiefer in die Stirne, mit der knappen Bewegung eines Menschen, der eine Dummheit gesagt hat und es allzu spät bemerkt.

»Ich allein – das ist natürlich nicht sehr unterhaltend. Aber ich kann Sie noch nach Hause bringen, kleine Freundin!«

Wem gilt dieser kratzbürstige Ton? Ich lache leise, lege meine behandschuhte Hand auf seinen Arm und lasse sie liegen.

»Nein, bringen Sie mich nicht nach Hause. Ich bin sehr froh. Sie und Marcel passen ohnehin nicht zusammen und sind mir abwechselnd viel lieber als gleichzeitig! Aber warum haben Sie das Papa verheimlicht?«

Er faßt meine Hand und schiebt meinen Arm unter seinen.

»Ganz einfach: ich war bedrückt, niedergeschlagen. Ich hatte Angst, er würde mich Ihrer berauben, liebe kleine Belohnung, die ich vielleicht nicht verdient – aber wahrhaftig nicht gestohlen habe!«

»Ihre Angst war unbegründet! Papa hätte mich ohne weiteres fortgehen lassen! Er tut alles, was ich will ...«

»Oh, ich weiß!« Er sagt es mit fast unmerklichem Ärger und zieht am verblaßten Gold seines Schnurrbarts. »Versprechen Sie mir wenigstens, keine unvernünftigeren Dinge von ihm zu verlangen als dies?«

»Ich lasse mich auf keine Versprechungen ein! Was ich zum Beispiel jetzt gern hätte ... hören Sie: gewähren Sie mir, worum ich Sie jetzt bitten werde?«

»Welche Bananenstaude gilt es leerzupflücken? Welch sagenhaften Artischockenstengel zu zerkleinern? Ein Wort, ein Wink – und die Schokoladebonbons regnen in Ihren Schoß! Der enge Fiaker behindert den edlen Schwung meiner Gesten, Claudine.

Den meiner Gefühle vermag er nicht zu schmälern!«

Diese Literaten reden alle ein wenig verrückt, aber um wieviel hübscher drückt er sich aus als Maugis mit seinem ordinären groben Pariser Dialekt ...

»Schokoladebonbons sind immer willkommen. Aber – diesmal möchte ich etwas anderes. Kurz und gut – ich will Sie nicht mehr ›Onkel‹ nennen.«

Im rasch entgleitenden Licht einer Auslage sehe ich, wie er den Kopf senkt, mit gespielter Resignation.

»Wußt' ich's doch! Gleich wird sie mich ›Großvater‹ rufen. Die gefürchtete Stunde hat geschlagen ...«

»Nein, lachen Sie nicht. Ich habe darüber nachgedacht: schließlich sind Sie mein Cousin, und wenn Sie wollen, könnte ich Sie ... Renaud nennen. Das ist doch kein ungeheuerliches Ansinnen! Oder doch?«

Wir fahren durch eine spärlich erleuchtete Straße. Mein Begleiter neigt sich vor, um mich besser sehen zu können. Ich bemühe mich redlich, nicht mit den Wimpern zu klappern. Endlich sagt er:

»Das ist alles? Dann beginnen Sie aber sofort, um alles in der Welt! Sie verjüngen mich! Zwar nicht so sehr, wie ich es wünschte, aber immerhin um mindestens fünf Jahre! Schauen Sie meine Schläfen an: sind sie nicht eben erblondet?«

Ich neige mich näher, ziehe mich aber fast augenblicklich wieder zurück. Ihn aus solcher Nähe anzusehen, nein, dem ist mein Magen nicht gewachsen. Ich fühle, wie er noch kleiner wird ...

Wir schweigen. Von Zeit zu Zeit, wenn Laternen vorübergleiten, werfe ich einen verstohlenen Blick auf sein Profil, die kurze Nase, die großen, aufmerksamen, weit geöffneten Augen. »Wo wohnen Sie – Renaud?«

»Rue de Bassano. Ich hab es Ihnen gesagt.«

»Haben Sie's hübsch daheim?«

»Ja. Für mich.«

»Zeigen Sie mir's einmal?«

»Wo denken Sie hin!«

»Warum nicht?«

»Weil – weil meine Wohnung zu sehr an einen Stich aus dem achtzehnten Jahrhundert erinnert.«

»Pah! Was hat das schon zu bedeuten!«

»Lassen Sie mir den Glauben, Claudine, daß es noch sehr viel zu bedeuten hat ... Wir sind am Ziel.«

Schade.

Vor »Blanchette« genieße ich pflichtschuldigst *Poil de Carotte*. Die knabenhafte Anmut und das intensive, verhaltene Spiel Suzanne Després' begeistern mich: ihre Augen sind grün wie die Luces. Die kurzgeschorene rote Perücke unterstreicht noch ihre schöne Farbe.

Jules Renards kompromißlose Klarheit reißt mich hin. Während ich zuhöre, unbeweglich, mit vorgestrecktem Kinn, spüre ich plötzlich, daß Renaud mich betrachtet. Behende drehe ich mich um: sein Blick ist auf die Bühne geheftet, seine Miene äußerst unschuldig. Das beweist gar nichts.

Während der Pause führt er mich spazieren und fragt:

»Sind Sie jetzt ruhiger, kleines Nervenbündel?«

Ich stelle alle Stacheln auf:

»Ich war nicht nervös.«

»Nicht nervös? Und diese kleine Hand, deren starre Kälte ich durch meinen Ärmel hindurch fühlte? Nicht nervös? Nein, vielleicht ich!«

»Sie ... auch.«

Ich habe sehr leise gesprochen. Doch das leichte Zucken seines Arms beweist, daß er sehr wohl verstanden hat.

Während »Blanchette« über die Bretter geht, denke ich an die Klagen der kleinen Aimée. Wie fern sind sie mir schon! Damals, als wir anfingen, einander zu lieben, und sie begann, sich an das verhältnismäßig gute Leben in der Schule zu gewöhnen, vertraute sie mir – deutlicher als diese Blanchette – ihren entsetzten Widerwillen gegen das Vaterhaus an, diese ärmliche, baufällige Hütte voll schreiender, schmutziger Kinder. Und sie schilderte ihre Leiden – erinnerte sie mich nicht stets an eine frierende Katze? – auf der Schwelle der stinkenden zweiten Klasse, im kalten Luftzug, während Mademoiselle Sergent uns umstrich, lautlos und eifersüchtig ...

Mein Nachbar, der meine Gedanken zu hören scheint, fragt leise:

»So ist es also in Montigny?«

»Ja. So, und schlimmer.«

Er dringt nicht weiter in mich. Wir schweigen, Ellbogen an Ellbogen, und ich lehne mich leicht an die gute, beruhigende Schulter. Einmal wende ich ihm mein Gesicht zu. Er senkt seinen Blick in meinen, und ich lächle zu ihm hinauf, von ganzem Herzen. Ich habe diesen Mann fünfmal gesehen. Dennoch kenne ich ihn seit je.

Ehe der letzte Akt beginnt, stütze ich mich als erste auf und lasse einen kleinen Platz auf der Samtlehne des Fauteuils. Sein Ellbogen versteht und kommt zu meinem. Mein Magen wird größer.

Um dreiviertel zwölf verlassen wir das Theater. Der Himmel ist schwarz, der Wind frisch.

»Renaud, wenn Sie nichts dageben haben, würde ich gern über die Boulevards gehen, statt in einen Fiaker zu steigen. Haben Sie Zeit?«

»Das ganze Leben, wenn Sie wollen«, erwidert er lächelnd.

Er faßt mich fest am Arm, und wir gehen in gleichem Schritt: Ich habe lange Beine.

Im Licht der elektrischen Lampen kann ich uns sehen: Claudine hebt den Sternen ein erregtes, ungewöhnliches Gesicht entgegen, aus dem fast schwarze Augen glänzen. Der Wind zaust den Schnurrbart Renauds.

»Erzählen Sie mir von Montigny, Claudine. Und von Ihnen.«

Ich schüttle den Kopf. Ich fühle mich so wohl. Reden ist überflüssig. Heute abend habe ich Fanchettes Pfoten. Der Boden federt unter meinem Schritt.

Lichter, strahlende Helle, farbige Glasscheiben, Zecher an Terrassentischen.

»Was ist das?«

»Das Bierhaus Logre.«

»Oh! Ich bin so durstig!«

»Um so besser. Aber nicht hier ...«

»Doch! Hier! Hier funkelt's, hier glänzt's, hier ist's lustig!«

»Aber dieses Lokal steckt voller Literaten, Claudine, voller Kokotten, ist laut und lärmend ...«

»Um so besser! Ich will hier trinken!«

Er zieht an seinem Schnurrbart, macht eine Gebärde: »Schließlich und endlich – warum nicht?« und führt mich in den großen Saal, der lange nicht so voll ist, wie er behauptete. Trotz der Jahreszeit kann man atmen, und die grüngekachelten Pfeiler erinnern mich an Badezimmer und frische Krüge.

»Durst! Durst!«

»Ja, ja, nur Geduld! Sie kriegen schon etwas! Was für ein streitbares Kind! Ihnen dürfte man wohl keinen Gatten verweigern ...«

»Das will ich meinen«, sage ich ernst.

Wir sitzen an einem kleinen Tisch, im Schatten eines Pfeilers. Zu meiner Rechten versichert mir ein von einem lärmenden Fries nackter Bacchantinnen gekrönter Spiegel, daß ich keine Tintenflecken auf den Wangen habe, daß mein Hut ordentlich sitzt und meine Augen auf einen überroten Mund niederblicken. Färbt ihn der Durst? Oder das Fieber?

Renaud, der mir gegenübersitzt, hat unstete Hände und feuchte Schläfen.

Ein Tablett Krebse wird vorübergetragen, von einer Duftwolke gefolgt. Ich stöhne, leise und gierig.

»Krebse? Da, da! Wie viele?«

»Woher soll ich wissen, wie viele ich vertrage? Zuerst einmal ein Dutzend! Dann werden wir weitersehen!«

»Was trinken Sie? Bier?«

Ich rümpfe die Nase.

»Wein? Nein. Champagner? Asti, Moscato spumante?«

Ich erröte vor Naschhaftigkeit. »Oh! Ja!«

Während ich warte, die verkörperte Ungeduld, sehe ich mehrere schöne Damen eintreten, in leichten, paillettenbesetzten Abendmänteln. Sie sehen sehr hübsch aus: verrückte Hüte, zu goldenes Haar, blitzende Ringe ... Mein großer Freund, den ich auf jede neu Eintretende aufmerksam mache, legt eine Gleichgültigkeit an den Tag, die mich empört. »Seine« sind wahrscheinlich schöner? Meine Miene verdüstert sich. Ich werde mürrisch. Renaud staunt und zitiert namhafte Schriftsteller.

»Der Wind springt um? Hilda, von wannen dein Gram?«

Ich gebe keine Antwort.

Der Asti wird gebracht. Um meinen Kummer zu verscheuchen und meinen Durst zu löschen, stürze ich ein großes Glas hinunter, in einem Zug. Der Weiberheld mir gegenüber behauptet, vor Hunger zu sterben, entschuldigt sich und verschlingt ein blutiges Roastbeef.

Die süße, verräterische Glut des Astiweins prickelt heiß in meinen Ohren, brennt als neuerlicher Durst in meiner Kehle. Ich biete mein Glas und trinke langsam, die Augen vor Wonne halb geschlossen. Mein Freund lacht:

»Sie trinken wie ein Säugling. Die Anmut der Tiere ist in Ihnen, Claudine!«

»Fanchette hat einen Sohn! Hab ich Ihnen das schon erzählt?«

»Nein, das haben Sie nicht! Sie hätten ihn mir zeigen sollen! Ich wette, er ist schön wie ein Stern!«

»Noch viel schöner! Oh! Diese Krebse! Wenn Sie wüßten, Renaud –«, jedesmal, wenn ich seinen Namen nenne, heftet sich sein Blick voll auf mich, »– unten in Montigny sind sie ganz klein! Ich bin oft zur Furt gegangen und hab Krebse gefangen, bloßfüßig im Wasser, ganz ohne Netz! Die hier sind herrlich gepfeffert!«

»Schwören Sie mir, daß Sie das alles auch vertragen?«

»Ja, ja ... aber jetzt muß ich Ihnen etwas ganz anderes erzählen, etwas Ernstes: finden Sie mich heute abend nicht ungewöhnlich?«

Ich hebe ihm mein Gesicht entgegen – der Asti hat es leicht gerötet –, und er neigt sich vor, betrachtet mich aus solcher Nähe, daß ich die feinen Linien seiner bräunlichen Lider unterscheiden kann, wendet sich ab und erwidert: »Nicht mehr als sonst.«

»Hört, hört, wie galant! Mein Freund, vorgestern, Punkt elf Uhr, hat man um meine Hand angehalten!«

»Teuf...« – wer ist der Esel?«

Vom Erfolg meiner Mitteilung entzückt, lache ich in lauten, ansteigenden Tonleitern, um jäh zu verstummen, als ich merke, daß sich einige Gäste nach uns umwenden. Renaud ist nicht begeistert.

»Nein, wie witzig, mich zum Narren zu halten! Im übrigen habe ich kein Wort davon geglaubt!«

»Daran taten Sie sehr unrecht! Ich kann zwar zur Bekräftigung nicht spucken, gebe Ihnen aber mein Ehrenwort, daß man um meine Hand angehalten hat.«

»Wer?«

Diesem »Wer?« mangelt es hörbar an Wohlwollen.

»Ein sehr ehrenwerter junger Mann: Monsieur Maria, Papas Sekretär.«

»Sie haben ihn – natürlich abgewiesen?«

»Ich habe ihn – natürlich abgewiesen.«

Er füllt ein großes Glas mit dem Asti, den er nicht leiden kann, trinkt es leer und fährt sich mit der Hand durchs Haar.

Was mich betrifft – daheim trinke ich nur Wasser –, so mache ich die erstaunlichsten Feststellungen: leichte, duftige Girlanden entwachsen dem Tisch, verschleiern die Luster, entrücken und rücken näher, was uns umgibt, in sachtem, dauerndem Wechsel.

Eben versuche ich, meinen Empfindungen nachzuspüren – da ruft eine bekannte Stimme von der Türschwelle her:

»Kellner! Kellner! Herbei mit garniertem Sauerkraut, diesem Ursprung alles Sodbrennens, herbei mit jenem faden, salizylhaltigen Gesöff, das ihr euch nicht entblödet, Münchner Bier zu nennen! Vergib ihnen, flüssiger Samt, duftendes, überströmendes Rheintöchtergelock, denn sie wissen nicht, was sie trinken! Weia, waga, wagalaweia ...«

Maugis hält seinen Einzug, der rasende Wagnerianer, lyrisch und schwitzend, mit offener Weste, den flachkrempigen Zylinder ins Genick geschoben, von drei Freunden dicht gefolgt. Renaud knurrt etwas in seinen Schnurrbart, mit einer Gebärde äußersten Unwillens.

Jetzt ist Maugis in unserer Nähe angelangt. Er bemerkt uns, unterbricht sein Rheingoldgegurgle, zögert, hebt die Hand und geht vorbei, ohne zu grüßen.

»Da haben wir's!« stößt Renaud hervor.

»Was denn?«

»Ach, es ist Ihre Schuld, Kleines, aber meine eigene vor allem! Sie sind hier nicht an Ihrem Platz, allein mit mir. Dieser Trottel von Maugis – jedermann hätte sich genauso benommen. Halten Sie es denn für wünschenswert, sich – ohne mich – in schlechtes Licht zu setzen?«

Sein sorgenvoll-unzufriedener Blick hat mich abgekühlt, seine letzten Worte geben mir die gute Laune wieder.

»Deshalb regen Sie sich auf? Deshalb? Darum das würdige, hochmoralische Brauengerunzel? Ja, glauben Sie denn, daß mir das etwas ausmacht? Durst! Durst!«

»Verstehen Sie denn nicht? Es gehört nicht zu meinen Gepflogenheiten, anständige junge Mädchen auszuführen! Hübsch, wie Sie sind, allein mit mir – was sollen die Leute denken?«

»Und wenn schon?«

Mein beschwipstes Lächeln, mein unsteter Blick bringen Renaud auf einen jähen Gedanken.

»Claudine! Sind Sie nicht ein wenig ... fröhlich? Sie trinken ungewässerten Wein! Haben Sie das auch bedacht? Sind Sie das von zu Hause gewöhnt?«

»Daheim«, erwidere ich in liebenswürdig-beruhigendem Ton, »daheim trinke ich nur Mineralwasser.«

»Du meine Güte! Jetzt schauen wir schön aus! Was soll ich Ihrem Vater sagen?«

»Der macht heihei.«

»Claudine! Trinken Sie nicht weiter! Geben Sie mir sofort Ihr Glas!«

»Wollen Sie ein paar aufs Dach?«

Rasch bringe ich es in Sicherheit – nein, zuviel Vernunft ist nicht immer gut – und horche in mich hinein. Ich bin glücklich. Aber ohne kleinere Schwierigkeiten geht es dabei nicht ab. Die Luster haben einen Hof wie der Mond vor Schlechtwetter, der immer größer, immer trüber wird. »Der Mond säuft«, hieß es in Montigny. Hier steht vielleicht Regen bevor, wenn die Luster saufen ... Nein, du bist es, die säuft, Claudine, du selber! Drei große Gläser Asti hast du hinuntergestürzt, kleine Gans! Aber gut war er! Meine Ohren machen psch, psch ... Was ist mit den zwei dicken Herren am Nachbartisch? Gibt es sie wirklich? Sie kommen näher und näher, ohne sich zu rühren. Ich könnte schwören, wenn ich die Hand ausstrecke, greife ich sie an – nein, sie sind sehr weit weg. Überhaupt – wieso haften die einzelnen Dinge aneinander? Wo sind die Zwischenräume hingekommen? Die Luster kleben am Plafond, die Tische an der Wand, die dicken Herren an den glitzernden Abendmänteln der Damen vom Nachbartisch ... Endlich kommt mir die Erleuchtung:

»Ich hab's! Alles ist wie beim japanischen Schattenspiel!«

Renaud hebt verzweifelt die Hand, dann trocknet er seine Stirne.

Im Spiegel zu meiner Rechten sehe ich Claudine – welch seltsame Claudine! Ihr Haar gleicht gesträubten Federn, ihr Mund ist feucht, aus den mandelförmigen Augen spricht verwirrtes Entzücken. Nein, das bin ich nicht, das ist die andere, die tolle Claudine, wie's bei uns heißt, in Montigny. Und ihr gegenüber der Herr mit dem silbern schimmernden

Haar, der sie ansieht und zu essen vergißt. Oh, ich weiß! Nicht der Asti hat das kleine Mädchen berauscht, nicht die gepfefferten Krebse, sondern diese Gegenwart, dieser fast schwarze, blitzende Blick …

Mir selbst entrückt, sehe ich mich handeln, höre meine Stimme, die von weither zu kommen scheint, und die kluge Claudine – ist es nicht, als stehe sie gefesselt hinter einer Glaswand? – lauscht dem Geschwätz der tollen Claudine und vermag nichts für sie. Nein, nichts. Sie will auch nichts tun. Der Rauchfang, dessen Zusammenbrechen ich fürchtete, ist heruntergefallen, unter gräßlichem Getöse, und sein Staub umschwebt die elektrischen Birnen. Sieh zu, kluge Claudine, sieh zu, aber rühr dich nicht! Die tolle Claudine folgt ihrer Straße mit der nachtwandlerischen Sicherheit Blinder oder Irrer …

Claudine sieht Renaud an, geblendet, mit bebenden Lidern. Er schweigt ergeben, mitgerissen, vom Strudel erfaßt, betrachtet sie eher kummervoll, scheint's, denn freudig. Sie bricht los:

»Oh, ich bin glücklich! Hier ist's schön! Ah! Und Sie wollten nicht herkommen! Aber wenn ich mir etwas in den Kopf setze … Nicht wahr, wir werden nie wieder fortgehen? Wenn Sie wüßten … Ich habe Ihnen gehorcht, ich, Claudine … früher habe ich niemals gehorcht, außer wenn es mir gerade so paßte … aber gehorchen wider Willen, während man's in den Knien spürt, süß und schmerzlich zugleich … oh! Darum also ließ Luce sich so gern prügeln, Sie wissen ja, Luce – Ich hab sie so oft gehauen, ohne zu wissen, daß sie eigentlich recht hatte! Dann rollte sie den Kopf am Fensterbrett hin und her, dort, wo das Holz schon ganz abgenutzt war, weil wir während der Pause immer Muscheln aufschnitten – wissen Sie überhaupt, was für Muscheln ich meine? Einmal hab ich selber welche finden wollen, im Teich von Barres, und habe Fieber gekriegt, mit zwölf Jahren – und meine schönen Haare ... mit langen Haaren würd' ich Ihnen besser gefallen, nicht wahr? Meine Fingerspitzen schlafen ein ... sie schlafen schon ganz fest ... Riechen Sie? Absinth! Der dicke Herr dort drüben hat Absinth in seinen Champagner gegossen. In der Schule haben wir Gerstenzucker in Absinth getaucht und so lange daran gelutscht, bis es eine messerscharfe Spitze bekam. Die lange Anaïs war so gefräßig – und so geduldlos –, daß sie sie besser zuspitzen konnte als alle andern. Die Kleinen brachten ihren Gerstenzucker und baten: ›Mach ihn mir schön spitzig!‹ Unappetitlich, nicht wahr? Ich hab von Ihnen geträumt. Das war's, was ich Ihnen nicht sagen wollte ... einen häßlichen, zu schönen Traum. Aber jetzt, wo ich ›woanders‹ bin, können Sie's ruhig erfahren ...«

»Claudine!« fleht er leise.

Die tolle Claudine, ihm zugeneigt, legt die Hände aufs Tischtuch und sieht ihm voll ins Gesicht, hingerissen, rückhaltlosen Blicks. Eine Locke kitzelt ihre rechte Braue. Und sie spricht, sie, die Schweigsame, Verschlossene, spricht, wie eine Brunnenschale überquillt, sieht ihn schnell atmen, erröten und erblassen, und findet das ganz natürlich. Doch, warum nur, warum scheint er nicht befreit, entzückt, wie sie? Halb unbewußt stellt sie sich die Frage und antwortet laut, mit einem tiefen Seufzer:

»Jetzt kann mir nichts mehr passieren.«

Renaud winkt den Ober herbei, mit der Heftigkeit eines Mannes, der sich sagt: »So kann das nicht weitergehen.«

Claudine phantasiert mit heißen Wangen und knabbert an ihren Teerosen.

»Wie dumm Sie sind!«

»Ja?«

»Ja. Sie haben gelogen. Sie haben Marcel absichtlich zu Hause gelassen!«

»Nein, Claudine.«

Dieses leise, sanfte »Nein« trifft sie hart, dämpft ihre Ausgelassenheit. Wie eine kleine Traumwandlerin läßt sie sich aufrichten und hinausführen. Das Parkett gibt nach wie sonnendurchglühter Asphalt. Renaud hat gerade noch Zeit, sie beim Ellbogen zu fassen, führt, trägt sie fast in den geschlossenen Fiaker und setzt sich neben sie. Der Wagen fährt. Claudine lehnt den summenden, gedankenleeren Kopf an die hilfreiche Schulter. Renaud fragt besorgt:

»Ist Ihnen nicht gut?«

Keine Antwort.

Endlich: »Doch. Aber halten Sie mich fest! Ich schwimme. Alles schwimmt, übrigens! Sie auch. Oder nicht?«

Er schlingt den Arm um ihre Hüfte, mit einem tiefen, angstvollen Seufzer. Sie lehnt den Kopf an seine Schulter, doch sein Hut stört sie. Mit unsicherer Hand nimmt sie ihn herunter, legt ihn auf ihren Schoß und neigt das Haupt von neuem der guten, hilfreichen Schulter zu, mit der Sicherheit eines Menschen, der nach langem, aufreibendem Marsch endlich das Ziel vor Augen sieht. Und die kluge Claudine sitzt dabei, beobachtet, nähert sich zuweilen – oh, kostbare Hilfe! Sie ist fast so toll wie die andere, diese kluge Claudine.

Ihr Gefährte, ihr geliebter Freund, kann sich nicht enthalten, diesen willenlosen Körper an sich zu drücken ... Doch schon hat er sich wieder gefaßt und rüttelt sie sacht:

»Claudine! Claudine! Denken Sie daran, daß wir beinahe zu Hause sind! Werden Sie allein über die Stiege kommen?«

»Über was für eine Stiege?«

»Die Ihrige, natürlich. Rue Jacob.«

»Sie wollen mich verlassen?«

Sie ist in die Höhe gefahren, schnell wie eine Blindschleiche, barhäuptig und zerrauft, mit fragender, entsetzter Miene.

»Aber, Kleines – kommen Sie zu sich! Wir sind heute abend verrückt! Und alles ist meine Schuld ...«

»Sie wollen mich verlassen?« ruft sie, uneingedenk des Kutschers und seines aufmerksamen Rückens, »Sie wollen mich verlassen? Wohin soll ich denn gehen? Ihnen will ich folgen, Ihnen ...«

Ihre Augen röten sich, sie preßt die Lippen aufeinander, es fehlt wenig, und sie schrie.

»Oh! Ich weiß, warum! Sie gehen zu Ihren Weibern, zu denen, die Sie lieben! Marcel hat mir alles erzählt! Sie haben mindestens sechs! Aber die lieben Sie nicht, sind alt und häßlich und werden Sie verlassen! Und Sie werden mit allen schlafen, mit allen, und werden sie küssen! Sogar auf den Mund! Und ich? Was soll ich tun? Wer wird mich küssen? Oh, warum wollen Sie mich nicht wenigstens zur Tochter? Ich hätte Ihre Tochter sein sollen, Ihre Freundin, Ihre Frau ... alles, alles!«

Sie wirft sich an seinen Hals, von Schluchzen geschüttelt. Renaud schließt sie in seine Arme, sein Mund plündert den lockigen Nacken, den warmen Hals, die salzigen Wangen.

»Dich verlassen, geliebter Duft?«

Sie ist jäh verstummt, hebt ihm ihr tränennasses Gesicht entgegen, betrachtet ihn mit gespannter Aufmerksamkeit. Er atmet schwer, jung und bleich unter dem Silberhaar. Claudine fühlt das Zittern seiner Arme. Er neigt sich über den heißen Mund des Mädchens, das sich biegt und bäumt, zu weigern oder zu gewähren – es weiß es selber nicht ... Da kommt der Fiaker zum Stillstand, mit einem scharfen Ruck. Die beiden fahren auseinander, trunken, ernst und zitternd. »Adieu, Claudine.«

»Adieu ...«

»Ich begleite Sie nicht über die Stiege. Lassen Sie mich

Ihre Kerze anzünden. Haben Sie Ihren Wohnungsschlüssel?«

»Den Schlüssel? Ja.«

»Morgen kann ich Sie nicht besuchen. Morgen ist heute. Ich komme übermorgen. Um vier Uhr, ganz bestimmt.«

»Um vier.«

Folgsam läßt sich die tolle Claudine die Hand küssen – lange –, atmet, während er sich darüberneigt, den leichten Tabakduft, der ihn begleitet, erklimmt im Wachtraum die drei Stockwerke und kriecht in ihr Himmelbett, von der klugen Claudine endlich, endlich eingeholt. Höchste Zeit! Doch die kluge Claudine verschwindet furchtsam, respektvoll und bewundernd vor der andern, der tollen, die bedenkenlos dem Ruf des Schicksals folgte, in unaufhaltsamem Sieges- oder Schreckenslauf.

Schmerzen. Schmerzen überall. Köstliche Schmerzen, als hätte es Küsse oder Schläge auf mich herniedergeregnet ... Zitternde Knie, kalte Hände, steifer Nacken. Und das Herz? Es will's dem Ticktack meiner kleinen Uhr nachtun, beeilt sich – bleibt stehen und tickt weiter, mit lautem Pochen. Das also ist die wahre Liebe? Es muß wohl so sein, ist mir doch kein anderer Ort teurer als seine Schulter, dieser wohlige Platz, in dessen warmer Geborgenheit meine Lippen fast seinen Hals berührten, lächle ich doch vor Mitleid, wenn ich die zarten Wangen Marcels mit Renauds zerknitterten Schläfen vergleiche. Nein, Gott sei Dank, er ist nicht jung. Dank dem edlen, nicht ganz unverrückten Herrn, den ich Papa nenne, brauche ich einen Vater, doch mir fehlt auch ein Freund, und ein Geliebter – Gott, ein Geliebter! Dazu habe ich also so viel gelesen, dazu mein Wissen um die Liebe in alle Winde posaunt, daß sich jetzt, beim bloßen Gedanken an dieses Wort, meine Zähne zusammenpressen und meine Zehen verkrampfen … Doch was tun, in seiner Gegenwart, da ich nun einmal daran denke?

Er wird schon sehen. Er denkt wohl auch daran … Zu Hilfe! Ich verdurste.

Ich reiße das Fenster auf, trinke aus dem Krug. Jetzt geht's besser. Noch brennt die Kerze auf dem Kaminsims. Ich stehe vor meinem Spiegelbild, fassungslos, daß man »es« mir nicht deutlicher anmerkt. Endlich finde ich Schlaf, gegen vier Uhr. Der Himmel ist schon ganz hell.

»Hunger, mein Herz? Deine Schokolade wartet seit halb acht! Jetzt ist es neun, so wahr ich dastehe! Na, du schaust ja lieb aus!«

»Wieso? Was hab' ich denn?«

»Man hat mein Kind ausgewechselt!«

Mit dem sicheren Instinkt einer Kupplerin bewertet sie meine Müdigkeit, inspiziert die verdrückten Federn meines Hütchens – ich habe es achtlos auf den Sessel geworfen – und freut sich meiner Kopfschmerzen.

Sie geht mir auf die Nerven.

»Wie lange wirst du noch deine Brüste wägen wie Melonen? Welche ist reifer?«

Mit leisem Lachen geht Mélie in die Küche, eines ihrer unmöglichen Liedchen trällernd:

»Die Mädchen von Montigny
sind heiß wie Glut im Herd,
weshalb sie's auch nicht stört,
wenn man sie …«

Dieses Zitat mag genügen.

Oh, ich weiß, was mich geweckt hat: die Furcht, die ganze letzte Nacht nur geträumt zu haben!

So also geschehen große Dinge? Gesegnet seien Asti, Pfeffer und Krebse! Ohne sie hätte ich weniger Mut bewiesen. Aber keine Angst: der Abend wäre gekommen, da ich mein Herz nicht mehr zu halten vermocht hätte, wenn auch nicht gestern ... Nicht wahr, er liebt mich, war blaß, hat den Kopf verloren wie Claudine ... Ohne diesen elenden – rechtzeitigen – nein, elenden Randstein der Rue Jacob, gegen den das Fiakerrad prallte, hätte er – noch nie hat mich ein Mann auf den Mund geküßt. Der seine ist schmal und lebendig, die Unterlippe fest und rund. Oh, Claudine, Claudine! Wie kindlich wirst du, da du dich Frau werden fühlst: ich habe seinen Mund heraufbeschworen, die Verzweiflung seiner dunklen Augen, und ein köstlicher Schmerz ließ mich die Hände falten ...

Auch andere Gedanken kommen, an die ich mich lieber nicht verliere.

»Es tut weh!« trällert die Stimme der kleinen Luce. Doch nein, nein, sie hat mit einem Schwein geschlafen. Das besagt gar nichts. Und dann – wenn auch! Daß er da sei, immer, zu jeder Stunde, daß ich meinen teuren Platz an seiner Schulter bereit finde, wann immer ich komme, daß seine großen Arme mich schützend umschließen – das ist's, was ich brauche, das ... Die Freiheit lastet schwer auf mir, meine Unabhängigkeit wird mir zur Qual. Ich suche einen Herrn und Meister, seit langem schon, länger, als ich ahne. Freie Frauen sind keine Frauen. Er weiß, was mir fremd ist, verachtet ein wenig, was ich weiß. »Mein dummes Kleines«, wird er sagen und mein Haar streicheln ...

Mitgerissen von meinem Wachtraum, senke ich den Kopf und hebe mich auf die Fußspitzen, um der Hand meines Freundes entgegenzuwachsen, wie Fanchette, wenn sie sich auf die Hinterpfoten stellt, damit ich ihren kleinen flachen Kopf kratze. »Die Anmut der Tiere ist in Ihnen, Claudine ...« Was? Schon Essenszeit? Ich stehe vor meinem runden Spiegel, mit straff zurückgekämmtem Haar, und suche zu erraten, ob ihm wohl meine spitzen Ohren gefallen werden ...

Mein Hunger ist bald gestillt. Ein wenig Orangenmarmelade, ein paar frites. Dann überlasse ich Papa seinem Kaffee, in den er mit täglich erneuter Pedanterie sieben Stück Zukker und eine Prise Pfeifenasche fallen läßt, und gebe mich bei dem Gedanken, noch siebenundzwanzig Stunden warten zu müssen, wilder Verzweiflung hin. Lesen? Ich kann nicht, nein, ich kann nicht. Silberblondes Haar verdeckt die Zeilen. Ausgehen? Unmöglich. Die Straßen wimmeln von Männern, die nicht Renaud heißen. Sie würden mir auffordernde Blicke zuwerfen, diese Esel, ohne zu wissen ...

Ein Stoffknäuel, achtlos auf meinen Fauteuil geworfen, entlockt mir ein Lächeln. Eines meiner Hemdchen. Wie lange ist es her, daß ich es begann? Ich muß nähen. Claudine wird Hemden brauchen. Ob dieses hier Renaud gefallen wird? Es ist weiß und duftig, mit zarter Spitze und Schulterspangen aus weißem Band ... An Abenden besonderer Selbstbewunderung betrachte ich mich lange vor dem hohen Spiegel, ausgezogen bis aufs Hemd, eine kleine, kurzgelockte Madame Sans-Gêne. Renaud kann mich nicht häßlich finden! O mein Gott, wie nahe – wie allzu nahe! – wäre ich ihm, nur mit einem dünnen Hemd bekleidet ... Meine bebenden Hände nähen verkehrt, und von fernher kommt das Stimmchen der Favoritin, groteske Erinnerung an längst überstandene Handarbeitsstunden in Montigny, da Mademoiselles kleine Aimée klagte: »Claudine, um alles in der Welt, achten Sie auf Ihren Schlingstich! Sie perlen ihn nicht genug! Nehmen Sie sich ein Beispiel an Anaïs!«

Es läutet. Mein Herzschlag stockt. Ich lausche atemlos, den Fingerhut in die Luft gestreckt. Er ist's! Er! Er hat's nicht ausgehalten. Schon will ich aufspringen und hinauslaufen, da klopft Mélie – und Marcel tritt ein.

Verblüffung nagelt mich an meinen Stuhl. Marcel? Den hatte ich vergessen! Seit mehreren Stunden ist er tot. Was! Marcel! Warum er? Warum nicht der andere?

Schweigend und geschmeidig küßt er meine Hand und setzt sich auf den kleinen Sessel. Ich sehe zu, keines Wortes fähig. Er ist bläßlich, sehr hübsch, puppenhaft wie immer. Ein Cousin aus Zucker.

Mein Schweigen scheint ihn zu verstimmen. Er drängt:

»Also? Also?«

»Was, also?«

»War's lustig, gestern abend? Wie hat ›man‹ meine Abwesenheit erklärt?«

»Er sagte, Sie trügen eine unmögliche Krawatte.« Das Sprechen kostet mich Mühe.

Wie dumm er ist, dieser Kleine! Sieht er denn nicht das Wunder? Es springt in die Augen, sollte ich meinen. Dennoch beeile ich mich nicht, ihn aufzuklären. Marcel bricht in schrilles Gelächter aus. Ich zucke zusammen.

»Eine unmögliche Krawatte! Ha, ha, ha! Ja, das war alles. Die reine Wahrheit! Was halten Sie davon? Sie kennen doch meine Crêpe-de-Chine-Krawatte! Ein Geschenk Charlies.«

»Ich finde«, erwidere ich durchaus wahrheitsgetreu, »Sie taten sehr gut daran, sie nicht zu wechseln! Ihre Krawatte ist bezaubernd!«

»Nicht wahr! Dieser perlenbesäte Faltenwurf ist ein reizender Einfall! Oh, ich war Ihres Geschmacks sicher, Claudinette! Was nicht hindert«, setzt er mit höflichem Seufzer hinzu, »daß mein liebenswürdiger Herr Vater mich um diesen Abend mit Ihnen betrogen hat! Ich hätte Sie im Fiaker nach Hause gebracht! Auf diesen Moment habe ich mich schon gefreut ...«

Kommt er vom Mond, um Gottes willen? Soviel Verblendung erregt mein Mitleid. Sicher hat er gestern abend harte Worte zu hören bekommen, denn beim Gedanken daran verhärten sich seine Züge, und die Lippen werden zu einem schmalen Strich. »Erzählen Sie, Claudine! Mein teurer Vater war sicher geistreich und charmant wie immer? Hat Sie weder ›kleinen Schmutzfink‹ noch ›übles Subjekt‹ genannt, wie? Gott«, grollt er mit neu erwachendem Zorn, »so ein Lümmel, so ein ...«

»Nein!«

Die Heftigkeit meines Ausrufs reißt mich von meinem Sitz. Regungslos blickt er mich an, erbleicht, versteht und erhebt sich seinerseits. Stille. Ich höre das Ticken meiner kleinen Uhr, das Schnurren Fanchettes, den Atem Marcels und das erregte Pochen meines Herzens. Das Schweigen währt gut zwei Minuten ...

»Sie auch?« sagt er schließlich in hämischem Ton. »Ich wußte nicht, daß sich Papa auch mit jungen Mädchen abgibt! Für gewöhnlich befaßt er sich nämlich mit verheirateten Frauen – oder mit Huren.«

Ich vermag kein Wort hervorzubringen.

»Und ... die Sache ist ganz frischen Datums? Von gestern abend vielleicht? Danken Sie mir, Claudine! Durch meine Krawatte ward Ihnen dies Glück!«

Sein Näschen, fast ebenso weiß wie seine Zähne, bebt kaum merklich. Ich schweige noch immer. Irgend etwas hindert mich, zu sprechen ...

Hinter dem Sessel, der uns voneinander trennt, steht Marcel und höhnt. Ich betrachte ihn verstohlen, mit herabhängenden Armen, gesenkten Haupts. Der Spitzenbesatz meines Schürzchens zittert im Takt meines Herzens. Neuerliche, nicht enden wollende Stille. Dann sagt er langsam, mit seltsamer, schleppender Stimme: »Ich habe Sie immer schon für sehr intelligent gehalten, Claudine, aber was Sie heute tun, erhöht noch meine Achtung für Ihre ... Geschicklichkeit.«

Verständnislos hebe ich den Kopf.

»Sie sind ein bemerkenswertes Mädchen, Claudine, das kann ich Ihnen nicht oft genug sagen! Ich gratuliere Ihnen! Ohne Hintergedanken! Sie haben ganze Arbeit geleistet.«

Ich verstehe noch immer nicht. Dennoch schiebe ich sachte den Sessel zur Seite. Ich habe das unbestimmte Gefühl, daß er mich in Kürze stören wird.

»Sie wissen genau, was ich meine! Papa hat zwar nicht wenig Geld verpulvert, aber er ist noch immer eine gute Partie ...«

Rascher als eine Wespe, schlage ich alle meine Nägel in seine Wange. Schon seit einer Weile zielte ich auf seine Augen. Mit einem durchdringenden Schrei fährt er zurück, schlägt die Hände vors Gesicht, schwankt ein wenig und stürzt zu dem Spiegel, der über dem Kaminsims hängt. Das untere Augenlid ist zerfetzt und blutet, schon tröpfelt Blut auf den Rockaufschlag. In fürchterlicher Erregung höre ich mich selbst kurze, rauhe Schreie ausstoßen. Marcel dreht sich um, außer sich. Der Meinung, er wolle eine Waffe fassen, wühle ich fieberhaft in meinem Arbeitskörbchen. Wo ist meine Schere, um Gottes willen? Doch er denkt nicht im entferntesten an Vergeltung, sondern stößt mich zur Seite, läuft in mein Waschkabinett und taucht sein Taschentuch ins Wasser. Schon neigt er sich über meine Waschschüssel ... diese Frechheit! Im Nu bin ich neben ihm, packe seinen Kopf bei beiden Ohren, stoße Marcel ins Zimmer zurück und schreie mit heiserer, fremder Stimme:

»Nicht hier! Laß dich bei Charlie verbinden!«

Er greift nach seinem Hut, das Taschentuch auf dem Auge, läßt seine Handschuhe liegen, ich reiße sämtliche Türen auf und höre ihn die Treppe hinunterstolpern. Dann kehre ich in mein Zimmer zurück und stehe lange Zeit unbeweglich, keines Gedankens fähig. Meine Beine scheinen aus Watte zu sein. Ich muß mich setzen. Diese Bewegung bringt meine Denkmaschine in Gang, und ich verzweifle. Geld! Geld! Er wagt zu sagen, ich sei auf Geld aus! Aber wart nur! Diesen Krallenhieb wirst du nicht so bald vergessen! Das Hautfetzchen, das da herunterhing ... Ich habe das Auge verfehlt, um einen knappen Zentimeter. Und er hat mich nicht einmal niedergeschlagen, dieser Feigling! Dieser Waschlappen! Pfui Teufel! Geld! Geld! Was soll ich damit? Ich habe Geld genug, für mich und für Fanchette! Renaud, geliebter Renaud – ich werde ihm alles sagen, werde mich an ihn schmiegen, und seine Zärtlichkeit wird mir so wohltun, daß ich weinen werde ...

Die Eifersucht spricht aus dem Kleinen. Oh, über seine schmutzige Mädchenseele!

Aber plötzlich verstehe ich die wahre Ursache seines Zorns, und meine Schläfen hämmern: sein Geld ist's, Marcels Geld, das ich mir aneigne, wenn ich Renaud heirate. Darum zittert er: um sein Geld! Wie aber soll ich diesen gemeinen Jungen daran hindern, an Claudines Habsucht zu glauben? Er wird nicht der einzige sein. Er wird es überall herumschreien, und alle werden es wiederholen, daß sich die Kleine verkauft, daß sie dem armen Renaud, der eben die gefährliche Vierzigerklippe umschifft, des Geldes wegen den Kopf verdreht ... Was tun, was tun? Mein Gott! Ich will Renaud! Ich pfeife auf Marcels Geld, aber ich will Renaud. Wenn ich Papa um Hilfe bäte? Ach Gott! Ich habe solche Kopfschmerzen! O teurer, süßer Platz an seiner Schulter – soll ich ihm entsagen? Nein! Eher sprenge ich alles in die Luft! Eher binde ich Marcel an, hier in meinem Zimmer, bringe ihn um und sage nachher der Polizei, ich hätte ihn aus Notwehr getötet. Ja, das ist die Lösung!

Ich kauere in meinem tiefen Fauteuil, zwei Finger in den Ohren, zwei Finger in den Augen, stundenlang, im Kampf mit Verzweiflung, Zärtlichkeit und wüsten Träumen. Endlich weckt mich das klägliche Miau Fanchettes: sie hat Hunger.

»Essen? Nein, ich esse nicht. Ich hab' Kopfweh. Mach mir Limonade, Mélie, kalte Limonade, ich sterbe vor Durst! Ich leg' mich nieder.«

Papa und Mélie, unruhig und angstvoll, streichen bis neun um mein Bett. Endlich halte ich es nicht mehr aus und flehe:

»Ach, laßt mich in Ruh! Ich bin so müde!«

Kaum ist die Lampe verlöscht, werde ich der Geräusche gewahr, die aus dem Hof heraufdringen. Die Dienstmädchen knallen Türen zu und waschen das Geschirr ...

Renaud! Ich brauche Renaud! Warum habe ich ihm nicht sofort telegraphiert? Jetzt ist es zu spät! Es wird niemals morgen werden! Renaud, Freund, geliebtes Leben, Mann, dem ich mich anvertraue wie einem teuren Vater, in dessen Nähe ich mich bald angstvoll-beklemmt fühle, als sei ich seine Geliebte, bald schamlos-wohlig, als hätte ich schon als Kind in seinen Armen geruht ...

Stunden fiebrigen Träumens. Es pocht schmerzhaft in meinen Schläfen, und mir ist, als rufe ich fortwährend einen Menschen, der zu weit weg ist, um hören zu können. Aber plötzlich klärt sich der Nebel meiner Gedanken, weicht kreisförmig zurück und umstrahlt – endlich, endlich! – *die Idee!* Sie kommt mit der Morgendämmerung, gleichzeitig mit dem Erwachen der Sperlinge, mit der flüchtigen Frische der ersten Sommertagsstunden. Entzückt von *ihr*, liege ich regungslos auf dem Rücken, mit weit offenen Augen. Wie einfach, mein Gott, wie einfach! Wieviel unnötiger Kummer! Ich werde schlecht aussehen, wenn Renaud kommt, mit dunkel umrandeten Augen und blassen Wangen! Und dabei lag die Lösung so nahe!

Marcel darf nicht denken: Claudine will mein Geld. Doch ich will nicht sagen: »Gehen Sie, Renaud, hören Sie auf, mich zu lieben.« Gott, nein, nicht das will ich ihm sagen! Aber ebensowenig will ich ihn heiraten, und darum habe ich beschlossen – um mein empfindliches Gewissen zu beruhigen –, seine Geliebte zu werden.

Jetzt ist alles in Ordnung. Von neuem Lebensmut erfüllt, schlafe ich wie ein Stück Holz, auf dem Bauch, das Gesicht in den Armen vergraben. Die Tirade des klassischen Bettelgreises weckt mich, und ich erwache, staunend und erholt. Schon zehn Uhr!

»Mélie! Vier Sous für den Alten!«

Mélie hört nicht. Ich schlüpfe in meinen Schlafrock und laufe zum Wohnzimmerfenster, zerrauft wie eine Zichorie. »Alter, da sind zehn Sous! Behalten Sie den Rest!«

Der schöne weiße Bart! Sicher besitzt der gute Greis ein Haus und Ländereien, wie die meisten Pariser Bettler. Desto besser für ihn. Auf dem Rückweg in mein Zimmer begegne ich Monsieur Maria. Er bleibt stehen, geblendet von meinem morgendlichen Negligé.

»Glauben Sie nicht, Monsieur Maria, daß das Ende der Welt gekommen ist? Heute, meine ich?«

»Leider nein, Mademoiselle.«

»Ich schon. Sie werden sehen!«

Bis zum Kinn in lauwarmem Wasser, betreibe ich aufmerksam Selbststudien. Diesen Flaum an den Beinen kann man wirklich nicht als Haare bezeichnen – oder doch? Die Spitzen meiner Brüste sind nicht so rosig wie die Luces – doch dafür habe ich längere, schönere Beine, und Hüften mit kleinen Grübchen. Nein, Rubens bin ich keiner, aber ich habe für das Genre Helène Fourment nicht viel übrig. Renaud übrigens ebensowenig.

Der Name Renaud, in einem Augenblick ausgesprochen, da meine ganze Kleidung aus einem Buchenbottich besteht, erschreckt mich ein wenig. Elf Uhr. Noch fünf Stunden. Also gut. Bürsten wir, bürsten wir das Haar, die Zähne, die Nägel. Alles muß glänzen! Feine Strümpfe, ein neues Hemd, ein dazu passendes Höschen, mein rosa Korsett, meinen rotgestreiften Seidenunterrock, der bei jeder Bewegung knistert ...

Ich bin fröhlich wie anno dazumal in der Schule, quecksilbrig und unbekümmert, lache aus vollem Hals – nein, ich will nicht an das denken, was heute noch alles geschehen kann ... Gott, da ich mich nun einmal hingebe, mag er mich heute noch haben, wenn er will. All das gehört ihm ... Doch ich hoffe, er wird Geduld haben, wird nicht so plötzlich ... Nein, das würde ihm nicht gleichen. Ich zähle viel mehr auf ihn als auf mich. Habe ich nicht schon längst »das Ruder verloren«, wie es in Montigny heißt?

Dennoch: der Nachmittag will und will nicht vergehen. Renaud muß kommen. Das gibt's nicht, daß er fortbleibt. Ab drei spiele ich »Panther im Käfig«, horche auf jedes Geräusch ...

Zwanzig Minuten vor vier: ein schwacher Glockenton. Nein, nein, ich irre nicht, er ist's. An den Bettpfosten gelehnt, höre ich auf, zu sein.

Die Türe öffnet und schließt sich wieder. Renaud ist da, barhäuptig, ein wenig abgemagert. Sein Schnurrbart zittert fast unmerklich, die Augen schimmern blau durch das Halbdunkel. Ich rühre mich nicht, spreche kein Wort. Er ist größer. Er ist blässer. Er ist dunkel, müde, prachtvoll. Noch dicht bei der Türe, sagt er mit leiser Stimme, ohne sich mir zu nähern: »Guten Tag, Claudine.«

Der Klang seiner Stimme zieht mich unwiderstehlich an. Ich gehe auf ihn zu, strecke ihm beide Hände entgegen. Er küßt eine nach der andern und läßt sie wieder fallen.

»Sind Sie mir böse, kleine Freundin?«

Ich zucke die Achseln, keines Wortes fähig, und setze mich auf den Fauteuil. Er nimmt auf dem niedrigen Sessel Platz. Ich rücke rasch in seine Nähe, bereit, mich an ihn zu schmiegen. Böser! Er tut, als verstehe er nicht, und beginnt zu sprechen, leise und stockend wie jemand, der sich fürchtet ...

»Sie sagten mir gestern tausend Dinge, kleiner Hitzkopf, die Schlaf und Tageslicht wohl fortgeschwemmt haben ... Wartet ein wenig, seht mich nicht zu oft an, geliebte Augen Claudines, die ich nie vergessen werde und die zu zärtlich blickten ... Die ganze letzte, die halbe vorletzte Nacht habe ich gegen eine große, verrückte, lächerliche Hoffnung angekämpft ... Ich habe vergessen«, setzt er mühsam fort, »daß ich vierzig Jahre alt bin, doch ich bedachte, daß Sie sich dessen erinnern würden, wenn nicht heute, so doch morgen, oder zumindest in kurzer Zeit ... Meine Liebste mit den allzu zärtlichen Augen, mein kleiner, lockiger Hirt ...« Seine Stimme wird immer leiser, es schnürt ihm den Hals zusammen, seine Augen werden feucht. »Versuchen Sie mich nicht länger! Ich bin nur ein armer, besiegter Mann. Sie haben mich überrannt, Claudine, nun ist es an Ihnen! Verteidigen Sie sich! Gott, es ist entsetzlich: Sie könnten meine Tochter sein ...«

»Aber ich bin auch Ihre Tochter!« (Ich strecke ihm beide Arme entgegen.) »Fühlen Sie denn nicht, daß ich auch Ihre Tochter bin? Vom ersten Tag an war ich Ihr gehorsames, staunendes Kind – und mein Staunen wurde immer größer, als ich bald darauf merkte, wieviel mir in Ihnen wurde: ein Vater, ein Freund, ein Meister, ein Liebster – Oh, widersprechen Sie nicht! Lassen Sie mich auch das sagen: ein Liebster! Einen Liebhaber findet man alle Tage. Aber einem Menschen zu begegnen, der alles in sich vereint, der mich verwaist und verwitwet, freundlos und allein zurückließe, wenn er mich verließe – ist das nicht ein Wunder ohnegleichen? Dieses Wunder sind Sie – ich liebe Sie!«

Er schlägt die Augen nieder. Zu spät. Eine Träne rollt über seine Wange. Halb von Sinnen, werfe ich mich an seine Brust. »Haben Sie Kummer? Hab ich Sie unwissentlich gekränkt?«

Die lang ersehnten Arme umschließen mich endlich, die feuchten blauschwarzen Augen strahlen auf mich nieder.

»O unverhofftes Mädchen! Lassen Sie mir keine Zeit, mich meines Tuns zu schämen! Ich kann nicht anders als dich behalten, kleiner Körper, der mir alle Schönheit der Welt bedeutet ... Kann ich mit Ihnen jemals altern?

Oh, wüßten Sie, geliebter kleiner Vogel, wie ausschließlich meine Zärtlichkeit ist, wie jung meine Eifersucht, und welch unerträglicher Gatte ich sein werde!«

Gatte? Ach ja, er weiß nicht ... Jäh in die Wirklichkeit zurückgerufen, löse ich mich aus seiner Umarmung, lasse meinen geliebten Platz an seiner Schulter und sage:

»Nein, nicht mein Gatte.«

Er sieht mich an, zärtlichen, trunkenen Blicks, mit ausgebreiteten Armen.

»Ich meine es ganz ernst. Ich wollte es Ihnen gleich sagen, aber ... Sie werfen mich im ersten Moment über den Haufen und dann – ich hatte Sie so sehr erwartet, daß ich kaum mehr wußte, was ich sagen sollte ... Setzen Sie sich hierher. Nein, fassen Sie mich nicht um die Mitte – noch am Arm – noch an der Hand ... Eigentlich dürften Sie mich kaum ansehen, Renaud.«

In meinen kleinen Fauteuil gekauert, schiebe ich mit ausgestreckten Armen seine suchenden Hände zurück, so gut es mir gelingt. Er setzt sich nahe, ganz nahe zu mir, auf den bretonischen Sessel.

»Marcel ist gestern gekommen. Gestern nachmittag, jawohl. Er wollte den Verlauf des gestrigen Abends hören ... Als ob sich das erzählen ließe, Renaud! Er hat mir seinerseits die Krawattengeschichte erzählt. Und dann sprach er von Ihnen, mit einem Ausdruck, den er besser bei sich behalten hätte.«

»Ah!« grollt Renaud. »Das bin ich gewohnt.«

»Dabei merkte er, daß ich Sie liebe. Und er beglückwünschte mich zu meiner Geschicklichkeit. Anscheinend sind Sie nicht ganz unbegütert, und wenn ich Ihre Frau werde, eigne ich mir Marcels Geld an ...«

Renaud ist aufgestanden. Das Beben seiner Nasenflügel verheißt nichts Gutes. Ich beeile mich, zu Ende zu kommen.

»Deshalb will ich Sie nicht heiraten ...«

Ein zitternder, fast unhörbarer Seufzer drängt mich, zu vollenden. –

»– aber ich will Ihre Geliebte sein.«

»Oh! Claudine!«

»Was, Claudine?«

Er betrachtet mich mit hängenden Armen. Aus seinen Augen spricht so viel Bewunderung, so viel Kummer, daß ich nicht weiß, was ich denken soll. Ich hatte Triumph erwartet, eine rasende Umarmung, die sofortige, vielleicht allzu lebhafte Zustimmung ...

»Ist das nicht die beste Lösung? Meinen Sie, daß ich jemals, jemals den Anschein erwecken wolle, ich liebte Sie nicht mehr als alles andere? Ich habe selber Geld, jawohl, hundertfünfzigtausend Francs! Da staunen Sie, was? Ich pfeife auf Marcels Geld!«

»Claudine ...«

»Ich muß Ihnen noch etwas gestehen«, sage ich schmeichelnd und trete einen Schritt näher. »Ich habe Marcel zerkratzt – ich – ich habe ihm ein ganzes Stück Haut herausgerissen und ihn hinausgeworfen.«

Bei dieser Erinnerung werde ich lebhaft, und meine kriegerischen Gesten entlocken ihm ein Lächeln. Aber worauf wartet er? Was will er noch? Versteht er denn nicht?

»Also – so meine ich das«, setze ich fort und kämpfe gegen aufkeimende Verlegenheit, »es wird nicht schwer sein. Sie wissen, wieviel Freiheit man mir läßt! Diese ganze Freiheit gebe ich Ihnen – gern würde ich Ihnen mein ganzes Leben schenken – aber Sie sind beschäftigt. Sie reisen. Wenn Sie Zeit haben, kommen Sie zu mir, oder ich komme zu Ihnen – zu Ihnen! Nicht wahr, für eine Claudine, die ganz Ihnen gehört, werden Sie Ihre Wohnung nicht mehr zu sehr ›Stich aus dem achtzehnten Jahrhundert‹ finden?«

Meine Beine zittern ein wenig. Ich setze mich. Er läßt sich auf die Knie fallen – sein Gesicht ist in gleicher Höhe mit meinem – und bringt mich zum Verstummen, indem er seinen Mund an den meinen legt, ganz, ganz leicht, den Bruchteil einer Sekunde. Doch kaum beginnt der Kuß, mich zu blenden, wendet er sich ab, schlingt den Arm um mich und sagt mit unsicherer Stimme:

»O Claudine, kleines, aus schlechten Büchern unterrichtetes Mädchen, gibt es auf Erden etwas Reineres als Sie? Nein, mein Leben, meine Liebste, ich werde diesen verschwenderischen Wahnwitz niemals dulden! Wenn ich Sie nehme, dann für immer, ehrlich, banal, gutbürgerlich: zur Frau!«

»Nein, ich heirate Sie nicht!«

Ich muß meinen ganzen Mut zusammennehmen, denn wenn er mich »mein Leben« und »meine Liebste« nennt, strömt mein ganzes Blut dem Herzen zu, und meine Knochen werden weich.

»Ihre Geliebte, oder nichts.«

»Meine Frau, oder nichts.«

Endlich kommt mir die Seltsamkeit dieses Streits zu Bewußtsein, und ich breche in krampfhaftes Gelächter aus. Und während ich lache, offenen Munds, den Kopf nach rückwärts geworfen, sehe ich Renaud über mich geneigt, in so verzweifelter Begierde, daß ich erzittere und ihm tapfer die Arme entgegenstrecke, im Glauben, er nehme mich an ...

Doch er schüttelt den Kopf und sagt mit erstickter Stimme:

»Nein.«

Was soll ich tun? Ich falte die Hände. Ich flehe. Ich biete ihm meinen Mund, mit halbgeschlossenen Augen. Er wiederholt noch einmal, fast unhörbar: »Nein! Meine Frau, oder nichts.«

Ich springe auf, ratlos, am Ende meiner Weisheit.

Da geht Renaud mit großen Schritten auf die Wohnzimmertüre zu, als sei ihm plötzlich eine Erleuchtung gekommen. Schon faßt er die Klinke von Papas Arbeitszimmer, da errate ich seine Absicht. Der Elende! Er geht, um meine Hand anzuhalten!

Ich wage kein lautes Wort, falle ihm in den Arm und flehe:

»Oh, bitte, bitte nicht, bitte nicht! Wenn Sie mich lieben, tun Sie es nicht! Alles, was Sie wollen! Wollen Sie Claudine auf der Stelle, heute noch? Nur bitten Sie Papa um nichts, warten Sie ein paar Tage. Bedenken Sie! Diese ekelhafte Geldgeschichte! Marcel ist giftig! Er wird überall herumschreien, ich hätte Sie gewaltsam verführt! Ich liebe Sie, ich liebe Sie!«

Renaud bedient sich aller Mittel, schließt mich in die Arme, küßt langsam meine Wangen, meine Augen, mein Haar, die Stelle unterm Ohr, wo es meinen ganzen Körper erzittern macht ... Was vermag ich in seinen Armen?

Er küßt mich ein letztes Mal und öffnet lautlos die Türe. Ich habe gerade noch Zeit, zur Seite zu springen.

Papa, im Türkensitz inmitten seiner Papiere, mit zerrauftem Bart und kriegerischer Nase, beäugt uns voll Zorn. Wir kommen zur Unzeit.

»Was hast du hier verloren? Ah, Sie sind es, lieber Herr! Sehr erfreut, Sie zu sehen!«

Renaud gewinnt seine Kaltblütigkeit zurück und wirkt fast feierlich, wenngleich barhaupt und ohne Handschuhe.

»Können Sie mir eine Minute widmen, Monsieur? Ich möchte etwas Ernstes mit Ihnen besprechen.«

»Niemals«, erklärt Papa kategorisch. »Nicht vor morgen. Das hier –«, fügt er hinzu, zu Monsieur Maria gewendet, der an seinem Tischchen schreibt – zu schnell übrigens, »– ist von größter Wichtigkeit.«

»Was ich Ihnen zu sagen habe, Monsieur, ist ebenfalls von größter Wichtigkeit.«

»Dann heraus damit.«

»Ich möchte – trachten Sie bitte, mich nicht über die Maßen lächerlich zu finden – ich möchte Claudine heiraten.«

»Soll dieser Zirkus wieder von vorne anfangen?« schimpft Papa mit dröhnender Stimme, zu seiner ganzen Größe aufgerichtet. »Gottes Blitz und tausend Ferkel, Hurenkinder samt und sonders! Wissen Sie denn nicht, daß dieses störrische Maultier nicht heiraten will? Sie wird Ihnen gleich sagen, daß sie Sie nicht liebt!«

Im Ungewitter findet Renaud seine ganze Kühnheit wieder. Gelassen wartet er das Ende der Tirade ab, mißt mich von oben bis unten und fragt mit halbgeschlossenen Augen:

»Sie liebt mich nicht? Wagen Sie zu behaupten, Claudine, daß Sie mich nicht lieben?«

Meiner Treu! Ich wage es nicht. Und ich sage leise, aber von ganzem Herzen: »Doch, ich liebe Sie ...«

Papa ist fassungslos und betrachtet seine Tochter wie eine vom Mars gefallene Schnecke.

»Ah, das ist stark! Und Sie? Sie lieben sie?«

Renaud wirft den Kopf zurück.

»Es hat den Anschein.«

»Ah, das ist unglaublich!« erhitzt sich Papa, unerreicht an Wirklichkeitsferne. »Mir soll's recht sein. Mein Typ wär' sie allerdings nicht. Ich bin mehr für solche Frauen –«

Und seine Hände deuten Ammenbrüste an ...

Was soll ich sagen? Ich bin besiegt. Renaud hat geschwindelt. Ich stelle mich auf die Zehenspitzen und flüstere ihm ins Ohr:

»Aber Marcels Geld will ich nicht!«

Renaud, strahlend jung mit seinen Silberschläfen, zieht mich ins Wohnzimmer, als gelte es, mich zu stehlen, und erwidert leichthin und schadenfroh:

»Ach was! Ihm bleibt noch die ganze Großmutter!«

Und wir kehren in mein Zimmer zurück, einer in des andern Arm, beflügelt und kindisch wie verliebte Romanhelden ...

Von der Autorin des Weltbestsellers **Chocolat**

Der Duft der Orangen und das Geheimnis französischer Kochkunst: Framboise, die in ihrem französischen Heimatdorf eine Crêperie betreibt, war von jeher eine Außenseiterin. Als ihr Neffe sie um ihre geheimen Rezepte bringen will, beschließt sie, die wahre Geschichte ihrer Kindheit zu erzählen – in der Orangen eine nicht ganz harmlose Rolle spielen. Und taucht wieder ein in eine Welt, in der sich die ländliche Idylle an der Loire rasch als trügerisch erweist ...

»Eine wunderbare Lektüre für lange Winterabende«
Journal für die Frau

Joanne Harris

Fünf Viertel einer Orange

Roman

ULLSTEIN TASCHENBUCH

UB63